Veröffentlicht von
DREAMSPINNER PRESS

5032 Capital Circle SW, Suite 2, PMB# 279, Tallahassee, FL 32305-7886 USA
www.dreamspinnerpress.com

Dies ist eine erfundene Geschichte. Namen, Figuren, Plätze, und Vorfälle entstammen entweder der Fantasie des Autors oder werden fiktiv verwendet. Ähnlichkeiten mit lebenden oder verstorbenen Personen, Firmen, Ereignissen oder Schauplätzen sind vollkommen zufällig.

Die Blechdose
Urheberrecht der deutschen Ausgabe © 2016 Dreamspinner Press.
Originaltitel: The Tin Box
Urheberrecht © 2013 Kim Fielding.
Original Erstausgabe. September 2013
Übersetzt von Anna Doe.

Umschlagillustration
© 2013 Anne Cain
annecain.art@gmail.com
Die Illustrationen auf dem Einband bzw. Titelseite werden nur für darstellerische Zwecke genutzt. Jede abgebildete Person ist ein Model.

Deutsche ISBN. 978-1-63533-253-7
Deutsche Erstausgabe. November 2016
Deutsche eBook Ausgabe. 978-1-63216-674-6
Deutsche eBook Erstausgabe. September 2014
v 1.1

Gedruckt in den Vereinigten Staaten von Amerika.

Die
Blechdose

KIM FIELDING

1

DER KIES knirschte unter den Reifen von William Lyons altem Toyota. Die Kisten und Taschen, in denen er seinen gesamten Besitz verpackt hatte, rutschten im Wagen hin und her. Er drehte die Scheibe hoch, um nicht den Straßenstaub einatmen zu müssen, den der Volvo vor ihm aufwirbelte. Es wurde sofort wieder stickig und heiß, denn die Klimaanlage seines Wagens hatte schon lange ihren Dienst aufgegeben. Solange er noch in der Bay Area gelebt hatte, war das kein Problem gewesen. Aber jetzt und hier, in den Ausläufern der Sierra, konnte es sich unangenehm auswirken.

Die Straße führte in sanften Kurven durch die grasbewachsenen Hügel, die sich in der Hitze des Spätfrühlings schon braun gefärbt hatten. In der Ferne sah er Kühe, die geduldig im Schatten einiger weniger Eichen standen. Mit stoischem Blick nahmen sie die vorbeifahrenden Autos zur Kenntnis. Hinter der nächsten Kurve stieg die Straße leicht an. William konnte zum ersten Mal sein neues Zuhause vor sich liegen sehen.

Das Gelände des ‚Jelley's Valley State Insane Asylum', einer ehemaligen staatlichen ‚Irrenanstalt', breitete sich vor ihm aus. Es umfasste mehrere Hektar flachen Landes, das von einem stabilen Metallzaun umgeben war. Dahinter stieg steil ein Hügel auf. Die Einrichtung bestand aus mehreren Gebäuden; Genaueres konnte William allerdings nicht erkennen, denn er musste sich auf die Schlaglöcher in der Straße konzentrieren. Aber er bemerkte das größte Gebäude, ein dreistöckiges Stuckmonster mit Säulen am Eingang und einem verschnörkelten Turm in der Dachmitte. Selbst in der gleißenden Sonne strahlte es eine gewisse Düsternis aus. Vielleicht lag das an den Gittern vor den Fenstern, dem bröckelnden Putz oder dem verlassenen Eindruck, der den meisten leer stehenden Gebäuden eigen war.

„Eine wunderbare Kulisse für einen Horrorfilm", sagte er laut. Dann verzog er das Gesicht. Selbstgespräche waren kein gutes Zeichen.

Der Volvo hielt vor einem Tor in dem hohen Metallzaun. William sah, wie Dr. Merrick – nein, erinnerte er sich, *Jan* – aus ihrem Wagen stieg. Sie holte einen beeindruckend großen Schlüsselbund aus dem Auto und öffnete das Vorhängeschloss an dem Tor. Sie musste sich alle Mühe geben, es aufzustoßen. Dann stieg sie wieder in ihren Wagen und fuhr auf das Hauptgebäude zu. William folgte ihr.

Der Parkplatz vor dem Gebäude war asphaltiert. In den Ritzen des Asphalts wuchs Gras. Jan parkte ihren Volvo schräg, sodass er mehrere Parkplätze beanspruchte. William fuhr vorsichtig zwischen zwei der verblichenen weißen Linien, die die einzelnen Plätze begrenzten. Er stellte den Motor ab und rückte sich seine Krawatte zurecht. Dann dachte er kurz darüber nach, ob er sein Jackett anziehen sollte, aber allein bei dem Gedanken lief ihm der Schweiß über die Stirn.

Jan wartete an den Stufen vor dem Haupteingang und sah ihm mit einem breiten Lächeln entgegen. Sie war eine zierliche Frau, fast dreißig Zentimeter kleiner als William. Ihr graues Haar trug sie in einem bequemen Kurzhaarschnitt. „Ein beeindruckendes Gebäude, nicht wahr? Es steht in der Denkmalliste der Historischen Gebäude Kaliforniens."

Er nickte und hoffte, nicht allzu enttäuscht auszusehen. Wenn es kein historisches Gebäude wäre, hätten sie es wahrscheinlich schon vor langer Zeit abgerissen. Seiner Meinung nach war Alter allein noch lange kein Grund, etwas wertzuschätzen. Und diese Bruchbude bestätigte ihn nur. Was sollte man mit einer ehemaligen Irrenanstalt in der Mitte des Nirgendwo denn anfangen? Wegen der Architektur würde es bestimmt niemand besuchen wollen.

Natürlich sagte er das nicht laut. Er beschränkte sich auf eine neutrale Beobachtung: „Es ist groß."

Sie lachte. „Ja, das ist es. Es war die größte Einrichtung in Kalifornien, und die mit den meisten Patienten. Jetzt natürlich nicht mehr, sie ist seit 1982 geschlossen."

„Es hat, hmm … viel Platz."

„Keine Sorge. Eine Gärtnerei entfernt mehrmals im Monat das schlimmste Unkraut. Und um die kleineren Gebäude musst du dich nicht kümmern. Los jetzt, ich mache mit dir eine kurze Tour."

William hatte keine sonderliche Lust auf eine Tour. Er hätte es vorgezogen, erst sein Gepäck ins Haus zu bringen und sich einzurichten. Aber er trottete pflichtbewusst hinter ihr her, als sie ihn über den Parkplatz auf eine offene Fläche führte, die ihn an einen Dorfplatz erinnerte. Sie zeigte auf die andere Seite der grasbewachsenen Fläche, wo ein großes Haus in viktorianischem Stil stand. Jetzt war es nur noch ein Haufen verwitterten Holzes. „Dort hat der Leiter der Anstalt gewohnt. Wichtige Besucher, die von weit her aus San Francisco oder Sacramento kamen, haben dort mit ihm Partys gefeiert. Einige der Patienten – die besser angepassten, vermute ich – haben die Besucher bedient. Du kannst dir Bilder davon in unserem Archiv online ansehen."

„Es sieht brand- und einsturzgefährdet aus."

Jan kicherte. „Der Vorstand versucht, Geld für die Restauration aufzutreiben. Wir haben es bald geschafft."

„Viel Zeit bleibt nicht mehr."

Sie gingen weiter um das Hauptgebäude, bis sie zu einem weniger imposanten Nebeneingang kamen. Er machte einen verborgenen Eindruck und William fragte sich, ob hier Menschen ein- und ausgelassen worden waren, die man der Öffentlichkeit nicht zeigen wollte. Hinter dem Haus standen einige kleinere Gebäude.

„Das waren die Werkstätten", erklärte Jan und zeigte auf ein langes, flaches Gebäude, das hässlicher und neuer aussah. „Das Dach ist teilweise eingestürzt, also halte dich fern. Es ist nicht erhaltenswert. Rechts davon stand früher ein großer Wasserturm, der schon vor Jahren abgerissen wurde. Aber du musst dir keine Sorgen machen, es gibt eine moderne Wasserversorgung. Das Gelände hat einen eigenen Brunnen."

Wenigstens das war eine gute Nachricht. Obwohl William bisher noch gar nicht auf den Gedanken gekommen war, dass es ein Problem werden könnte, eine kühle Dusche zu nehmen. Dann fiel ihm etwas anderes ein. „Es gibt doch Elektrizität, oder?"

„Natürlich", sagte Jan lachend. „Die ersten Leitungen sind bereits in den Dreißigerjahren gelegt worden. Und es gibt Satellitenempfang mit Internet. Die entsprechenden Verbindungen sind auch installiert."

Sie gingen weiter durch die Sonne, die heißer und heißer auf sie herabbrannte. Jan wies ihn auf die verschiedenen Dinge hin, die ihr interessant vorkamen. Es gab Lagerhallen und einen Schuppen, in dem die Fahrräder abgestellt worden waren. In einer Reihe kleiner Hütten waren Insassen untergebracht gewesen, die keine ständige Aufsicht mehr brauchten. In einem zusammengefallenen Gebäude hatten Angestellte der Anstalt gelebt. In einem weiteren, relativ gut erhaltenen Gebäude waren früher die weiblichen Insassen untergebracht gewesen, es hatte dann aber auch noch anderen Zwecken gedient.

„Was ist das?", fragte William und deutete auf einen freien Platz in der Nähe des Hauptgebäudes. Er war von einem flachen Gitterzaun umgeben. Gras und Büsche überwucherten das gesamte Areal, einige verkrüppelte Bäume streckten ihre Äste in den Himmel.

Jan seufzte. „Das ist der Friedhof."

„Ich sehe keine Grabsteine."

„Es gibt keine. Die meisten Verstorbenen hatten keine Verwandten, die sich um die Gräber gekümmert hätten. Sie wurden ja selbst zu Lebzeiten nicht besucht. Das Krankenhaus hat Akten über die Bestatteten, aber sie sind nicht vollständig. Wir wissen zwar, dass es der einzige Friedhof war, aber wir können nicht sagen, wo die einzelnen Gräber sind und wer darin liegt. Vor zehn Jahren wollte jemand das Gelände kaufen, um eine Kur- und Erholungseinrichtung hier aufzubauen. Aber als sie in einer Ecke des Grundstücks zu baggern anfingen, haben sie menschliche Skelette aus der Erde geholt."

William schüttelte sich. „Ach je."

„Das dachten die Investoren auch. Sie haben sich aus dem Geschäft zurückgezogen. Seitdem hat sich niemand mehr für das Anwesen interessiert."

Nun, dafür hatte William vollstes Verständnis. Aber er hielt den Mund und war erleichtert, als Jan endlich wieder mit ihm zum Haupteingang zurückging. Sie zog den großen Schlüsselbund aus ihrer Tasche und überreichte ihn William mit einer ausholenden Geste. „Die meisten wirst du nicht brauchen. Die Schlüssel für das Tor und den Haupteingang sind beschriftet und es gibt eine Liste, mit der du die anderen ebenfalls zuordnen kannst. Die meisten sind für Türen im Inneren des Gebäudes."

Sie führte ihn zu der großen Holztür mit ihren üppigen Verzierungen. Er setzte den Schlüssel mehrmals an, bis sie endlich aufging. Die rostigen Angeln quietschten laut, als er die Tür öffnete. Wahrscheinlich wurde sie nicht oft benutzt.

Die Eingangshalle war größer als erwartet. Sie hatte einen Marmorfußboden und Holztäfelungen an den Wänden. Die Decke war fast sieben Meter hoch und in der Mitte hing ein ausladender Kronleuchter, der offensichtlich seit Jahrzehnten nicht mehr benutzt wurde, denn er war von Staub und Spinnweben bedeckt. Sonnenlicht drang durch die großen Fenster oben in den Wänden. Es tauchte die Halle in helles Licht. Einige hässliche, aber funktionale Lampen waren offensichtlich erst vor Kurzem installiert worden. Möbel gab es nicht, aber die Abdrücke auf dem Fußboden zeigten, wo früher die Rezeption und einige Bänke oder Stühle gestanden haben mussten. William fragte sich, ob die neuen Patienten wohl durch diese Halle gekommen waren oder ob man sie durch die Seitentür gebracht hatte.

„Du kannst dich überall umsehen, wenn du daran interessiert bist", sagte Jan. Ihre Stimme hallte in dem leeren Raum. „Die meisten Räume stehen leer, in anderen sind alte Möbel oder Einrichtungsgegenstände gestapelt. Die Leichenhalle ist recht interessant. Sie ist im ersten Obergeschoss des Westflügels. Dort war die medizinische Abteilung. Die Akten sind in einem Raum in der Nähe deiner Wohnräume untergebracht. Wir haben erst einen kleinen Teil davon archiviert, wenn du dich langweilst, kannst du gerne daran arbeiten."

„Ich werde an meiner Dissertation arbeiten müssen."

„Natürlich. Du wirst damit sicherlich gut beschäftigt sein. Fred hat mir gesagt, dass du eine ziemlich große Datenbasis für deine Analyse angelegt hast."

Fred war Fred Ochoa, Williams Doktorvater. Er hatte William diesen Job vermittelt. „Es ist perfekt!", hatte er William vor zwei Wochen begeistert mitgeteilt. „Ich weiß, dass du zum Arbeiten deine Ruhe brauchst, und die hast du dort zur Genüge. Und es kostet keine Miete." Dann hatte er sich geräuspert. „Du bist doch immer noch … äh … knapp bei Kasse, oder?"

Falls sich Dr. Ochoa darauf bezog, dass William in seinem kleinen Büro in der Uni übernachtete und die Dusche in der Sporthalle benutzte, dann hatte er sicherlich recht. William hatte ihm nichts von seiner bevorstehenden Scheidung und seinem finanziellen Engpass erzählen wollen, aber dem Mann entging so leicht nichts.

„Ich glaube nicht, dass ich ein guter Hausmeister bin", hatte William protestiert. „Ich bin handwerklich nicht sehr begabt."

„Das ist kein Problem. Du sollst nur ein Auge auf die Dinge haben. Dafür sorgen, dass keine Vandalen in das Anwesen eindringen und so weiter. Wenn etwas passiert oder kaputtgeht, kannst du einfach telefonisch Bescheid sagen. Du wirst viel Platz haben, um dich auszubreiten. Außerdem bezahlen sie gut genug, dass du dir auch etwas auf die Seite legen kannst."

William hatte nicht sofort zugesagt. Aber nach drei weiteren Nächten auf dem kleinen Sofa in seinem Büro hatte er unerträgliche Rückenschmerzen. Und die einzige Alternative war eine laute Wohngemeinschaft, in der ständig gefeiert wurde. Schließlich hatte er das Angebot angenommen.

Jan hatte den Kopf auf die Seite gelegt und ihn gespannt beobachtet. „Worüber schreibst du eigentlich, William?"

„Über den Einfluss von Wortfrequenz und Argumentationsfolgen auf das Erinnerungsvermögen und die Gedächtnisleistung. Es gibt noch einige unabhängige Variable, wie die verstrichene Zeit oder die Anzahl und Komplexität von Störungen durch äußere Einwirkung. Es ist ein ziemlich komplizierter Versuchsaufbau."

„Aha. Hört sich sehr interessant an", sagte sie wenig überzeugend.

Es *war* interessant – zumindest für William. Seine Studie hatte wichtige theoretische Implikationen und praktische Anwendungsmöglichkeiten, beispielsweise für die Glaubwürdigkeit von Zeugenaussagen vor Gericht. Aber das wollte er Jan jetzt nicht erklären.

„Wo soll ich schlafen?", fragte er. Alles wäre besser als dieses feuchte Büro. Na ja, alles außer der Leichenhalle.

Sie lächelte. „Wir haben ein nettes Apartment eingerichtet. Ich zeige es dir."

Die Doppeltür in der Nähe der ehemaligen Rezeption war nicht verschlossen. Sie führte in einen langen, düsteren Korridor mit abgelaufenem Boden und Wänden, von denen der Putz abbröckelte. An der Decke hingen einige der hässlichen, modernen Lampen. Zu beiden Seiten befand sich eine Anzahl Türen und am Ende des Korridors zweigten weitere Gänge nach rechts und links ab. Jan öffnete die erste Tür, eine schwere Eichentür mit geschnitzten Ornamenten. „Hier war das Büro des Leiters", erklärte sie.

Es war ein sehr großer Raum. An zwei Wänden befanden sich eingebaute Bücherregale, die bis auf einige zerfledderte, billige Spionagethriller leer waren. Der Boden aus Eichenholz war mit Teppichen in knalligen Farben bedeckt, die in dem altmodischen Zimmer durch ihre Modernität störend wirkten. Der Kronleuchter war eine kleinere Ausführung des Modells, das in der Empfangshalle hing. Er war allerdings auffallend staubfrei. Vor den beiden großen Fenstern hingen schwere Vorhänge. Sie waren zurückgezogen, sodass Tageslicht ins Zimmer fiel. An einer Wand befand sich ein großer Kamin, der mit einem beträchtlichen Vorrat an Brennholz gefüllt war. Den würde William so bald sicher nicht brauchen.

Die Möbel waren solide und bequem: ein Bett mit zwei Nachttischen, ein Ledersofa mit einem dazu passenden Sessel, ein hoher Kleiderschrank, eine Kommode mit Spiegel und ein großer Schreibtisch mit einem dazugehörigen, ebenfalls sehr großen, gepolsterten Stuhl. An einem kleineren, runden Tisch standen zwei Holzstühle. Auf dem Schreibtisch, am Bett und auf einem kleinen Regal neben dem Sessel standen drei Lampen, die nicht zueinander passten. Der kleine, alte Fernseher störte William nicht, er hatte noch nie viel Gefallen am Fernsehen gefunden. Drei Elektroventilatoren standen einsatzbereit in einer Ecke, um die schwüle Hitze zu bekämpfen. Es war im Haus nur unwesentlich kühler als draußen im Freien.

William fand, dass das Zimmer eine gewaltige Verbesserung war, wenn man es mit seinem Büro in der Universität verglich.

Jan war seine Reaktion aufgefallen und sie grinste. „Nicht schlecht, wie? Nebenan war noch ein privater Untersuchungsraum, den wir in eine kleine Küche und ein Badezimmer umgebaut haben. Komm mit."

Die schmale Tür links führte direkt in die Küche. Sie enthielt einen kleinen Herd mit Backofen, eine Mikrowelle, ein Spülbecken, Regale und Schränke. „Du könntest Probleme bekommen, falls du für zwanzig Leute kochen willst", gab Jan zu.

„Ich bin sowieso kein großer Koch."

„Nun, falls du ein neues Hobby suchst, kannst du die alten Küchen ausprobieren. Sie befinden sich auf diesem Stockwerk und sie sind riesig, weil dort für das ganze Krankenhaus gekocht wurde. Ich bezweifle allerdings, dass sie noch funktionstüchtig sind."

„Schon gut."

Das Badezimmer war sehr einfach eingerichtet. Keine Badewanne, nur eine gekachelte Duschkabine. Das Waschbecken wirkte alt, aber die Installationen waren offensichtlich neu und der alte Spiegel noch zu gebrauchen. In einer Ecke stand eine Waschmaschine mit Trockner.

Als sie in das Hauptzimmer zurückkehrten, sah Jan ihn fragend an. „Und? Was meinst du? Wirst du es hier aushalten können?"

„Es ist alles bestens", erwiderte William zuversichtlich.

„Gut. Auf dem Schreibtisch liegt ein Ordner mit allen Informationen, Adressen, Karten und so weiter. Die Schlüsselliste ist auch dabei. Ach so, das Telefon dort funktioniert übrigens." Sie zeigte auf ein altmodisches, schwarzes Telefon, das wie ein Relikt aus einem alten Film wirkte. „Handys haben hier oft einen schlechten Empfang."

Solange das Internet funktionierte, war ihm das egal.

Jan kratzte sich am Kopf. „Lass mich nachdenken … Was musst du sonst noch wissen? Es gibt keine Postzustellung, aber ein Postamt im Dorf. Dort ist auch ein Lebensmittelladen. Für größere Einkäufe solltest du nach Mariposa oder Oakhurst fahren, aber alles andere gibt es auch hier. Das kleine mexikanische Restaurant ist nicht schlecht. Du solltest unbedingt ihre Tamales versuchen. Und ruf mich an, wenn du mir irgendwie helfen kann. Ich brauche zwar zwei Stunden, um hierher zu fahren, aber vieles lässt sich auch telefonisch regeln. Als ich an meiner Dissertation gearbeitet habe, war ich selbst auch für ein halbes Jahr als Hausmeisterin hier. Es war eine interessante Erfahrung, allerdings wurde es mit der Zeit etwas einsam."

Darüber machte William sich keine Sorgen. Er war Einsamkeit gewohnt.

Er ging mit ihr noch bis zum Parkplatz. „Gibt es hier, äh … Tiere?", fragte er.

„Nichts, was dich auffressen will. Aber die Tierwelt ist recht interessant. Ich habe in meiner Zeit oft Vögel beobachtet. Außerdem gibt es Hirsche und Kojoten, aber die Zäune halten sie vom Grundstück fern. Und als direkte Nachbarn hast du natürlich noch die Kühe."

„Ich habe noch nie so weit außerhalb gelebt."

„Nun, wenn man Ruhe und Zurückgezogenheit sucht, dann ist es hier wunderbar. Soll ich dir noch mit deinem Gepäck helfen?"

„Nein, danke." Außer seinen Büchern und Unterlagen besaß William kaum etwas. Er und Lisa hatten sich nie viel leisten können und das meiste davon hatte er bei ihr zurückgelassen. Sie hatte in ihrer Wohnung Platz dafür, und außerdem verdiente sie eine Wiedergutmachung für ihre Ehe, die seinetwegen gescheitert war.

„Also gut. Dann mache ich mich jetzt auf den Rückweg. Ich schließe das Tor hinter mir ab." Sie schüttelte ihm die Hand. „Viel Glück, William."

„Danke."

Er sah ihr nach, als sie davonfuhr. Als sie hinter der letzten Wegbiegung verschwand, konnte er noch lange die Staubwolke sehen. Jetzt stand er allein mit seinem umsichtig eingeparkten Toyota auf einem leeren Parkplatz. Er öffnete den Kofferraum und fing an, sein Gepäck auszuladen. „Es ist alles in Ordnung", sagte er laut. Dann biss er sich auf die Zunge und nahm sich vor, in Zukunft keine Selbstgespräche mehr zu führen.

2

WILLIAM HÄNGTE seine Jacke auf, lockerte die Krawatte und zog sein Oxford-Hemd aus. Nur mit dem Unterhemd bekleidet fühlte sich die Hitze weniger drückend an. Er fing an, seine Kisten und Taschen auszupacken. Nachdem er für alles einen Platz gefunden und es eingeräumt hatte, war er hungrig. Er durchwühlte seine Lebensmittelvorräte – Pasta, Soße, Brot, Käse und Äpfel – und suchte in der Küche nach Geschirr und Besteck. Danach spülte er ab und ging ins Bad, um sich zu waschen.

Als er sich wieder etwas wohler fühlte, fuhr er den Computer hoch, um den Internetzugang auszuprobieren. Er schickte eine E-Mail an Dr. Ochoa, um ihn von seiner Ankunft zu unterrichten und sich erneut für die Vermittlung zu bedanken. Nach einigen Momenten des Nachdenkens schickte er eine zweite E-Mail an seine Eltern. Er berichtete ihnen, dass er eine vorübergehende Unterkunft gefunden hatte, ging aber nicht auf die Details ein. Sie hatten ihm die bevorstehende Scheidung immer noch nicht verziehen.

Danach gab es niemanden mehr, dem er hätte schreiben können. Er hatte zwar einige Studienkollegen, mit denen er locker befreundet war, aber sein Kontakt zu ihnen war nicht sehr eng. Außerdem wussten sie schon über seinen Umzug und den Job Bescheid. Alle seine anderen Freunde waren auch Lisas Freunde; sie hatten sich nach ihrer Trennung auf Lisas Seite geschlagen und sich nicht mehr bei ihm gemeldet.

William stand auf und sah sich in seiner neuen Unterkunft um. Er hatte bereits seine Bücher und Unterlagen sortiert und eingeräumt, aber sie beanspruchten nicht viel Platz in den Regalen. Er fragte sich, ob sie wohl jemals wirklich ganz gefüllt gewesen waren. Vielleicht hatte der Leiter der Anstalt ja Bücher meterweise gekauft, um sie zu füllen und dem Raum den Anschein von wissenschaftlicher Etikette zu verleihen.

Als er so auf dem rot-blauen Teppich stand und darüber nachdachte, wer wohl auf Idee gekommen war, hier mitten im Nirgendwo eine psychiatrische Anstalt zu betreiben, hörte er seltsame Geräusche. Es war ein leises Knirschen, das ab und zu durch ein Stöhnen und Knallen unterbrochen wurde, und es hörte sich irgendwie unheimlich an. Aber William war ein praktisch denkender Mensch und merkte bald, dass es nur die Geräusche eines alten Hauses waren, das langsam aus den Fugen geriet und dessen Einzelteile in der Abendbrise klapperten. Vielleicht gab es in dem alten Gemäuer ja auch Mäuse, Eichhörnchen oder Vögel.

Dann brach die Nacht herein und es wurde – hoffentlich – etwas frischer. Nach einigen Mühen schaffte er es, eines der Fenster zu öffnen. Er stellte den größten Ventilator davor und schaltete ihn an. Das Surren des Motors überdeckte die Hintergrundgeräusche und die Abendluft kühlte den Raum etwas ab.

William schaltete die Schreibtischlampe an und begann, in seinen Unterlagen zu stöbern. Er las einige Artikel und studierte seine Notizen. Eigentlich hätte er sich ernsthaft mit seiner Arbeit beschäftigen sollen, aber dazu fühlte er sich noch zu unruhig. Er musste sich erst an die neue Umgebung gewöhnen. William schaltete den Computer ab und nahm eines der Taschenbücher aus dem Regal. *Licht im August* von William Faulkner. Aber selbst darauf konnte er sich nicht konzentrieren und legte es wieder zur Seite. Er warf einen Blick auf den Fernseher und hätte ihn fast eingeschaltet. Aber er machte sich nicht die Mühe, weil es sowieso keine sehenswerten Sendungen gab.

Er war müde und stellte überrascht fest, dass es keinen Grund gab, sich nicht jetzt schon schlafen zu legen. Die Vorstellung entlockte ihm ein Lächeln. Da Lisa bis spät abends gearbeitet und er selbst seine Abende auch oft in Seminaren an der Universität verbracht hatte, war er selten vor Mitternacht ins Bett gekommen. Aber jetzt stand er hier, es war erst kurz nach neun Uhr, und keiner würde davon erfahren oder sich darum kümmern.

Ja, beschloss er, ich gehe früh schlafen. Dann wache ich auch wieder früh auf und kann mich ausgeruht und frisch in meine Arbeit stürzen.

Auf der Matratze lag, noch zusammengefaltet, sein einziges Betttuch, das er für 4,99 bei einem billigen Discounter gekauft hatte. Es war mit hässlichen Streifen in undefinierbaren Farben bedruckt, fühlte sich auf der Haut kratzig an und hatte selbst nach mehrmaligem Waschen seinen Plastikgeruch noch nicht verloren. Aber es hatte auf das Sofa in seinem Büro gepasst. Das Tuch war zu klein für dieses Bett, das groß genug war, um einer römischen Orgie Platz zu bieten. So gut wie möglich breitete er das Tuch aus und beschloss, sich demnächst etwas Besseres zu besorgen.

Als er vor der geöffneten Kommodenschublade stand und gerade nach seinem Pyjama greifen wollte, hielte er nachdenklich inne. Er hatte immer in einem Pyjama geschlafen – im Winter aus Flanell, im Sommer aus Baumwolle. Lisa hatte ihn deshalb oft aufgezogen, ihm aber trotzdem zu jedem Geburtstag einen neuen geschenkt. Wahrscheinlich, weil es so ein praktisches Geschenk war. Selbst an den Abenden, wenn sie miteinander schlafen wollten, hatte er sich mit dem Pyjama ins Bett gelegt und ihn anschließend wieder angezogen, nachdem er sich noch gewaschen hatte.

Aber heute … selbst mit dem laufenden Ventilator war es noch fast unerträglich warm im Zimmer. Der leichte Luftzug würde sich auf nackter Haut bestimmt besser anfühlen. Außerdem war, außer den Kühen, weit und breit niemand in der Nähe.

Mit einem leichten Grinsen schob er die Schublade wieder zu und zog sich bis auf die Unterhose aus. Er hängte seine Hose vorsichtig über die Kommode und ging ins Badezimmer, wo er die Socken und das Unterhemd in die Waschmaschine packte. Kurz darauf hatte er sich gewaschen und die Zähne geputzt. Er war es nicht gewohnt zu trödeln, und so viel gab es im Spiegel auch nicht zu sehen. Seine Nase war zu lang und zu schmal, seine Lippen zu dünn, seine Augen erd- und sein glattes Haar unauffällig mausbraun. Lisa hatte ihm immer gesagt, er sollte mehr trainieren und seine Muskeln entwickeln – sie war Physiotherapeutin und betrachtete sich als Kompetenz auf diesem Gebiet. Aber William beschäftigte sich nicht gern mit seinem Körper und hatte sich damit abgefunden, groß und etwas zu dünn zu sein.

Als er wieder in sein Zimmer zurückkam, überlegte er, ob er das Fenster schließen sollte. Mit dem offenen Fenster fühlte er sich ungeschützt und ausgesetzt, obwohl er wusste, dass niemand in der Nähe war. Aber wenn er das Fenster schloss, wäre auch noch das letzte kühlende Lüftchen ausgesperrt. Er entschied sich für einen Kompromiss und zog die Vorhänge halb zu. Sie wehten leicht im Wind.

Oh Mann, das Bett war wirklich bequem, selbst mit der schrecklichen Bettwäsche. Das erste Mal seit Wochen konnte er sich so richtig langmachen. William streckte alle viere von sich und ließ sich von dem Ventilator den Schweiß auf der Brust und den Beinen trocknen. Er hatte noch nie in einem so großen Bett geschlafen. In dem kleinen Schlafzimmer ihrer vollgestopften Wohnung in Oakland hätte es gar nicht genug Platz gegeben. Was immer sein Aufenthalt in Jelley's Valley auch bringen mochte, zumindest konnte er gut schlafen.

WILLIAM WACHTE von dem lauten Vogelgezwitscher vor seinem Fenster auf. Er musste sich erst wieder erinnern, wo er war. Er befreite sich aus dem Betttuch, das sich um seine Beine gewickelt hatte, und sah auf den Wecker, der auf dem Nachttisch stand. Erschrocken stellte er fest, dass es bereits nach neun Uhr war. Soviel zu seinen guten Vorsätzen, den Tag früh zu beginnen.

Obwohl er fast zwölf Stunden geschlafen hatte, fühlte er sich noch etwas träge, als er ins Badezimmer ging. Er machte sich frisch und setzte Wasser auf, um sich Tee zu kochen. Normalerweise zog er Kaffee vor, aber er mochte keinen Pulverkaffee und hatte noch keine Kaffeemaschine, um sich frischen zu kochen. Außer der neuen Bettwäsche stand das ganz oben auf seiner Einkaufsliste.

Der Darjeeling und eine trockene Scheibe Toast weckten ihn schließlich richtig auf und er konnte wieder einigermaßen klar denken. Er nahm eine Dusche. Die Kabine war etwas eng, der Wasserdruck aber recht gut. Seife und Shampoo musste er auch nachkaufen. Während er sich noch den Schaum aus den Haaren spülte, beschloss er, den Computer erst gar nicht anzuwerfen. Er wollte stattdessen gleich in die Stadt fahren, sich um seine Einkäufe kümmern und herausfinden, wo das Postamt war. Er bezweifelte zwar, in der kleinen Stadt alles zu finden, was auf seiner Liste stand, aber den Versuch war es zumindest wert.

Er rasierte sich und zog sich an. Dabei kam er sich etwas wagemutig vor, weil er auf seine Krawatte verzichtete. Aber der Tag würde sicherlich wieder sehr heiß werden, und er wollte sich in seinem kleinen Toyota nicht auch noch zusätzlich durch das Stück Stoff um seinen Hals einengen lassen. Er dachte sogar daran, seine

Jacke hierzulassen, warf sie dann aber doch auf den Beifahrersitz. So ganz wollte er auf ein professionelles Äußeres dann doch nicht verzichten.

William stellte fest, dass ihm das Ritual am Tor – anhalten, aufschließen, durchfahren, anhalten, abschließen, weiterfahren – wahrscheinlich bald auf die Nerven gehen würde. Außerdem war der große Schlüsselbund zu schwer, um ihn in die Tasche zu stecken. Er packte ihn ins Handschuhfach und hoffte, dass niemand auf die Idee kam, seinen Wagen aufzubrechen.

Über ihm kreisten Falken – oder waren es Habichte? – und die Kühe sahen mit unbewegter Miene zu, wie er über die Schlaglöcher der Schotterpiste zur Hauptstraße rumpelte.

Die Stadt von Jelley's Valley war so klein und unscheinbar, dass er fast durchgefahren wäre. Ein langes, flaches Gebäude mit einem geschotterten Parkplatz beherbergte den Lebensmittelladen und das Postamt. In dem rechteckigen Haus nebenan befand sich das Restaurant ‚Dos Hermanos'. Eine alte Tankstelle auf der anderen Straßenseite vervollständigte die Innenstadt. Es gab auch Wohnhäuser, etwa hundert insgesamt, die alle sehr bescheiden wirkten und die in reichlich Abstand zur Durchfahrtsstraße auf den hinteren Teilen der Grundstücke errichtet waren. Am Fuße eines Hügels stand ein größeres Gebäude mit einer amerikanischen Flagge davor. Wahrscheinlich handelte es sich um die Grundschule, denn auf der Wiese nebenan standen Spielgeräte.

William fuhr auf den Parkplatz, wo außer ihm nur noch ein alter, verbeulter Pick-up stand. An einem Picknicktisch an der Seite des Gebäudes saßen zwei Männer in Radlerhosen. Ihre Fahrräder hatten sie an einen Baum gelehnt. Einer von ihnen trank einen Energydrink, während sich der andere die Oberschenkel massierte. Sie sahen nur kurz auf, als William aus dem Wagen stieg und sich seine Jacke überzog. Selbst die Kühe hatten ihm mehr Interesse entgegengebracht als diese beiden Männer.

Der Eingang zum Postamt war mit Anschlägen zugepflastert. Kätzchen abzugeben. Privater Flohmarkt. Ein Grillfest, um Geld für Patty zu sammeln. Wer Patty war und warum sie Geld brauchte, wurde nicht erklärt. Jemand mit mangelnden Rechtschreibkenntnissen und miserabler Handschrift bot seine Dienste für kleinere Reparaturen und Aufräumarbeiten an. „Preis nach Vereinbarung."

William öffnete die Tür und betrat das Postamt.

Er sah, dass das Postamt und der Laden offensichtlich in einem einzigen, größeren Raum untergebracht waren. Die Post bestand aus einem alten Holzschalter mit Schließfächern. Dahinter befand sich ein Regal mit zahlreichen kleinen Fächern. An den Wänden hingen selbst gemachte Werbeanzeigen und alte Plakate, die Sondermarken anpriesen. Der Schalter war unbesetzt.

Die beiden einzigen Menschen, die sich in dem Raum aufhielten, waren in der Ladenabteilung. Sie bestand aus niedrigen Regalen, die mit einer Unzahl Dosen, Gläser und Päckchen gefüllt waren. Eine ältere Frau in lilafarbenen Jogginghosen und dem dazu passenden Sweatshirt stand an der Kasse. Sie unterhielt sich lebhaft mit dem Kassierer, von dem hinter ihrem massiven Körper kaum etwas zu sehen war. „Delmer sagt, wir sollten ihr kein Geld mehr geben, obwohl sie meine Nichte ist. Sie würde es sowieso nur verschwenden. Aber ich mache mir Sorgen um ihre Kinder. Der Kleinste hat schlechte Augen und braucht eine teure Brille, sonst kann er nichts sehen. Der Mittlere hat mir gesagt, dass sie immer nur Brote zum Abendessen haben. Wirklich, Colby, ich weiß nicht, was ich noch tun soll." Sie schüttelte unglücklich den Kopf.

„Die Familie kann einem Menschen das Herz brechen, Mrs. Barrett."

„Das kann sie, Colby. Das kann sie wirklich. Ich kann nachts kaum noch schlafen, weil ich immer an die armen Kinder denken muss. Wenn ich zehn Jahre jünger wäre, würde ich sie selbst aufnehmen. Ja, das würde ich."

„Ich bin mir sicher, dass sie es bei Ihnen gut hätten. Ihre eigenen Kinder sind wunderbare Menschen geworden."

Mrs. Barrett nickte und suchte nach ihrem Portemonnaie. Die Kasse klingelte fröhlich – es war eine sehr altmodische Kasse, keine von den modernen Dingern, die so impertinent piepsten.

„Soll ich Ihnen helfen, Ihre Einkäufe ins Auto zu bringen?" fragte Colby.

„Vielen Dank, aber die eine Tasche schaffe ich schon selbst. Noch gehöre ich nicht zum alten Eisen."

„Oh nein, Sie haben noch mehr als genug Reserven."

Kassierer und Kundin lachten. Die Plastiktüte raschelte, als Mrs. Barrett danach griff. Sie wandte sich von der Kasse ab und humpelte zur Tür, ohne William auch nur eines Blickes zu würdigen.

„Kann ich Ihnen helfen?", fragte Colby.

William sah sich den Kassierer genauer an und zuckte leicht zusammen. Colby war vielleicht zweiundzwanzig, gut zehn Jahre jünger als er selbst. Seine Haarfarbe ließ sich nicht bestimmen, denn das Haar war in unterschiedlich schattierten blonden Strähnen gefärbt, die kunstvoll arrangiert in alle Richtungen abstanden. Er war relativ zierlich. Das spitze Kinn und die leicht schräg stehenden Augen verliehen ihm etwas Elfenhaftes. Schwarzer Eyeliner betonte das klare Blau seiner Augen. Seine Lippen waren so rot, dass William sich fragte, ob er Lippenstift benutzte. Er trug ein enges, schwarzes Tanktop, das seine sehnigen Arme und die kräftigen Brustmuskeln betonte. Vorne auf dem Hemd stand in silberglänzenden Buchstaben die Aufschrift ‚Total Dance Whore'.

Er lächelte William an. „Kann ich helfen?", wiederholte er dann seine Frage.

„Ich, äh … ich möchte mit jemandem von der Post sprechen."

„Oh! Das bin ich."

William trat einige Schritte zurück, als Colby hinter seiner Kasse hervorkam und sich auf den Weg zum Postschalter machte. Colby grinste und freute sich offensichtlich, ihm helfen zu können. Anstatt die Schwingtür zu benutzen, sprang er direkt über den Schalter und landete elegant auf der anderen Seite.

„Was wünschen Sie? Briefmarken? Ich habe einige sehr hübsche Sondermarken."

„Du arbeitest hier?"

Colby ließ sich durch die Frage nicht aus der Ruhe bringen. „Jawoll. Warum? Sehe ich nicht so aus? Ich kann jederzeit eine beeindruckende Demonstration meiner Künste beim Ablecken von … Briefmarken geben."

„Das ist nicht gerade die übliche Postuniform."

Colby sah an sich herab. Außer dem Tanktop trug er Jeans, die eng an seinem sportlichen Körper anlagen. Rote Flip-Flops vervollständigten seine Erscheinung. Er sah zurück auf William und zuckte mit den Schultern. „Wer will schon den ganzen Tag in Blassblau herumlaufen? Und diesen fürchterlichen Hosen mit dem Seitenstreifen? *So* unvorteilhaft. Außerdem habe ich gute Beziehungen zur Chefin." Er zwinkerte William zu und flüsterte betont verschwörerisch: „Sie ist meine Tante."

William mochte es nicht sehr, angezwinkert zu werden. Aber er ließ sich nichts anmerken. „Könnte ich sie bitte sprechen?"

„Jetzt nicht. Sie fährt die Post aus und solange gibt es hier nur mich. Sie sagt, sie wäre gerne an der frischen Luft. Aber in Wirklichkeit geht es um Bob Samuels. Er ist ihr letzter Kunde und die beiden haben eine Affäre miteinander. Wenn man das nach zehn Jahren noch so nennen kann."

„Nach zehn Jahren?", wiederholte William ungläubig.

„Ungefähr. Es hat ein oder zwei Jahre nach dem Tod von Bobs Frau angefangen. Ich habe Tante Deedee schon oft gesagt, dass sie doch einfach bei dem alten Kerl einziehen soll. Aber nein, sie besteht darauf, dass sie beide zu eigenwillig wären, um sich noch an einen anderen Menschen zu gewöhnen. So wären sie glücklicher, sagt sie. Ich weiß nicht. Wenn ich einen festen Freund hätte, würde ich jeden Tag mit ihm zusammen aufwachen wollen. Aber vielleicht bin nur ich so."

William hätte sich beinahe geschüttelt, konnte sich aber noch rechtzeitig zusammenreißen.

Colby ließ sich nicht anmerken, ob ihm Williams Reaktion aufgefallen war. Er lächelte immer noch. „Aber ich kann bei allen postalischen Bedürfnissen meine kompetente Hilfe anbieten."

„Ich, äh … ich habe gerade diesen Job übernommen …"

„Hey! Du bist der Neue vom Irrenhaus! Gott, das hätte ich mir eigentlich denken können. Tut mir leid. Ich bin Colby Anderson, Hilfspostmeister und Krämer." Er streckte William die Hand entgegen.

William schüttelte sie zweimal, dann ließ er wieder los. Seine Haut prickelte unangenehm. „William Lyon. Ich wollte mich nur vorstellen, für den Fall, dass Post für mich eintrifft."

„Prima! Ich sorge dafür, dass alles bei dir landet, das an Bill Lyon adressiert ist."

„William."

Colby schien ihn gar nicht gehört zu haben. „Tante Deedee fährt nicht bis zum Irrenhaus. Jedenfalls normalerweise nicht. Erwartest du viel Post?"

„Nein." Er erwartete so gut wie gar keine Post.

„Cool. Dann kannst du die Post ja selbst abholen, wenn dir danach ist. Oder du kannst mir deine Telefonnummer geben und ich sage dir Bescheid, wenn ein offiziell aussehender Umschlag dabei ist. Dann musst du nicht immer wegen jedem Werbekatalog losfahren."

William sah ihn erstaunt an. „Du würdest mich anrufen?"

„Sicher. Ich mache das für etliche unserer Kunden. Einer von ihnen verbringt die meiste Zeit mit seinem Wohnmobil in den Bergen. Ich rufe ihn an, wenn sein Scheck eintrifft."

Obwohl es William unangenehm war, dass dieser Mann sich seine Post ansehen würde, fiel ihm kein vernünftiger Grund ein, das Angebot abzulehnen. Außerdem konnte es nicht schaden, wenn er bei wichtiger Post schnell benachrichtigt wurde. Lisas Anwalt würde wahrscheinlich bald die Scheidungsunterlagen schicken. Es war eine einvernehmliche Scheidung, sie hatten nicht genug Besitz, um den sie sich hätten streiten können. Und selbst wenn, William hätte ihn Lisa gerne überlassen.

„In Ordnung", sagte er zu Colby.

„Hol dein Handy raus."

William wühlte in seiner Tasche nach dem Telefon. Dann gab er gehorsam die Nummer ein, die Colby ihm diktierte. In Colbys Hosentasche spielte eine Melodie – *It's Raining Men*, um Gottes willen! – und er holte mit einer ausholenden Geste das Handy hervor. „Hallo", beantwortete er den Anruf.

William kam sich ziemlich dämlich vor. Er atmete erleichtert auf, als Colby lachte und die Nummer speicherte. „Jetzt habe ich dich in meinem Adressbuch, Will Lyon."

„William." So war er schon immer genannt worden, auch, als er noch ein Kind war. Nicht Bill und nicht Will, und schon gar nicht – Gott behüte! – Willy.

Colby steckte sein Handy wieder in die Tasche. William wunderte sich, dass in den engen Jeans überhaupt noch genug Platz war, um das Gerät unterzubringen.

„Wo wir jetzt die Kommunikation im Griff haben – kann ich sonst noch was für dich tun? Briefmarken vielleicht?" Colby zwinkerte ihm wieder zu.

„Ich, äh, könnte einige Lebensmittel brauchen."

„Aber sicher." Colby sprang wieder über den Schalter. Er schob sich dicht an William vorbei, hätte ihn fast berührt. Viel zu nahe für Williams Geschmack. Colbys Schritt war leicht und schwungvoll. Es war vielleicht übertrieben, von Springen zu reden. Aber als normales Gehen konnte man das auch nicht bezeichnen. Er sah aus wie ein Mann, der gerade einen Club betrat oder sich auf einer Party amüsierte, nicht wie jemand, der in einem Tante-Emma-Laden an Regalen mit Dosengemüse und Slipeinlagen vorbeiging.

Als Colby wieder an der Kasse ankam, drehte er sich zu William um. „Bevor du mich darauf hinweist, nein, das ist auch nicht die Uniform für Kassierer. Aber zu dem Besitzer des Ladens habe ich auch gute Beziehungen. Er ist mein Opa."

„Bist du hier mit jedem verwandt?"

„Nein. Aber mit allen, die wichtig sind", meinte Colby lachend. „Der Chef der Feuerwehr ist mein Onkel. Wenn ich mehr Muskeln hätte, könnte ich wahrscheinlich für die Feuerwehr arbeiten. Aber die Uniformen sind im Sommer eine Qual, also ist das auch gut so." Er bückte sich und holte einen Einkaufskorb unter der Kasse hervor, den er William hinhielt. „Bitte sehr. Du bist herzlich eingeladen, dich mit unserem beeindruckenden Angebot bekannt zu machen."

William nahm den Korb mit einem dankenden Kopfnicken entgegen. Als er sich den Regalen zuwandte, spürte er Colbys Blick im Nacken. Es gab alles, was in einem kleinen Laden dieser Art zu erwarten war. Die üblichen Standardartikel eben, nichts Exotisches und keine Spezialitäten. Mit Sicherheit keine Bettwäsche oder Kaffeemaschinen. William entschied sich für etwas Dosenwurst, Milch, Bohnen und Reis, ein Stück Seife und einige andere Kleinigkeiten. Dann ging er mit seinem Korb zur Kasse zurück und stellte ihn ab. „Kein frisches Obst, oder?"

Colby schüttelte den Kopf. „Nein, tut mir leid. Aber wenn du drei Meilen die Straße runter fährst, kommst du an einen gut sortierten Stand mit Obst und Gemüse. Sie können dir alles besorgen, was Grünzeug und Früchte angeht." Er wackelte mit den Augenbrauen. „Der Stand gehört meiner Cousine."

Als William mit den Augen rollte, musste Colby lachen. Nachdem er alles in die Kasse eingegeben hatte, hielt er inne und sah William an. „Mir fällt gerade ein, dass ich etwas vergessen habe. Jetzt, wo du quasi ein Einheimischer bist, muss ich dir noch die Hauptattraktion der wunderschönen Innenstadt von Jelley's Valley zeigen. Komm mit."

William wollte mit diesem merkwürdigen Wesen nirgendwo hingehen, aber er wollte auch nicht unhöflich sein. Also folgte er Colby gehorsam durch den Laden, bis sie an eine schmale Tür zwischen den Kühlregalen kamen. An der Tür hing ein Pappschild. ‚Privat' stand darauf. Colby öffnete die Tür und ließ William mit einer angedeuteten Verbeugung den Vortritt. „Willkommen im Kulturzentrum von Jelley's Valley."

Es war wahrscheinlich ein ehemaliger Lagerraum, denn an den Wänden standen immer noch alte Regale. Aber anstatt Dosen und Schachteln enthielten sie Bücher. Hunderte von Büchern. Es waren vor allem Taschenbücher, und sie zeigten deutliche Abnutzungsspuren. In einer Ecke stand ein Zeitschriftenregal und in der anderen ein kleiner Tisch, auf dem ein ramponierter Aktenordner lag.

Colby sah sich mit einem stolzen Lächeln in dem Zimmer um, wie ein Vater, der seinen verdreckten, aber innig geliebten Sohn betrachtet. „Als mein Großvater den Laden übernommen hat – es muss Ende der Vierzigerjahre gewesen sein –, hat er entschieden, dass die Einwohner von Jelley's Valley mehr Literatur brauchen. Also hat er ein Regal gekauft und es mit Büchern gefüllt. Er hat so gut wie nichts verkauft. Die Leute haben nur davor gestanden und gelesen. Sie hatten damals kein Geld für Bücher. Niemand hatte viel Geld in diesen Jahren. Den meisten geht es heute noch so. Schließlich hat mein Großvater beschlossen, die Bücher umsonst auszuleihen. Nach einiger Zeit haben die Leute auch ihre eigenen Bücher vorbeigebracht, wenn sie sie durchgelesen hatten. Deshalb hat Großvater diesen Raum dafür eingerichtet. Die Sammlung wächst von Jahr zu Jahr."

„Es ist also … wie eine Bibliothek."

„Ja. Nur dass es keinen Katalog gibt und alles ziemlich unsortiert in den Regalen steht. Die Leute sollen sich in dem Ordner eintragen, wenn sie ein Buch ausleihen. Aber die meisten denken nicht daran."

„Woher wisst ihr dann, ob die Bücher zurückgebracht werden?"

Colby zuckte mit den Schultern. „Jeder bringt sie zurück. Außer Paul Akers. Er vergisst es immer wieder. Ein- oder zweimal im Jahr fahre ich bei ihm vorbei und sammle alles ein. Sie sind überall in seinem Haus verstreut. Es ist fast, als ob man Ostereier sucht."

„Oh."

Colby gab ihm einen Klaps auf den Arm, bei dem William zusammenzuckte. „Jetzt bist du ein Einwohner von Jelley's Valley und darfst dir auch Bücher ausleihen. Gibt es etwas, das dich hier interessiert?" Colby wackelte mit den Augenbrauen und sah ihn anzüglich grinsend an.

William wurde rot und verließ fluchtartig das Zimmer. „Äh, nein. Nein, danke."

Hörte Colby denn nie auf zu grinsen? Nein, er zuckte nur wieder mit den Schultern. „Na gut. Aber jetzt, wo du das innere Heiligtum kennengelernt hast, darfst du jederzeit zurückkommen."

Sie wechselten noch einige Worte, während Colby sich um Williams Einkauf kümmerte. Nun, eigentlich war es nur Colby, der redete. Zu jedem einzelnen Artikel hatte er etwas zu sagen oder konnte ein Rezept empfehlen. William nickte nur mit dem Kopf und brummte ab und zu zustimmend. Als er bezahlte, berührten sich ihre Finger. Erschrocken zog William die Hand zurück und hätte fast das Geld fallen lassen.

Dann konnte er endlich seine Tüte unter den Arm klemmen.

„Ist es nicht ein komisches Gefühl, so ganz alleine in dem alten Irrenhaus?"

„Ich mag die Stille."

„Ja, aber … es muss doch einsam sein." Colby wirkte ungewohnt ernst.

„Ich mag die Einsamkeit. Es ist schön ruhig."

„Sicher", erwiderte Colby zweifelnd. Dann schien er zu seiner guten Laune zurückzufinden. „Aber jetzt hast du ja meine Telefonnummer. Falls du irgendetwas brauchst, kannst du jederzeit anrufen. Ich habe fast mein ganzes Leben hier verbracht. Wenn ich dir nicht selbst helfen kann, dann kenne ich jemanden, der sich auskennt."

„Wahrscheinlich jemand aus deiner Verwandtschaft."

Colby lächelte und sah ihn mit strahlenden Augen an. Er war wohl doch schon älter, als William zunächst vermutet hatte. „Genau. Willkommen in unserer Stadt, Will."

Dieses Mal korrigierte William ihn nicht.

3

WILLIAM GEWÖHNTE sich an den Anblick der Kühe. Sie waren wie alte Nachbarn, denen man zwar zuwinkte, die man aber nie richtig kennengelernt hatte. Er konzentrierte sich beim Fahren auf die Kühe und die Schlaglöcher, weil er nicht an Colby Anderson denken wollte. Er fühlte sich unwohl, wenn er an Colby dachte. Und das gefiel ihm gar nicht.

Er überlegte, seine Einkäufe auszuladen und dann noch nach Mariposa zu fahren. Aber als er schließlich am Krankenhaus vorfuhr, hatte er sich wieder anders entschieden und beschlossen, noch einen oder zwei Tage damit zu warten. Er konnte leicht eine weitere Nacht mit der alten Bettwäsche und einen Morgen ohne Kaffee überleben.

Seine Schritte hallten durch die leere Empfangshalle. Er überlegte, wie es hier wohl ausgesehen haben mochte, als die Anstalt noch Patienten hatte. Hatte es nach Krankenhaus gerochen? Hätte ein Besucher die Menschen lachen, weinen oder schreien hören können? Gab es Familien, die sich darauf freuten, ihre kranken Verwandten zu sehen? Oder kamen sie nur zu Pflichtbesuchen und waren froh, so schnell wie möglich wieder gehen zu können?

Ahnten die Patienten bei ihrer Einlieferung, dass sie die Anstalt vielleicht nie wieder verlassen würden, dass sie in einem anonymen Grab auf einem verwilderten Friedhof ihre letzte Ruhestätte finden würden?

Gott. Die Gedanken daran waren William fast so unangenehm wie seine Erinnerung an Colby.

Er verstaute seine Einkäufe in der Küche und machte sich ein Sandwich. Die Hitze war noch nicht wieder bis in das Gebäude vorgedrungen, aber das war nur eine Frage der Zeit. Er zog die Jacke, sein Hemd und die Schuhe aus. Vielleicht sollte er sich aus Mariposa kurze Hosen mitbringen. Er hatte schon lange keine mehr besessen, selbst bei seinen gelegentlichen Besuchen in der Sporthalle der Universität trug er Jogginghosen.

Die nächsten drei Stunden verbrachte er an dem großen Schreibtisch, wo er Daten eingab und korrigierte. Ab und zu kamen Vögel ans Fenster und rissen ihn aus seiner Konzentration, aber ansonsten war es hier so ruhig, wie er es sich erhofft hatte. Keine Studenten, die laut die Flure entlangliefen, keine Lisa, die in ihrer kleinen Wohnung putzte. William kam mit seiner Arbeit gut voran.

Als seine Blase drückte, machte er eine kurze Pause. Er stand auf, streckte die Glieder und wischte sich den Schweiß von der Stirn. Dann machte er sich auf den Weg ins Badezimmer.

Nach seiner Pause wollte er weiterarbeiten, aber durch das lange Sitzen waren seine Muskeln verkrampft. Nach einem kurzen Augenblick der Unentschlossenheit griff er sich den großen Schlüsselbund und ging auf Entdeckungsreise.

Das Gebäude war, zumindest im Erdgeschoss, noch in besserem Zustand, als er zunächst vermutet hatte. Sicher, alles war abgenutzt und veraltet, aber nach einer gründlichen Reinigung und mit etwas Farbe könnten die Flure wieder einigermaßen ansehnlich hergerichtet werden. Es gab viele Türen, die meisten davon waren nummeriert. Er öffnete einige, aber die Zimmer dahinter waren entweder leer oder enthielten nur einige kaputte Möbelstücke und Papier, das auf dem Boden verstreut lag. In einem kleinen Raum fand er eine gräuliche Baumwollhose mit einem dazu passenden Hemd, die neben einer fadenscheinigen, braun-grünen Decke auf dem Boden lagen. Es waren die ersten persönlichen Gegenstände, die er bisher zu Gesicht bekommen hatte. Er fragte sich, wer die Kleidung wohl getragen und unter der Decke geschlafen hatte.

Nachdem William einige Zeit durch die Gänge und Zimmer gegangen war, entwickelte er langsam ein Gefühl für den Grundriss des Gebäudes. Es war sehr systematisch angelegt, mit einigen langen, parallelen Korridoren, die in verschiedene Richtungen führten. In der Mitte der einzelnen Gebäudeteile befand sich jeweils ein kleiner Innenhof, der komplett von den Wänden des dreistöckigen Gebäudes umgeben war. Die Böden der Innenhöfe waren aus Zement, der im Laufe der Jahre an vielen Stellen aufgebrochen war. Sie enthielten nichts, außer einigen verkümmerten Bäumen, umgestürzten Holzbänken und verrosteten Metallstühlen. Vielleicht war es den Insassen erlaubt worden, ab und zu ins Freie zu gehen und aus diesen Höfen einen Blick auf den Himmel zu erhaschen, umgeben von weißen Stuckmauern und vergitterten Fenstern.

William entdeckte auch einige Büroräume und eine große Küche, die jedoch nur noch ein Trümmerhaufen war. In einem großen, gekachelten Raum befanden sich einige Duschköpfe und zwei verschrammte Badewannen, die Abflüsse waren in den Boden eingelassen. Es gab zwei Zimmer, die offensichtlich als Aufenthalts- oder Warteräume gedient hatten, denn sie enthielten vermoderte, alte Sofas. In einem größeren Raum standen alte Holztische und eine Art Podest oder Bühne an der Wand. Es gab drei Schlafräume mit langen Reihen rostiger, schmaler Bettgestelle. Mehrere fensterlose, kleine Räume erinnerten ihn fatal an Zellen.

Als William sich endlich wieder seinem Apartment näherte, war er müde und fühlte sich niedergeschlagen. Dabei hatte er die beiden oberen Stockwerke noch gar nicht betreten. Er wusste nicht, ob er sie noch sehen wollte. Schließlich war es auch recht unwahrscheinlich, dass sich da oben jemals unbefugte Eindringlinge aufhalten würden. Bevor er in sein Apartment zurückging, warf er noch einen Blick auf die Tür zum Nachbarzimmer. Jan hatte gesagt, dass hier die Akten aufbewahrt wurden. Er wusste nicht so recht, was er sich darunter vorstellen sollte. Wahrscheinlich wäre es recht interessant, sich dort etwas umzusehen. Nein, wies er sich dann zurecht. Dissertation. Er setzte sich wieder vor seinen Computer.

WILLIAM HASSTE Träume. Er war Psychologe und ihm war durchaus klar, dass Träume eine wichtige Rolle für das Unterbewusstsein und die Verarbeitung von Erfahrungen spielten. Aber wenn er eine Pille hätte nehmen können, um traumlos zu schlafen, er hätte es jederzeit getan. Es waren nicht Albträume, die ihn quälten, eigentlich war es nicht viel schlimmer als ein leichtes Angstgefühl, das ihn nachts heimsuchte. Aber es störte ihn, dass er über die nächtlichen Aktivitäten seines Gehirns keinerlei Kontrolle hatte. Sobald er in den REM-Schlaf versank und die Träume begannen, führte ihn sein Unterbewusstsein an Orte, die er lieber vermieden hätte.

Heute Nacht beispielsweise. Während die Ventilatoren surrten und das alte Gemäuer ächzte und knarrte, stand er plötzlich auf einer Bühne in einer riesigen Bibliothek, deren Ende er nicht erkennen konnte. Überall war er von Regalen umgeben, die mit Abertausenden von Büchern gefüllt waren. Neben ihm auf der Bühne stand Colby Anderson. Er wirkte sehr maskulin, obwohl er ein rosa Kleid mit glitzernden Pailletten trug, mit dem er jede Discoqueen in den Schatten gestellt hätte. Aus verborgenen Lautsprechern klang in voller Lautstärke It's Raining Men und Colby kam mit kreisenden Hüften auf William zugetanzt. Er bewegte sich lasziv und sinnlich. „Komm schon, Billy-Boy", forderte er William auf und streckte ihm die Hand entgegen. „Tanz mit mir. Gib zu, dass du es willst."

„Nein", erwiderte William. Aber er hörte sich nicht sehr überzeugend an. „Ich muss arbeiten."

„Du lernst und arbeitest schon dein ganzes Leben. Jetzt wird es Zeit für den Abschlusstest."

Plötzlich war der Platz vor der Bühne mit Menschen gefüllt. Fred Ochoa und Jan Merrick waren zu sehen. Alle Lehrer und Professoren, die William jemals kennengelernt hatte, waren dabei. Selbst Mrs. Castiglione, seine Grundschullehrerin, fehlte nicht. Sie trug einen Kittel, der mit Smileys bedruckt war, und neonfarbene Sportschuhe. In der Hand hielt sie die Fingerpuppe, mit denen sie ihnen in der Schule Rechnen beigebracht hatte. Lisa und ihre Freunde waren auch da. Die alte Frau aus dem Lebensmittelladen mit ihrem lilafarbenen Jogginganzug. Um sie herum standen drei verlassen wirkende Kinder. Nicht weit von ihr stand Pastor Reynolds, der William mit zusammengekniffenen Augen musterte. Bei ihm waren Williams Eltern, sein Vater mit grimmig zusammengebissenen Zähnen, seine Mutter mit rot geweinten Augen.

Und natürlich war William so gut wie nackt. Er stand auf der Bühne, mit nichts als seiner Unterhose am Leib. Und es war keine normale Unterhose, oh nein! Es war ein G-String aus Goldlamé, der nichts verborgen hielt. Weder seinen nackten, dürren Körper, noch das, was sich hinter dem kleinen Stofffetzen befand.

„Der gehört mir nicht! Ich hatte ein Jackett und eine Krawatte an!", schrie er in die Menge. Aber die Musik spielte so laut, dass er kaum zu hören war.

Colby tänzelte näher. „Zeit für unseren Tanz."

„Nein!"

In diesem Moment hielt ein Zug neben der Bühne. Er war mit Menschen gefüllt, die er aber hinter den beschlagenen Fensterscheiben nicht erkennen konnte. Colby griff nach ihm. William sprang zurück, drehte sich um und lief auf den Zug zu. Am Bühnenrand stolperte er und fiel, fiel …

William zuckte zusammen und wachte schweißgebadet auf. Grummelnd befreite er sich aus dem Betttuch, das sich um seine Beine gewickelt hatte. Als er aufstehen wollte, wäre er fast aus dem Bett gefallen. Im Mondlicht versuchte er, sein Bett wieder halbwegs in Ordnung zu bringen, zog das Tuch glatt und schüttelte das Kissen auf. Dann legte er sich wieder hin und schloss die Augen. Er wollte nicht über den verdammten Traum nachdenken. Es war Unsinn, hatte keine tiefere Bedeutung. Nur spontane Impulse in seinem Gehirn. Es hatte nichts mit dem Psycho-Mist von Freud zu tun, war kein Abwehrmechanismus. Der ganze Symbolismus – von wegen Züge als Phallussymbol! – war nur das Produkt von Freuds überaktiver viktorianischer Fantasie, war nie bewiesen worden und hatte keinerlei empirische Relevanz. William war einfach müde und gestresst, musste sich noch an die neue Umgebung gewöhnen. Das war alles.

Er wälzte sich noch einige Zeit hin und her, bis die Erinnerung an seinen Traum langsam nachließ. Bis zum Morgen hatte er ihn wahrscheinlich ganz vergessen. Was er nicht verdrängen konnte, war die Einsamkeit, die er empfand, als er zusammengerollt in der Mitte des großen Bettes lag.

AM NÄCHSTEN Morgen zwitscherten die Vögel besonders laut. William kam sich vor wie in einem Zeichentrickfilm von Walt Disney – die Vögel versammelten sich vor seinem Fenster, um ihn zu wecken und aufzufordern, endlich den Tag zu beginnen. Aber er fühlte nicht die geringste Ähnlichkeit zwischen sich und Cinderella oder Schneewittchen, als er ins Badezimmer schlurfte, um sich zu duschen und zu rasieren. Dann kochte er sich einen Tee und aß eine Scheibe Toastbrot dazu. Er brauchte wirklich dringend eine Kaffeemaschine.

Trotzdem schaffte er es in den nächsten Stunden, weiter an seiner Dateneingabe zu arbeiten. Dann suchte er nach einigen Artikeln, die er in Kürze brauchen würde. Einen davon konnte er online durch sein Universitätskonto beziehen, aber der andere war nur über Fernleihe erhältlich. Die Website der Bibliothek versprach, dass er innerhalb einer Woche per E-Mail als PDF-Datei zugestellt würde.

Als William auf die Zeitanzeige auf seinem Bildschirm sah, war es zu seiner Überraschung schon nach ein Uhr. Er machte sich etwas zu essen und stellte fest, dass ihm die belegten Brote langsam zum Hals heraushingen. Sehnsuchtsvoll dachte er an gemischten Salat, vielleicht mit Hühnerbrust und chinesischem Dressing. Er musste endlich einkaufen fahren und sich mehr Vorräte zulegen.

Als er noch mit Lisa zusammenlebte, hatten sie einen kleinen Gasgrill auf dem Balkon. Dort hatte William Hühnerbrust in großen Mengen gegrillt, sodass sie für mehrere Tage eine Fleischbeilage hatten, die sie auf unterschiedliche Weise zubereiten konnten. Es war eine gute Methode gewesen, um trotz ihrer unterschiedlichen Arbeitszeiten immer ein gutes Essen zu improvisieren. Ab und zu, wenn das Geld nicht allzu knapp war, hatte William Steaks gegrillt. Aber den Grill hatte er bei seinem Auszug Lisa überlassen. Sie würde ihn wahrscheinlich nicht benutzen, aber in seinem Büro war auch kein Platz dafür gewesen. Jetzt hätte William ihn allerdings gut gebrauchen können. Vielleicht konnte er in Mariposa einen kleinen Kompaktgrill finden, der nicht allzu teuer war.

„Du wirst dir noch eine ganze Wohnungseinrichtung kaufen", sagte er laut und seufzte. Zwei Nächte allein in der Anstalt und schon führte er ständig Selbstgespräche.

William brauchte Bewegung. Aber die Mittagshitze lag schwer über dem Tal und allein bei dem Gedanken, sich ins Freie zu begeben, brach ihm der Schweiß aus. Gut, dass das Gebäude so groß war. Wenn er wollte, konnte er wahrscheinlich stundenlang durch die Gänge und Zimmer laufen.

Er ging immer noch nicht in die oberen Stockwerke. Während er das dritte und vierte Mal durch die Gänge im Erdgeschoss ging, fielen ihm immer mehr Details auf. Beispielsweise die Namen, die in einige Türrahmen geritzt waren – Jamey, Charles, Robert – oder die kleinen Flecken an einer der weiß getünchten Zimmerdecken, die verdächtig nach Blut aussahen. An einigen der Bettgestelle waren Lederriemen befestigt, mit denen man die Patienten festschnallen konnte. In eines der Zimmer waren Ameisen eingedrungen, die geschäftig auf einer Straße unterwegs waren, die vom Fenster über die Wand und den Boden bis in eine Zimmerecke verlief, wo sie unter einer losen Kachel endete. Er nahm sich vor, Jan zu kontaktieren und sie zu fragen, ob er etwas dagegen unternehmen sollte.

Am Ende des Nachmittags kam er wieder in den kleinen Raum mit der zurückgelassenen Kleidung und der alten Decke. Wie am Tag zuvor lehnte William sich an den Türrahmen und sah sich nachdenklich die alten Fetzen an. Sie waren ein trauriger Anblick, wie eine alte Puppe, die mit abgeschnittenen Haaren und von Schmutz überzogenem Gesicht in einer Ecke liegen gelassen worden war. Was für ein dummer Vergleich. Wahrscheinlich hatten die Sachen noch nicht einmal einem Patienten gehört. Auf dem Gelände hatte auch Personal gelebt, und Jan hatte ihm davon erzählt, dass in den ersten Jahren nach der Schließung der Anstalt oft Obdachlose hier übernachtet hatten. Auch Jugendliche aus der Umgebung waren oft hier gewesen, um zu feiern, Drogen zu nehmen oder Sex zu haben.

Ja, schon gut. Aber der Raum war trotzdem deprimierend.

Er wollte sich gerade umdrehen und das Zimmer verlassen, um entweder noch weiter durch die Gänge zu wandern oder an seinen Computer zurückzukehren, als ihm etwas auffiel, das seinen Ordnungssinn störte. An einer Wand lag die Bodenleiste nicht richtig an und schloss auch nicht gerade mit dem Boden ab. Es sah aus, als wäre sie abgezogen und dann in aller Eile nur unzureichend wieder befestigt worden. Vielleicht gab es dahinter mehr Ameisen oder sogar Nagetiere. Er sollte es sich genauer ansehen, vielleicht musste ja ein Kammerjäger bestellt werden.

Seine Schritte hörten sich merkwürdig gedämpft an, als er durch das kleine Zimmer ging. Er bemerkte, dass die Kleidung auf dem Boden schon sehr abgetragen und offensichtlich mehr als einmal notdürftig geflickt worden war. Vorsichtig ging er um das Bündel herum.

Vor der Wand kniete er sich auf den Boden und besah sich die Leiste. Ja, sie stand an einem Ende etwas ab, aber es gab keine Anzeichen von Ameisen oder sonstigem Getier. Er schob die Finger zwischen die Leiste und die Wand und zog daran. Sie gab so plötzlich nach, dass er fast auf den Hintern gefallen wäre.

Die Wände des Gebäudes bestanden aus Holz, das an den Außenseiten verputzt war. Jemand hatte den Putz abgekratzt und ein Stück Holz herausgebrochen, sodass sich dahinter eine kleine Öffnung befand. Das Loch war keine dreißig Zentimeter lang und etwa fünfzehn Zentimeter hoch. Wenn die Leiste richtig angebracht worden wäre, hätte er es nie entdeckt.

William legte den Kopf auf den Boden, ohne sich um den Schmutz und den Staub zu kümmern. Er wollte sehen, was sich in dem Loch in der Wand befand. Er entdeckte eine kleine Blechdose, die so tief wie möglich in die Wand geschoben worden war.

Nach kurzem Zögern steckte er vorsichtig die Hand in das Loch und zog die Dose heraus. Sie war alt und verrostet, zahlreiche kleine Beulen und Dellen bedeckten ihre Oberfläche. Sie war unbeschriftet, hatte einen Deckel mit einem einfachen Klappverschluss und einen Griff aus Draht. Als er sie aufhob, spürte er, dass sie nicht leer war.

Wer auch immer die Blechdose in der Wand versteckt hatte, war wahrscheinlich schon lange tot. Trotzdem kam William sich wie ein Eindringling vor, als er vorsichtig die Klappe löste und die Dose öffnete. Der Deckel klemmte etwas, gab aber dann mit einem leisen Quietschen nach.

In der Dose befand sich ein kleiner Stapel vergilbtes Papier, sorgfältig in der Mitte gefaltet. Er nahm das oberste Blatt heraus und faltete es auf. Es war dicht beschrieben, Zeile um Zeile, in einer ordentlichen, sorgfältigen Handschrift, die durch das Alter schon leicht verblasst war. William sah auf die oberste Zeile. Am linken Rand las er die Worte *18. März 1938*. Darunter stand eine Anrede: *Mein liebster Johnny.*

4

WILLIAM SASS in seinem Apartment, im Fernseher lief eine Nachrichtensendung, die er nur wegen des Hintergrundgeräuschs eingeschaltet hatte. Er starrte abwesend auf seinen Teller mit dem halb aufgegessenen Mittagessen und überlegte, was er mit der Blechdose anfangen sollte. Er hatte nur die erste Zeile gelesen, dann hatte er das Blatt Papier wieder zusammengefaltet, in die Dose zurückgelegt und sie mitgenommen. Sie stand jetzt vor ihm auf dem Tisch. Es war keine außergewöhnliche Dose, und die langen Jahre in der Wand waren ihr deutlich anzusehen. Aber sie übte eine verlockende Wirkung auf William aus, ganz so wie eine alte Schatzkiste oder ein Überraschungspaket auf ein Kind. Er wollte sie öffnen und die Briefe lesen, zwang sich aber dazu, noch damit zu warten.

„Erst essen", sagte er laut zu sich selbst. „Dann arbeiten. Danach kannst du schnüffeln."

Vielleicht sollte er seine guten Vorsätze gegen Selbstgespräche neu überdenken. Schließlich war er nicht der Einzige, der laut dachte. Er hatte sogar schon Studien gelesen, die zu dem Ergebnis gekommen waren, dass Selbstgespräche unter gewissen Umständen dem Denkprozess förderlich waren. Außerdem hatte er den ganzen Tag noch keine Menschenseele gesehen und seine Stimmbänder rosteten langsam ein.

Er aß den Rest seines Mittagessens auf – gegrillten Schinken und Käse mit Apfelscheiben und Kartoffelchips – und spülte das schmutzige Geschirr. Dann schaltete er die Nachrichtensendung aus und wechselte den Sender, bis er ein Violinkonzert von Bach fand. Nachdem er einige Zeit vor dem Computer gesessen und Daten eingegeben hatte, merkte er, wie die Zahlenreihen vor seinen Augen verschwammen und seine Aufmerksamkeit nachließ. Da er keine Fehler riskieren wollte, schloss er die Datei und schaltete den Computer ab. Er nahm die Dose vom Tisch und setzte sich in einen Sessel, um sie zu öffnen.

18. MÄRZ 1938
Mein liebster Johnny,
ich weiß nicht, ob und wann dich dieser Brief jemals erreichen wird, aber ich schreibe ihn trotzdem. Meine Gedanken sind immer bei dir, mein Geliebter, auch wenn wir durch viele Meilen getrennt sein mögen.

Sie sagen, ich war ein arger Schuft. Deshalb musste ich lange mit mir kämpfen und viele Wochen sehr brav sein, bevor sie mir Papier und einen Bleistift gegeben haben. Sie wollen, dass ich an meine Eltern schreibe, um ihnen mitzuteilen, wie gut ich hier behandelt werde und wie angenehm mein Aufenthalt hier ist. Und dass ich sicher bin, bald wieder ganz geheilt zu sein. Aber ich habe etwas Papier, den Stift und eine Blechdose, in der ein Wärter sein Frühstück mitgebracht hat, auf die Seite geschafft. Deshalb kann ich dir jetzt schreiben.

Und, oh, mein liebster Johnny, sie werden mich niemals heilen.

Natürlich will ich diesen schrecklichen Ort wieder verlassen. Das Essen ist grauenhaft, die Geräusche und der Gestank sind noch schlimmer. Vor jedem Fenster sind Gitter, und sie haben mir jede menschliche Würde geraubt. Sie behandeln mich schlimmer als ein Kind oder einen Invaliden. Für sie bin ich krank und verdorben.

Wenn sie mich heilen könnten, wäre ich wieder frei.

Aber wenn sie mich heilen könnten, würde ich dich nicht mehr lieben, würde mich nicht mehr nach deiner Stimme und deiner Berührung sehnen. Und das könnte ich noch weniger ertragen als den Verlust meiner Freiheit.

Für immer der Deine,
Bill

WILLIAM LEGTE das brüchige Papier mit zitternden Händen auf den Tisch. Lange Zeit saß er regungslos in seinem Sessel und starrte mit leeren Augen vor sich hin. Er hatte ein flaues Gefühl im Magen.

Der Name war nur Zufall, das war ihm klar. William war ein beliebter Name, der vor hundert Jahren wahrscheinlich noch häufiger gewesen war als heute. William war überzeugt, dass die Namensgleichheit nichts zu bedeuten hatte. Aber er hatte das Gefühl, ein leises Flüstern zu hören, das durch die alten Gänge wehte wie Staubflusen im Wind. *Bill ... William.*

Abrupt stand er auf und faltete den Brief hastig wieder zusammen. Er legte ihn in die alte Blechdose zurück und schlug den Deckel zu. Fast wäre er versucht gewesen, die verdammte Dose zurückzubringen und wieder in das Loch zu stecken, in dem sie all die Jahre verborgen gewesen war. Stattdessen nahm er sie vom Tisch und stellte sie in ein Regal – ganz oben, sodass er sich auf die Zehenspitzen stellen und den Arm ausstrecken musste, um sie zu erreichen. Dann setzte er sich vor den Fernseher und drehte ihn auf volle Lautstärke, um die Stimmen aus seiner eigenen Vergangenheit zu übertönen.

WILLIAM HATTE nicht gut geschlafen. Vielleicht hatte er wieder geträumt, auch wenn er sich nicht mehr an Einzelheiten erinnern konnte. Er war in der Nacht immer wieder schweißgebadet aufgewacht. Das Betttuch war so durchgeschwitzt, dass es sich fest um seinen Körper gewickelt hatte und er sich kaum bewegen konnte. Als die Vögel zu zwitschern anfingen und ihn endgültig weckten, gab es immer noch keinen Kaffee.

„Heute fahre ich einkaufen", sagte er mit entschlossener Stimme. Es war eine gute Entscheidung und er war froh, wenigstens seiner Meinung zu sein. Es wäre auch zu verrückt gewesen, wenn er mit sich selbst gestritten hätte.

William duschte und rasierte sich, zog sich an, frühstückte, spülte das Geschirr und checkte seine E-Mails, ohne auch nur einen einzigen Blick auf die Dose zu werfen. Langsam wünschte er sich, sie irgendwo anders verstaut zu haben; sie stand da oben im Regal wie die Fratze eines alten Wasserspeiers und starrte bedrohlich auf ihn herab. Das Haus war so groß, dass er sie mühelos an einem anderen Ort unterbringen konnte, wo er sie nicht ständig sehen musste und sie wieder vergessen konnte. Er beschloss, erst seine Einkäufe zu erledigen und sich dann gleich darum zu kümmern.

Der Himmel war bedeckt und es war spürbar kühler als an den vergangenen Tagen. Ein erfrischender Regenguss war zwar unwahrscheinlich, aber William war trotzdem dankbar für den Wetterwechsel. Wenn erst der Sommer kam, würde die Hitze noch erdrückender werden und wochenlang anhalten. Sein alter Corolla stand einsam und verlassen auf dem großen Parkplatz. Der blaue Lack hatte in den letzten Jahren seinen Glanz verloren, Kratzer und einige kleine Beulen bedeckten die Karosserie. Aber der Motor war zuverlässig und William hatte erst vor Kurzem neue Reifen aufgezogen. Ein neues Auto lag in so unerreichbarer Ferne, dass es ihm wie ein Drehbuch für einen Science-Fiction-Film vorkam. Bis er dazu das Geld zusammen hatte, würde der Rest der Menschheit wahrscheinlich schon mit kleinen Jets durch die Lüfte schweben.

William ließ den Motor an und stellte fest, dass er dringend tanken musste. Er fühlte sich unwohl, wenn das Benzin knapp wurde, und da er nicht wusste, wie weit es bis Mariposa war, wollte er noch in Jelley's Valley tanken.

Die Tankstelle gehörte zu keiner der großen Ketten und er war etwas besorgt über die Qualität des Benzins, als er an einer der Zapfsäulen vorfuhr und den Motor abstellte. Es gab keine Möglichkeit, mit Kreditkarte zu bezahlen. Nach kurzem Nachdenken ging er in das Gebäude, in dem neben der Ladentheke und der Kasse auch eine kleine Autowerkstatt untergebracht war. Ein kräftiger Mann Ende fünfzig saß neben der Kasse auf einem alten Küchenstuhl mit Plastikpolsterung. Er sah fern und ließ sich durch Williams Eintreten nicht stören.

„Äh, ich bräuchte Benzin."

Der Mann grunzte ihn an. „Bedien dich und bring mir dann das Geld."

Als William zu seinem Wagen zurückkam, sah er einen Mann, der von dem Lebensmittelladen auf der anderen Straßenseite auf ihn zugerannt kam. Colby. Heute trug er abgeschnittene Jeans, Flip-Flops und ein enges T-Shirt, dessen Ärmel er bis an die Schultern nach oben gerollt hatte. „Hallo!", begrüßte er William, als er atemlos an der Zapfsäule ankam.

William nickte ihm zu und schob die Zapfpistole in den Tankstutzen. Er nahm an, dass Colby in die Werkstatt wollte.

Aber Colby blieb vor ihm stehen. „Es ist noch keine Post für dich gekommen."

„Oh. Danke."

„Hast du dich schon eingerichtet?"

„Ich denke schon." Die Pumpe gluckerte und summte, als das Benzin zu fließen begann. Die Anzeige änderte sich nur sehr langsam.

„Was machst du eigentlich den ganzen Tag da draußen?"

„Ich arbeite an meiner Dissertation." Das war zwar nicht die ganze Wahrheit, aber auch keine Lüge.

„Ja, das dachte ich mir schon. Sie stellen meistens Doktoranden ein. Aber die kommen dann nicht allein. Die letzte Frau hatte ihren Freund dabei, der auch noch studierte. Und der Mann davor hat seine Frau und ein Baby mitgebracht."

William seufzte. „Ich bin allein gekommen."

„Ich würde wahnsinnig werden, wenn ich da draußen den ganzen Tag alleine wäre. Im Laden ist es schon manchmal schlimm, wenn stundenlang kein Kunde kommt. Ich hasse das."

William sah den leeren Parkplatz auf der anderen Straßenseite. „Ist heute auch so ein Tag?"

„Ja. Aber heute habe ich sowieso frei. Mittwochs und donnerstags übernimmt mein Großvater den Laden."

„Ach so."

Sie schwiegen, aber Colby lächelte William an und erweckte nicht den Eindruck, als ob er demnächst wieder verschwinden würde. Sein T-Shirt war wirklich sehr eng und bei der kleinsten Bewegung konnte man das Spiel der Muskeln unter dem Stoff sehen. William vermutete, dass Colby in seiner Freizeit viel Sport trieb. Bei dem Gedanken daran fühlte er sich etwas unbehaglich. Er räusperte sich. „Vielleicht … kennst du einen Laden in der Nähe, in dem man mehr Auswahl an Lebensmitteln hat?"

„Reicht dir unsere Auswahl nicht aus?"

„Das meinte ich nicht, aber …"

„Ich habe Spaß gemacht." Colby grinste schief. „Wir haben wirklich nicht viel Auswahl. Ich habe schon oft versucht, Großvater zu etwas mehr Abwechslung zu überreden. Tiefkühlmahlzeiten zum Beispiel. Ich liebe die thailändische Küche. Oder frisches Fleisch in Bio-Qualität. Aber er ist nicht davon zu überzeugen."

„Wahrscheinlich ist die Nachfrage nicht groß genug."

Darüber musste Colby lachen. „Ich würde es kaufen. Und du?" Er sah William fragend an. Dem wurde wieder etwas mulmig unter Colbys Blick.

„Also, wo kann ich hinfahren? Ich brauche auch noch andere Einrichtungsgegenstände."

„Dann solltest du es in Mariposa versuchen. Wenn du mich mitnimmst, kann ich dir alles zeigen."

William schüttelte den Kopf bei dem Gedanken, mit Colby in seinem kleinen Auto eingepfercht zu sein. „Ich finde schon alles." So groß konnte Mariposa auch nicht sein.

„Ja, klar. Aber ich müsste auch einiges besorgen und habe im Moment kein Auto. Ich könnte eine Mitfahrgelegenheit brauchen. Wir können nach dem Einkaufen noch zusammen essen gehen. Ich weiß, wo es die besten Hamburger gibt. Sie sind gar nicht teuer."

William fiel kein höfliches Gegenargument mehr ein. „Hmm. Na gut."

„Prima!" Bevor William es sich anders überlegen konnte, war Colby um den Wagen gerannt und saß auf dem Beifahrersitz. Er drehte sich um und winkte William zu.

Als der Tank voll war, hängte William die Zapfpistole zurück und ging an die Kasse, um zu bezahlen. Der Mann nahm sein Geld und gab ihm eine Quittung, ohne auch nur einmal aufzusehen oder ein verständliches Wort zu sagen. Die Sportsendung im Fernsehen schien seine ganze Aufmerksamkeit zu beanspruchen.

„Ist das auch ein Verwandter?", fragte William, als er den Motor anließ.

„Wer? Donald Hall? Nein, der nicht. Er und mein Dad haben sich schon lange vor meiner Geburt zerstritten. Ich glaube, es ging um ein Mädchen. Und obwohl mein Dad schon vor fast zwanzig Jahren gestorben ist, reden die Andersons und die Halls immer noch kein Wort miteinander. Er kauft seine Lebensmittel bei uns, und wir bringen ihm die Post und kaufen sein Benzin. Es bleibt uns beiden nichts anderes übrig. Aber Autoreparaturen kommen nicht infrage. Deshalb ist mein armer, alter Bunny immer noch außer Betrieb."

Sie fuhren schon auf dem Highway, aber William sah Colby trotzdem von der Seite an. „Bunny?"

„Mein Rabbit. Ich habe einen alten VW Golf. Ich weiß, der Name ist wenig fantasievoll. Wie heißt denn dein Auto?"

„Es hat keinen Namen. Es ist ein totes Objekt."

„Pff!", erwiderte Colby abwertend. „Du verletzt seine Gefühle."

„Es ist ein Auto. Es hat keine Gefühle."

„Das denkst *du*. Aber vielleicht hat es doch welche. Automobile Gefühle. Wie mein Drucker. Das Ding hat einen absolut bösartigen Humor. Wenn ich so dämliche Sachen wie Rezepte ausdrucke, funktioniert er bestens. Aber sobald es um wichtige Dinge geht – Rechnungen für den Laden beispielsweise –, produziert er einen Papierstau oder tut so, als würde er meinen Computer nicht kennen. Und wenn er dann wieder funktioniert, spuckt er Dutzende von Kopien aus, die auf den Boden fallen." Er wackelte mit dem Zeigefinger. „Er will mich eindeutig verarschen. Und mein iPod ..."

William konnte nicht beurteilen, ob Colby scherzte oder es ernst meinte. Egal, was der Mann sagte, er schien dauernd zu lächeln. Vielleicht wollte er seine perfekten Zähne zeigen oder mit seinen Grübchen angeben.

Sie schwiegen wieder und nach einigen Minuten fing Colby an, mit dem Radio zu spielen. Als er schließlich die richtigen Knöpfe fand, schaltete er den CD-Spieler an. Es war ein Quartett von Schubert.

„*Das* hörst du dir an?", fragte Colby erstaunt. „Hast du nichts Besseres? Vielleicht im Handschuhfach?"

„Ich habe noch eine CD mit Beethoven. Und Liszt, wenn ich mich recht erinnere."

„Hast du nichts, was ein klitzekleines bisschen moderner wäre?"

„Ich hatte noch Strawinsky, aber die CD hat einen Kratzer abbekommen." William blickte stur geradeaus auf die Straße, aber er konnte aus dem Augenwinkel sehen, wie Colby den Kopf schüttelte.

Colby schaltete die Musik wieder ab und fing an, vor sich hin zu summen. William erkannte die Melodie nicht, aber das war auch kein Wunder. Er war kein großer Musikliebhaber. Er hatte einige Grundkenntnisse in klassischer Musik, aber auch die legte er nur auf, weil er es von seinem Vater so gewohnt war, der sie immer beim Arbeiten und Autofahren hörte. Die meisten CDs in Williams kleiner Sammlung waren Geschenke von seinen Eltern. Er war sich nicht sicher, ob sie einfach davon ausgingen, dass sie ihm gefielen oder ob sie hofften, ihn davon zu überzeugen. Vielleicht fiel ihnen auch einfach nichts Besseres ein, wenn sie ein Geburtstags- oder Weihnachtsgeschenk für ihn besorgen mussten.

William war nicht überrascht, dass Colbys Melodie sehr schwungvoll und lebhaft war; er wippte sogar mit den Beinen und schlug im Takt dazu mit den Fingern auf den Türgriff. Es war so eng in dem kleinen Auto, dass sie sich fast berührten. William verdrängte jeden Gedanken an Colbys Nähe und erinnerte sich daran, dass er dessen Anwesenheit nicht freiwillig ertrug. Er musste sich sowieso auf die Straße konzentrieren, denn manche Autofahrer schienen zu glauben, sie wären beim Grand Prix in Monaco unterwegs. Sie rasten an ihm vorbei wie die Irren, obwohl er selbst schon schneller fuhr, als offiziell erlaubt.

Als sie sich Mariposa näherten, dirigierte Colby ihn auf eine kleinere Straße, die an einigen Wohnblocks und einer Kirche vorbei zu einem Park mit Spielgeräten führte. Dahinter lag ein kleines Einkaufszentrum mit Restaurant, Frisör und einem größeren Geschäft mit der Aufschrift ‚Franks Schnäppchen'.

„Brauchst du auch frische Lebensmittel?" fragte Colby, während William einparkte.

„Wahrscheinlich."

„Gut. Wollen wir erst essen?"

William war zwar nicht sehr hungrig, aber er folgte Colby in ein Café, in dem es auch Eis, belegte Brötchen und Hamburger gab. Sie setzten sich an einen freien Tisch am Fenster. In dem Café saßen nur wenige Gäste: einige ältere Damen, ein Mann in den Dreißigern, der mit seinem iPad beschäftigt war, und ein älterer Mann, der Zeitung las. Die Kellnerin brachte ihnen eine Speisekarte und zwei Gläser Wasser, dann verschwand sie wieder in einem Hinterzimmer.

„Die Eier solltest du besser meiden", riet ihm Colby. „Aber die Hamburger sind vorzüglich."

„In Ordnung."

William versteckte sich hinter seiner Speisekarte. Er konnte sich nicht erinnern, wann er das letzte Mal mit jemandem, außer Lisa oder seinen Studienkollegen, essen gegangen war. Er hatte auf der Fahrt hierher gar nicht daran gedacht, dass er jetzt für die Dauer ihres Besuchs mit Colby über irgendetwas reden musste.

Schließlich kam die Kellnerin zurück. William war dankbar, endlich einen Kaffee bestellen zu können. Sie entschieden sich beide für Cheeseburger. Colby bestellte noch eine Diät-Cola. „Ich muss auf meine Linie achten", meinte er und zwinkerte der Kellnerin zu. Sie kicherte.

Nachdem die Kellnerin mit den Speisekarten wieder verschwunden war, konnte William sich nicht mehr verstecken. Er sah sich in dem kleinen Café um. Es war sehr unauffällig eingerichtet. Nach einigen Minuten konnte er Colbys Blick nicht mehr ausweichen.

„Du magst mich nicht allzu sehr, nicht wahr?", fragte Colby ihn.

„Ich … ich kenne dich nicht gut genug, um mir ein Urteil zu bilden."

„Ja, schon. Aber du verziehst ständig das Gesicht und weichst mir aus." Colby sah ihn mit zusammengekniffenen Augen an. „Bist du homophob? Hast du etwa Angst, dich bei mir anzustecken?"

Wenn William gerade von dem Wasser getrunken hätte, er hätte sich jetzt verschluckt. So hustete er nur laut. „Ich bin kein bigotter Fanatiker."

„Dann stört es dich also nicht, mit einem schwulen Früchtchen gesehen zu werden?"

„Ich kümmere mich nicht um die Meinung anderer Leute." Es war die Wahrheit, mehr oder weniger jedenfalls. Nachdem William es aufgegeben hatte, den Respekt seiner Eltern erringen zu wollen, zählte für ihn nur noch sein eigenes Urteil. Unglücklicherweise war er ein strenger Kritiker.

„Was ist es dann? Bist du ein Einsiedler? Ein Einzelgänger aus Überzeugung? Leidest du unter Autismus? Vielleicht gefällt dir mein Stil nicht." Colby sah an sich herab und verglich seine dürftigen, alten Fetzen mit Williams Oxford-Hemd und Sportjacke. „Bist du bei der Modepolizei, Will?"

„William." Er wollte Colby einen bösen Blick zuwerfen, ließ es dann aber sein, weil der so besorgt aussah, dass selbst sein übliches Dauerlächeln verschwunden war. Zum ersten Mal fühlte William sich schuldig wegen seiner brüsken und abweisenden Art. Colby schien eigentlich ganz nett zu sein. Er war freundlich und immer guter Laune, und es war auch nicht seine Schuld, wenn William sich unwohl fühlte. „Es tut mir leid, Colby. Ich bin manchmal ein ziemlicher Idiot."

Das Grinsen kam zurück und William fühlte sich merkwürdig erleichtert. „Eigentlich bist du gar kein Idiot", meinte Colby. „Wir müssen nur etwas an deiner Sozialkompetenz arbeiten. Du musst lockerer werden, weil … Will, mein Bester, du hast ein Lineal verschluckt, und es ist so lang, dass es oben und unten rausguckt. Wer zum Teufel hat dir das verpasst?"

William fühlte bei Colbys Bemerkung einen kurzen Anfall von Panik. Er unterdrückte ihn schnell und konzentrierte sich auf Colbys Wortwahl, die ihn jedoch auch erröten ließ. Da war es auch keine Hilfe, dass Colby offensichtlich recht hatte. William war wirklich sehr steif und konventionell. Und Colby war nicht der Erste, der ihn darauf hinwies. Sogar Lisa, die selbst sehr konventionell war, hatte sich oft darüber beschwert und ihm gesagt, er müsste lockerer werden.

Die Kellnerin kam mit dem Kaffee. Er war heiß und stark. William verbrannte sich die Zunge, weil er den ersten Schluck kaum abwarten konnte. Kaffee war sein einziges Laster. Er würde ihn niemals aufgeben, auch wenn Laster unmoralisch waren und Kaffee ungesund. William schloss die Augen und genoss den starken, bitteren Geschmack auf seiner Zunge. Er konnte fast fühlen, wie ihm das Blut glücklicher durch die Adern floss, und er summte zufrieden vor sich hin. Merkwürdigerweise erinnerte die Melodie ihn verblüffend an das Lied, das Colby während der Fahrt gesummt hatte.

„Ich habe schon Männer erlebt, die selbst nach einem guten Orgasmus nicht so hin und weg waren wie du nach einem Schluck Kaffee."

William öffnete die Augen und sah sich schnell um, ob jemand der anderen Gäste Colbys Bemerkung gehört hatte. Aber niemand zeigte eine Reaktion darauf. „Ich muss mir dringend eine Kaffeemaschine kaufen", sagte er.

„Die findest du bestimmt bei Frank. Wieso hast du deine eigene nicht nach JV mitgebracht?"

„JV?"

„Jelley's Valley. Du bist jetzt ein Einheimischer und wir können dich in unsere Geheimsprache einweihen."

„Oh."

„Also, was ist mit deiner Kaffeemaschine?"

William trank noch einen tiefen Schluck, um über seine Antwort nachzudenken. „Ich hatte keine eigene Kaffeemaschine. Ich habe ihn mir nie selbst gekocht." Das entsprach bis zu einem gewissen Punkt der Wahrheit. Lisa und er hatten sich vor Jahren eine italienische Luxusmaschine gegönnt. Wenn man sie richtig programmierte, machte sie Kaffee, Espresso und wahrscheinlich auch die Steuererklärung. Aber die hatte er bei Lisa zurückgelassen. Während seiner leidvollen Wochen im Büro war er immer in ein Café gegangen, wenn er es sich leisten konnte. Und wenn das Geld knapp wurde, hatte er sich in der studentischen Kaffeeküche bedient.

„Das ist der Vorteil, wenn man in der Zivilisation lebt. Man kann jederzeit ausgehen." Colby meinte das weder sarkastisch noch bedauernd, er stellte es einfach nur fest.

„Hast du wirklich dein ganzes Leben hier verbracht?"

Colby hatte gerade einen Schluck Cola getrunken und lächelte jetzt um seinen Strohhalm. „Warum? Findest du, dass ich für JV zu grell bin?"

„Vielleicht", antwortete William zurückhaltend.

„Als ich noch jung war, habe ich genauso gedacht. Ich konnte es kaum abwarten, von hier zu verschwinden. Ich habe die Oberschule schon mit sechzehn abgeschlossen und bin aufgebrochen – nach San Francisco, dem Schwulenparadies mit seinen funkelnden Lichtern."

„Und deine Familie hat dich so einfach ziehen lassen?"

Colby zuckte mit den Schultern. „Dad war schon tot und Mom hatte wieder geheiratet. Ihr zweiter Mann ist Fernfahrer. Sie leben in Redding, aber er ist die meiste Zeit unterwegs. Mom auch, sie begleitet ihn. Sie haben den Laster ausgebaut und sich eine Art Apartment darin eingerichtet. Es ist recht gemütlich. Und meine Großeltern waren mit mir wohl etwas überfordert." Er klimperte mit seinen unnatürlich langen Wimpern. „Ich war einfach zu überwältigend für sie."

Die Kellnerin kam an ihren Tisch und stellte die Teller mit den Cheeseburgern vor ihnen ab. Aus ihrer Schürzentasche zog sie Flaschen mit Ketchup und Senf, die sie ebenfalls auf den Tisch stellte. „Sonst noch was?"

„Im Moment nicht", erwiderte Colby.

William hatte eigentlich keinen großen Hunger gehabt, aber als er den Hamburger roch, änderte er seine Meinung. Das Essen roch nicht nur appetitlich, es sah auch so aus. Er schob die Zwiebelringe zur Seite und strich etwas Ketchup auf die Innenseite des Brötchens. Dann streute er großzügig Pfeffer auf die Pommes frites. Kein Salz. Er beugte sich vorsichtig über den Teller, um sich nicht zu bekleckern, als er den ersten Bissen nahm. Colby hatte seinen Teller mittlerweile schon zur Hälfte geleert. Er brummte zufrieden und leckte sich ab und zu genießerisch über die Lippen.

„Ich gehe nicht sehr oft aus", entschuldigte er sich bei William.

„Aber es war eine gute Idee, hier zu essen. Danke", meinte der.

Colby strahlte William an.

Die Kellnerin kam kurz vorbei, um Colby eine neue Cola zu bringen und William frischen Kaffee nachzugießen. William wischte sich den Mund mit der Papierserviette ab. „Wie hast du in San Francisco überlebt? Du warst noch sehr jung."

„Es war nicht einfach. Aber ich hatte einige Kontakte durch das Internet." Er wirkte etwas verlegen. „Meistens ältere Männer. Sie hatten nichts dagegen, mich auf ihrer Couch übernachten zu lassen. Oder in ihrem Bett."

William schnappte hörbar nach Luft. „Das … das ist strafbar. Das ist Kindesmissbrauch."

Colby konnte ihm nicht in die Augen sehen. „Ja. Aber ich habe damals geglaubt, es wäre genau das, was ich wollte. Ich bin mir schon sehr erwachsen vorgekommen, weißt du? Rückwirkend betrachtet … ist es eben passiert. Ich bedauere es nicht allzu sehr. Meine Zeit in der Stadt hat Spaß gemacht und ich habe auch viel gelernt. Ich habe studiert und hätte fast meinen Bachelor in Geschichte abgeschlossen, aber dann bin ich nach JV zurückgekommen."

William stellte sich den sechzehnjährigen Colby in San Francisco vor … Partys, Clubs und Sex. Es war das genaue Gegenteil von Williams Leben in diesem Alter. Ein Außenseiter hätte vielleicht zu dem Schluss kommen können, dass William weniger gefährlich gelebt hatte, weniger … liederlich. Trotzdem wirkte Colby glücklich und schien mit sich und seinem Leben im Reinen zu sein. Davon war William noch weit entfernt.

„Wieso bist du zurückgekommen?", fragte er leise.

„Aus mehreren Gründen. Ich habe angefangen, mich zu langweilen. Die ständige Anmache und der Sex haben Spaß gemacht, sicher. Ich war schließlich ein geiler Teenager. Aber nach einiger Zeit war es doch immer wieder das Gleiche. Es wurde einfach langweilig und unbefriedigend. Dann habe ich gemerkt, dass ein Abschluss in Geschichte nicht unbedingt eine Jobgarantie ist. Außer, wenn man Lehrer werden will, und das wollte ich nicht. Ich wusste damals selbst nicht so recht, was ich eigentlich wollte. Deshalb habe ich beschlossen, das Studium abzubrechen. Dann wurde Oma krank. Also bin ich nach Hause gekommen, um meinem Großvater zu helfen. Und ich bin hier hängen geblieben." Er trank laut schlürfend einen Schluck Cola.

„War es nicht schwer, sich hier wieder … einzuleben?"

Colby lachte. „Baby, ich habe noch nie hierher gepasst. Selbst als kleines Kind nicht. Ich könnte mich anziehen wie jeder andere auch, und ich könnte mir die Haare schneiden lassen. Ich könnte einen Pick-up fahren, billiges Bier trinken und vor dem Fernseher sitzen, um Autorennen zu sehen. Aber ich wäre immer noch ‚ich'." Er zog die Augenbrauen hoch und streckte die Arme zur Seite. „Colby Thomas Anderson. JV's Schwuler vom Dienst. Also dann, dachte ich mir. Wennschon, dennschon. Und deshalb bin ich das ehrlichste und authentischste ‚Ich', das man sich nur vorstellen kann."

Authentisch. Ehrlich. Mit diesen Worten hätte William sich selbst niemals beschrieben. Er war sich nicht sicher, wer er war, und das machte es ihm unmöglich, er selbst zu sein. Im Gegensatz zu Colby Thomas Anderson war William Benjamin Lyon ein Kunstprodukt, eine Identität, die nur aus dem bestand, was von ihr erwartet wurde und was man ihr aufgezwungen hatte. In letzter Zeit bekam dieses Kunstprodukt jedoch Risse, und William fürchtete sich vor den Konsequenzen des Zerfallsprozesses. Er beneidete Colby.

William nahm noch einen Bissen von seinem Hamburger, kaute und schluckte. Dann sah er auf seinen Teller und sagte: „Ich liebe die thailändische Küche auch sehr."

Colby schwieg einen Moment und versuchte wahrscheinlich, den Zusammenhang zwischen ihrem Gespräch und Williams Bemerkung zu verstehen. Aber als William aufblickte, grinste Colby ihn über beide Ohren an. „Dann werde ich Opa ausrichten, dass sich die Nachfrage nach Thai-Küche gerade verdoppelt hat."

5

SIE TEILTEN sich die Rechnung und jeder bezahlte die Hälfte. Colby versuchte, William zu einem Eis zu überreden, aber der hatte nach dem Cheeseburger und den Pommes frites keinen Appetit mehr. Außerdem wollte er seine Einkäufe hinter sich bringen.

Sie gingen zu ‚Franks Schnäppchen', dessen Sortiment offensichtlich alles umfasste, was man sich nur vorstellen konnte. Als Erstes besorgte William sich neue Bettwäsche – dunkelgrau und groß genug für sein neues Bett, alles zu 59,95 – und eine Kaffeemaschine. Er kaufte auch noch Toilettenartikel, Toilettenpapier, Papiertücher, Spülmittel, ein Spültuch und einen von diesen kratzigen Schwämmen, mit denen man Töpfe reinigte. In der Textilabteilung fand er Khakishorts, die bis zu den Knien reichten und wahrscheinlich nicht allzu lächerlich aussahen. Die blauen Flip-Flops, die Colby in den Wagen legen wollte, lehnte er jedoch entschieden ab. Und dann kaufte er noch Lebensmittel. Vor allem Dinge wie Nudeln, Hackfleisch und Spaghettisoße, aber auch genügend Tiefkühlgemüse, um die Gefriertruhe einigermaßen zu füllen. Als er eine Packung grünen Curry mit Jasminreis fand, musste er lächeln und legte sie auch noch zu seinen Einkäufen dazu.

„Willst du mich vielleicht zum Essen einladen?", fragte Colby ihn.

William war sich nicht sicher, ob Colby scherzte, deshalb gab er keine Antwort. Aber während er seinen Wagen durch die Gänge schob, dachte er über die Idee nach und hörte Colby zu, der zu allem eine Meinung hatte.

Colby kaufte nicht viel für sich selbst, obwohl er aus diesem Grund nach Mariposa mitgefahren war. Eine Geburtstagskarte für seine Tante Deedee, eine Schachtel Müsli und eine DVD der ersten Folgen von *Game of Thrones* waren alles, was er in den Einkaufswagen legte.

Die Rückfahrt schien wie im Flug zu vergehen, was, wie William insgeheim vermutete, daran lag, dass er sich in Colbys Gesellschaft zunehmend wohler fühlte. Er lernte den anderen Mann langsam besser kennen. Colby war offenherzig, freundlich und ehrlich. Und vielleicht auch etwas einsam. William hätte ihn gerne gefragt, wie sich Colbys Sexualleben seit der Rückkehr nach Jelley's Valley entwickelt hatte. Aber das traute er sich dann doch nicht.

„Wo willst du aussteigen?", fragte William, als sie sich dem Zentrum von JV näherten.

„Oh, beim Laden. Ich will noch kurz mit meinem Großvater reden und nachsehen, ob wir neue Bücher in der Leihbibliothek haben."

William fuhr auf den Parkplatz, ließ aber den Motor laufen. Das erste Mal seit Stunden fühlte er sich wieder verlegen. „Äh, danke für die Führung."

„Und danke fürs Mitnehmen. Es hat Spaß gemacht. Ich … Es war wirklich schön. Du bist absolut nicht arrogant und schon viel lockerer als am Anfang."

„Wow. Ich werde noch eingebildet vor lauter Komplimenten."

Colby klopfte ihm auf die Schulter. „Siehst du? Jetzt machst du sogar einen Scherz. Wir haben das Lineal schon mindestens zehn Zentimeter rausgezogen."

Er stand mit seiner Einkaufstüte in der Hand auf dem Parkplatz und winkte William lachend nach, als der den Rückwärtsgang einlegte und wieder auf die Straße fuhr.

WILLIAM ARBEITETE bis zum Abend durch und tippte eine Datenreihe nach der anderen ein. Dann meldete sich sein Magen und er konnte ihn nicht mehr ignorieren. Seine Wettervorhersage war nicht eingetroffen. Während er am Spülbecken stand und einen Topf mit Wasser füllte, um sich Nudeln zu kochen, fielen die ersten Regentropfen und klatschten an die Fensterscheibe. Er stellte den Topf auf den Herd und ging ins Wohnzimmer, um die Fenster zu schließen. Als er es sich schließlich gemütlich machte, um seine improvisierte Pasta Primavera zu genießen, blies der Wind den Regen schon in mächtigen Böen durch die Luft. Es störte ihn nicht sonderlich. Es war besser als die unerträgliche Hitze, und außerdem übertönte es die Geräusche des alten Hauses. Er hoffte jedoch, dass die Stromversorgung nicht zusammenbrechen würde. Aber sicherheitshalber hatte er für diesen Fall schon eine Taschenlampe bereitgelegt.

William kochte sich frischen Kaffee – wunderbar! – und goss ihn in seine geliebte Thermotasse. Er wollte es sich in seinem Sessel bequem machen und einige neuere Artikel lesen, um zu sehen, ob er sie für seine Arbeit brauchen konnte. Aber die einschläfernden, sachlichen Beschreibungen von abhängigen oder unabhängigen Variablen und die exotischen griechischen Buchstaben der statistischen Testverfahren verschwammen ihm vor den Augen, bis sie schließlich ihren Sinn verloren. William hätte auch nicht weniger verstanden, wenn der Text in Sanskrit abgefasst worden wäre.

Kurz darauf stand er auf einem Stuhl vor dem Regal und griff nach der Blechdose.

30. MÄRZ 1938

Mein liebster Johnny,

du hast mich immer gefragt, wie ich meine Woche verbracht habe. Als ob die sechs Tage im Geschäft meines Vaters, in dem staubigen Büro unter Aktenbergen vergraben, berichtenswert wären. Aber ich habe es geliebt, genauso wie ich die Berührung deiner unrasierten Wangen geliebt habe, den

Geruch nach Rauch und Benzin auf deiner Haut und dein leises Seufzen, wenn dich die Hitze der Leidenschaft übermannte.

Du siehst, sie haben mich noch nicht geheilt.

Aber ich will auf die Frage zurückkommen, die du mir jeden Sonntag gestellt hast, wenn wir zusammen in deinem alten, wackeligen Bett gelegen haben. Und deshalb will ich dir über meine Woche berichten. Oder besser: über meinen Tag, denn hier ist ein Tag wie der andere.

Sie wecken uns bei Sonnenaufgang. Ich glaube, das soll gut für uns sein. Sie klopfen an die Tür und schreien laut, dann müssen wir aufstehen und darauf warten, dass sie die Tür öffnen. Wir stehen stramm wie kleine Soldaten und halten unseren Scheißeimer in der Hand. Dann werden wir in einer schweigsamen, langen Schlange zu den Toiletten geführt, wo wir die Eimer und uns selbst entleeren. Es gibt keine Privatsphäre. Irgendwie tun mir die Wächter leid, die jeden Tag zusehen müssen, wie wir auf dem Klo sitzen und scheißen.

Dann dürfen wir uns die Hände und das Gesicht waschen, die Zähne putzen und uns kämmen. Aber nicht rasieren. Sie trauen uns nicht mit dem Rasiermesser. Einmal in der Woche werden wir von dem Anstaltsfrisör rasiert. Aber bis dahin ist mein Bart mindestens so stoppelig wie deiner! Ich wasche mich, so gut ich kann. Bisher durfte ich in meiner langen Zeit hier nur zweimal baden, und nur einmal in der Woche bekommen wir frische Kleidung. Ich stinke. Aber ich habe trotzdem noch Glück – einige Patienten bekommen gar keine Kleidung.

Die Patienten aus den Schlafsälen frühstücken zuerst, dann kommen die aus den Einzelzimmern an die Reihe, so wie ich. Ich habe immer noch nicht herausgefunden, was der Unterschied zwischen uns ist. Sie sind nicht mehr und nicht weniger verrückt als wir. Bis wir einen Platz gefunden haben, sind die Haferflocken und der Toast kalt, was dem Geschmack auch nicht mehr helfen kann. Kaffee ist uns nicht erlaubt. Nur Milch oder – wenn wir sehr brav waren – heißes Wasser mit einem Spritzer Zitrone.

Nach dem Frühstück bringen sie uns in den Aufenthaltsraum. Das hört sich besser an als es ist. Es ist ein großer, leerer Raum, in dem einige auf und ab laufen, andere kriechen oder drehen sich im Kreis oder sie setzen sich einfach nur auf den Boden. Die Geräusche und der Gestank sind unerträglich. Viele Männer weinen die ganze Zeit. Es gibt einen, er ist ziemlich dünn und abgemagert, der die ganze Zeit unverständliche Ansprachen hält, bis er heiser wird. Ein anderer verschmiert die Wände mit Fäkalkunstwerken. Das, mein liebster Johnny, ist unser Fremdwort der Woche. Hast du noch das Wörterbuch, das ich dir gekauft habe?

Die Zeit will nicht vergehen.

Einige der Patienten wirken vollkommen normal. Ich wundere mich manchmal, ob sie aus dem gleichen Grund hier sind wie ich. Aber ich stelle ihnen keine Fragen.

Das Mittagessen verläuft so ähnlich wie das Frühstück. Lange Tische und kaltes Essen. Eine Suppe mit undefinierbaren Zutaten, Brot oder verkochte Kartoffeln. Wir essen schon seit Tagen das gleiche geschmacklose Gemüse. Wahrscheinlich nimmt die Küche einfach das, was sie günstig einkaufen konnten und auf Lager haben. Wenn es aufgebraucht ist, gibt es ein anderes, genauso geschmackloses Gemüse.

Dann beginnt der lange Nachmittag, den wir ebenfalls im Aufenthaltsraum verbringen. An den meisten Tagen lassen sie uns für eine Stunde ins Freie, auf einen Hinterhof. Das ist der beste Teil des Tages. Ich kann den Himmel über mir sehen und die Vögel zwitschern hören.

Zweimal in der Woche werde ich ins Büro des Psychiaters gebracht. Dr. Fitzgerald. Ich glaube, er ist schon mit einer Zigarette im Mund auf die Welt gekommen. Manchmal sitze ich da, starre sie nur an und warte darauf, dass die Asche abfällt. Er stellt mir Fragen über meine Kindheit. Seine Theorie ist, dass ich eine übermächtige Mutter habe und dass mein Vater schwach ist. Wenn der nur wüsste! Aber er hat sie ja nie kennengelernt. Er möchte von mir ganz genau wissen, was ich mit anderen Männern getan und wie ich mich dabei gefühlt habe. Ich frage mich manchmal, ob es ihn im Unterbewussten erregt. Ah! Noch ein neues Wort für dich. Nun, wir müssen einige Wochen aufholen, nicht wahr?

Dr. Fitzgerald hat mir erklärt, dass es eine Krankheit ist, sich zu anderen Männern hingezogen zu fühlen. Eine Perversion (noch ein neues Wort!). Ich möchte ihm oft sagen, dass er sich damit täuscht. An meinen Gefühlen für dich ist nichts krankhaft oder pervers. Es ist, als würde ich mein ganzes Leben im Schatten verbringen und nur mit dir, in den wenigen Stunden, die wir zusammen sein können, fühle ich mich gesund und am Leben. Aber das sage ich ihm nicht. Ich werde dich aber auch nicht verleugnen. Ich kann es einfach nicht.

Das Abendessen unterscheidet sich nicht vom Mittagessen, außer dass es einige Brocken zähes Fleisch gibt. Danach dürfen

wir noch einmal die Toiletten benutzen und werden anschließend
wieder auf unsere Zimmer gebracht. Gott, ich hasse das
Geräusch, wenn die Wärter die Tür hinter mir zuschlagen und
abschließen.
In meinem Zimmer gibt es kein Licht. Ich schreibe
meine Briefe im Mondlicht. Von Wand zu Wand sind es genau
fünf Schritte und auf dem Boden liegt eine dünne Matratze mit
einer Decke. Kein Kissen. Aber ich habe meine Gedanken und
Erinnerungen an dich, mein Geliebter.
Für immer der Deine,
Bill

WILLIAM GING früh zu Bett, aber der Kaffee ließ ihn noch lange nicht einschlafen. Wenigstens war das neue Betttuch so groß, dass es auf der Matratze liegen blieb und er sich nicht mehr darin verhedderte. Er hatte die Bettwäsche nach seiner Rückkehr aus Mariposa sofort gewaschen, um das Bett frisch beziehen zu können. Sie fühlte sich weich und angenehm auf seiner Haut an.

Glücklicherweise war das Bett bequemer als die Gedanken, die durch Williams Kopf schossen. In seiner Vorstellung war ein Bild von Bill entstanden, das einen schlanken Mann zeigte, einen blassen Stubenhocker mit scharfem Blick und Verstand. Einen gebildeten Menschen, der vielleicht darauf hoffte, eines Tages seinem verstaubten Büro und den Aktenbergen entkommen zu können, der aber froh war, in den Zeiten der wirtschaftlichen Depression überhaupt Arbeit zu haben. Johnny wiederum war ein großer, kräftiger Mann. Nicht sehr gebildet, aber zupackend und freundlich, mit Muskeln, die sich unter den zärtlichen Berührungen seines Geliebten anspannten. William rutschte unruhig hin und her, als ihm die Erotik seiner Fantasie bewusst wurde. Aber je mehr er die Bilder von Bill und Johnny verdrängte, desto mehr trat Colby an ihre Stelle. Colby mit seinem unerschütterlichen Lächeln und seinem fröhlichen Geplauder. Colby, der keine Angst davor hatte, er selbst zu sein.

William wünschte sich, noch an einen Gott zu glauben. Als er noch jünger gewesen war, hatte er inbrünstig an Gott geglaubt. Er hatte zu ihm gebetet, wenn er auf der harten Kirchenbank zwischen seinen Eltern saß und dem Pastor zuhörte, der von seiner Kanzel herab zu ihnen predigte. William hatte darauf vertraut, dass es die Worte des Herrn waren, der durch den Pastor zu seiner Herde sprach. Er hatte gespürt, dass Gott in der Kirche anwesend war und seine Hand über sie hielt, ihnen zuhörte und über sie urteilte. Dieses Wissen hatte ihm Sicherheit gegeben, denn er hatte Gott versprochen, ein braver Junge zu sein, der sich die Liebe seiner Eltern und des Herrn Jesus verdienen wollte.

Aber einige Jahre später war ihm klar geworden, dass er *kein* guter Junge war. Er hatte unreine Gedanken. Unreine Triebe. Unter Tränen hatte er sie seinen

Eltern gestanden und gehofft, sie würden ihm helfen können. Er hatte sich ihnen anvertraut, und auf ihre Weise hatten sie es auch versucht. Sie liebten William so sehr, wie es ihnen ihr zunehmend strenger Glaube erlaubte. Sie hatten ihn zu Pastor Reynolds geschickt, um sich beraten zu lassen. Der Pastor hatte ihm erklärt, dass seine unreinen Gedanken die Folge seiner Abkehr von den Wegen des Herrn waren. William müsste Demut zeigen und sich der Gnade Gottes öffnen, dann würde er die Kraft finden, der Versuchung der Sünde zu widerstehen. William hatte ihm geglaubt. Er verbrachte Stunden im Gebet, bettelte Gott an, ihn zu ändern, zu heilen und zu retten. Als seine Gebete unerhört blieben, gab er sich selbst die Schuld. Er musste sich noch mehr Mühe geben.

Dann folgte ein Aufenthalt in einer christlichen Therapieeinrichtung, wo er den Schmerzen einer Aversionstherapie mit Elektroschocks ausgesetzt wurde. Aber wenigstens diese grausamen Erinnerungen konnte William heute aus seinem Gedächtnis bannen.

Kurz vor seinem zwanzigsten Geburtstag hörte er endgültig auf, an Gott zu glauben. Es gab keinen konkreten Anlass, kein Aha-Erlebnis, das ihm den Glauben nahm. Es passierte einfach, so wie sich ein Luftballon dem Griff einer Kinderhand entzieht und am Himmel verschwindet. Das Einzige was davon zurückblieb, war eine gähnende Leere, die William seitdem nie wieder verlassen hatte.

Er hatte versucht, diese Leere durch seinen Glauben an die Wissenschaft zu füllen, war damit aber nur teilweise erfolgreich gewesen. Er machte seinen Universitätsabschluss mit Auszeichnung und wurde Lehrer für Biologie und Chemie an einer Oberschule. Er lernte eine Frau kennen, deren Gesellschaft er sehr schätzte. Schließlich redete er sich ein, seine Bedürfnisse wären nur körperliche Reflexe gewesen, die er ignorieren, vielleicht sogar unterdrücken konnte. Sie begannen, eine gemeinsame Zukunft zu planen, vielleicht eines Tages zwei oder drei Kinder zu haben. Sie heirateten. Lisa überzeugte ihn davon, wieder an die Universität zurückzukehren, um für seinen Doktortitel zu arbeiten. In der Zwischenzeit wollten sie von ihrem Gehalt und seinem kleinen Verdienst als wissenschaftlicher Assistent leben.

Oh Gott, William hatte sich solche Mühe gegeben.

Aber es hatte nicht ausgereicht.

Lisa hatte schon seit einiger Zeit gespürt, dass etwas zwischen ihnen nicht stimmte. Am Anfang redete sie sich wahrscheinlich ein, dass William einfach nicht der Typ war, der seine Zuneigung offen zeigte. Aber sie war nicht dumm. Sie sah die Blicke, die er anderen zuwarf – Männern, nicht ihr. Sie hatte ihn darauf angesprochen. Sie war ein sehr vernünftiger Mensch und es gab nicht viele Tränen. Sie waren sich darüber einig geworden, dass Lisa etwas Besseres verdient hatte. William fühlte sich schuldig. Er überließ ihr die Wohnung und den größten Teil ihrer Habseligkeiten. Er wusste, dass er sie sehr verletzt hatte, so wie er auch seine Eltern verletzt und enttäuscht hatte. William schwor, nie wieder einen Menschen so zu verletzen. Er schwor es sich selbst, denn es gab keinen Gott mehr, der seine

Versprechen gehört hätte. Er wünschte sich oft, seinen Glauben wiederzuerlangen – seinen Glauben an Gott, an die Liebe oder an sich selbst, seinen Glauben an irgendetwas, das die Leere in ihm wieder ausfüllen konnte.

Während er einschlief, dachte er an Bill. Hatte Bill in seiner kalten, einsamen Zelle noch an Gottes Liebe und Gnade glauben können?

6

DIE NÄCHSTEN Tage verbrachte William nahezu ausschließlich an seinem Computer, um an seiner Dissertation zu arbeiten. Wenn er Bewegung brauchte, machte er kurze Rundgänge durch das Haus. Die Zelle, in der er die Blechdose gefunden hatte, mied er jedoch. Auch in die oberen beiden Stockwerke machte er nur kurze Abstecher. Sie waren in einem sehr schlechten Zustand, wahrscheinlich deshalb, weil sie schon länger nicht mehr benutzt worden waren. Es gab hier wenig Interessantes zu sehen, und das wenige, das er sah, war zutiefst beunruhigend: Gitter, Hand- und Fußschellen sowie harte, kalte Oberflächen, die mit rostbraunen Flecken übersät waren.

Die Briefe in der Blechdose rührte er nicht an.

Dann kam die Hitze zurück. William überlegte, ob er sich eine Klimaanlage für das Fenster in seinem Apartment kaufen sollte. Dazu müsste er nach Mariposa oder vielleicht sogar bis nach Oakhurst fahren, falls ‚Franks Schnäppchen' nichts auf Lager hatte. In der Zwischenzeit behalf er sich mit seinen neuen Khakishorts. Er kam sich darin etwas lächerlich vor, weil er seit seiner Schulzeit keine Shorts mehr getragen hatte. Aber hier konnte ihn ja niemand sehen.

Das Gelände verließ er in diesen Tagen nur einmal, um sich frisches Obst und Gemüse zu besorgen. Er hatte kein Problem, den Stand von Colbys Cousine zu finden, und stellte erfreut fest, dass ihm Colby nicht zu viel versprochen hatte. Es gab eine große Auswahl an frischen Produkten, zu denen auch selbst gebackener Kuchen gehörte. William gab der Versuchung nach und kaufte sich einen Erdbeer-Rhabarber-Kuchen, der so köstlich schmeckte, dass schon nach zwei Tagen nichts mehr davon übrig war.

Am Postamt oder dem Lebensmittelladen fuhr er nicht vorbei, und er hörte auch sonst nichts von Colby.

Seit ihrer Fahrt nach Mariposa waren fünf Tage vergangen. William hatte seine Daten fast komplett eingegeben und beschäftigte sich jetzt mit den ersten Analysen, um sich einen vorläufigen Überblick zu verschaffen. Auf den ersten Blick sah alles so aus, als ob das Material seine Ausgangshypothese unterstützen würde. Aber wenn er sichergehen wollte, musste er noch etwas mehr mit den Möglichkeiten des Statistikprogramms spielen und einige zusätzliche Ansätze verfolgen. Er war gerade dabei, einen ANOVA-Test vorzubereiten, als das Telefon klingelte.

William hatte sich nie die Mühe gemacht, einen besonderen Klingelton in sein Handy einzuprogrammieren. Es machte dieses fürchterlich irritierende Standardgeräusch, das er nur deshalb ertrug, weil er – besonders in letzter Zeit –

so selten angerufen wurde. Er sah das kleine Gerät böse an, dann meldete er sich: „William Lyon am Apparat."

„Pfft. Es ist deine Nummer und du bist der einzige Mensch im Haus."

William konnte das Lächeln in Colbys Stimme hören. „Was kann ich für dich tun?", fragte er ihn.

„Mein Gott, das hört sich fast so an, als hätte das Lineal wieder Boden gutgemacht." Colby seufzte laut. „Und ich hatte mir solche Mühe gegeben." Als William nicht auf ihn einging, seufzte Colby erneut. „Du hast Post. Der Brief sieht offiziell aus und kommt aus einer Anwaltskanzlei."

„Oh."

„Er ist eben erst angekommen und das Postamt schließt in einer Stunde. Aber der Laden ist noch bis sechs Uhr auf, falls du ihn heute abholen willst. Ich kann den Hilfspostmeister vielleicht überreden, ihn dir noch auszuliefern. Er ist ein sehr nachgiebiger Mensch."

William runzelte die Stirn bei der Vorstellung, dass Colby mit einem anderen Mann flirtete. Dann fiel der Groschen. „Der Hilfspostmeister bist du selbst."

„Das macht das Überreden ja so einfach. Ich höre fast immer auf mich. Also, was ist? Kommst du heute noch?"

William betrachtete nachdenklich den blinkenden Cursor auf seinem Monitor. „Ja. Ich komme gleich vorbei."

„Prima. Bis dann, Will." Colby unterbrach die Verbindung, bevor William ihn korrigieren konnte.

Es war erst kurz nach drei Uhr und er hätte noch etwas Zeit gehabt, um weiterzuarbeiten. Aber er konnte sich nicht mehr auf seine Zahlenkolonnen konzentrieren. William führte seine Unruhe darauf zurück, dass er wissen wollte, was in dem Brief stand. Allerdings fand er seine Begründung selbst nicht allzu überzeugend.

Er tauschte die Shorts gegen eine lange Hose, verzichtete aber in einem Anflug von Rebellion auf ein Oxford-Hemd und den Blazer. Stattdessen zog er ein einfaches, graues T-Shirt an, das er normalerweise zum Sport trug. Er bedauerte, dass das T-Shirt nicht etwas enger saß und ihm außerdem die entsprechenden Muskeln fehlten, um es zur Geltung zu bringen.

Als William den Laden betrat, war die ältere Dame, Mrs. Barrett, wieder da. Sie wollte gerade den Laden verlassen und kam ihm, mit einer Flasche Bier in der Hand, an der Tür entgegen. Im Vorübergehen lächelte sie ihm flüchtig zu. Colby hingegen hatte ihn kaum gesehen, als er auch schon heftig zu winken begann. Vielleicht befürchtete er ja, von William in dem leeren Laden übersehen zu werden. „Hallo!", rief Colby ihm erfreut zu. „Willst du erst ins Postamt oder einkaufen?"

„Erst die Post. Aber einige Lebensmittel könnte ich auch brauchen." William hatte fast kein Brot mehr und schon den ganzen Tag Appetit auf Kartoffelchips. Und vielleicht gab es ja auch Eiscreme, die ihm schmeckte.

Colby kam hinter seiner Kasse hervor und lief zwischen den Regalen den Gang entlang. Er trug heute schwarze, enge Jeans, aber sein T-Shirt hatte ausnahmsweise Ärmel. Die unvermeidlichen Flip-Flops klatschten laut auf dem gefliesten Boden. Als er William erreichte, huschte er so knapp an ihm vorbei, dass William den Luftzug auf der Haut spüren konnte. Dann sprang er wieder schwungvoll über den Postschalter, griff in eines der Fächer in dem Wandregal und zog einen großen, weißen Umschlag hervor.

„Bitte sehr", sagte er und legte den Umschlag auf den Schalter.

William sah auf den Absender. Lee & Gorgodian, Rechtsanwaltskanzlei. Da er in dem Scheidungsverfahren keinerlei Ansprüche an Lisa gestellt hatte, musste er keinen eigenen Anwalt beauftragen. Lisa hatte eine Kanzlei gefunden, die einvernehmliche Scheidungsverfahren billig abwickelte, und sie hatten vereinbart, sich die Kosten zu teilen. Es ärgerte William, dass sie überhaupt Anwälte damit beauftragen mussten. Es gab keinerlei Streitpunkte und er hätte das Geld gut für etwas anderes gebrauchen können. Aber Lisa wollte alle Formalitäten korrekt erledigen und William war es auch recht, sicherzugehen und im Nachhinein keine bösen Überraschungen zu erleben.

Er wollte den Umschlag in die Tasche stecken, um den Brief später in Ruhe durchzulesen. Aber dann fiel ihm ein, dass er vielleicht etwas unterschreiben und zurückschicken musste. In diesem Fall wäre es besser, sich gleich darum zu kümmern und sich so morgen eine Fahrt zu ersparen. Er ignorierte Colbys neugierige Blicke und öffnete vorsichtig den Umschlag, der einen kleinen Stapel Unterlagen enthielt.

„Schlimme Nachrichten?", fragte Colby, nachdem er William einige Minuten beim Lesen zugesehen hatte.

„Die vorläufigen Scheidungsunterlagen." William senkte den Arm.

„Oh, Mann! Tut mir leid."

„Schon gut. Ich habe sie erwartet."

„Ja. Aber es ist eine beschissene Situation. Wie lange wart ihr verheiratet?"

William dachte einen Moment nach. „Fast sechs Jahre." Er legte die Unterlagen auf den Schalter. „Kannst du mir einen Stift ausleihen?"

„Willst du die Papiere nicht erst genauer durchlesen?"

„Eigentlich nicht. Ich erwarte keine Überraschungen."

„Wow. Du hast wirklich Vertrauen in deine Ex. Oder Fast-Ex." Colby reichte ihm einen weißen Plastikkugelschreiber über den Schalter.

„Ja, das habe ich. Sie ist ein guter Mensch."

„Warum lasst ihr euch dann scheiden?"

Das war eine sehr persönliche Frage. Und sie war nicht sehr angemessen von jemandem, der William kaum kannte. Selbst Williams Eltern hatten nur das unvermeidlich Nötigste erfahren – dass er und Lisa sich auseinandergelebt hatten – und sie waren mehr als enttäuscht darüber. William bezweifelte, dass Lisa ihren

Freunden und ihrer Familie viel mehr erzählt hatte. Aber Colby erwartete eine Erklärung und wirkte enttäuscht, als William nur wortlos mit den Schultern zuckte.

William musste an mehreren Stellen unterschreiben. Er blätterte die Unterlagen dreimal durch, um sicherzugehen, dass er keine Unterschrift vergessen hatte. Dann sah er Colby an. „Kannst du mir einen Umschlag verkaufen? Und eine Briefmarke?"

„Wenn du es als Eilpost schickst, ist der Umschlag umsonst. Dafür ist das Porto teurer. Aber wir können es zusätzlich als Einschreiben oder mit Rückschein schicken. Bei offiziellen Unterlagen empfiehlt sich das."

„Na gut", sagte William müde. Er nahm den Umschlag entgegen, beschriftete ihn mit der Adresse der Anwaltskanzlei und schob die Papiere hinein.

Bevor er den Umschlag zukleben konnte, riss Colby ihn William aus der Hand. „Halt! Du solltest dir eine Kopie anfertigen."

„Wieso?"

„Keine Ahnung. Aber es ist immer besser. Warte, ich erledige das für dich. Ich mache es sogar umsonst. Es ist sozusagen ein Bonus für Neukunden." Bevor William ihm widersprechen konnte, war er mit den Papieren durch eine Tür verschwunden.

William sah ihm nach. Das einzige, was er durch die Tür erkennen konnte, waren eine weiße Wand und eine Art Postkorb aus Plastik. Dann hörte er das Brummen eines Kopierers und ein überraschtes Fluchen, als das Brummen wieder verstummte. „Mist!" Einige laute Schläge später brummte die Maschine wieder.

Kurz darauf kam Colby zurück. „Tut mir leid. Ich hasse diese Maschine. Sie ist noch bösartiger als der Drucker. Ich wette, der Kopierer würde ein Jungfrauenopfer verlangen, wenn er reden könnte." Lächelnd legte er den Umschlag und die Kopien auf den Schalter.

William verzichtete auf das Einschreiben mit Rückschein, obwohl ihm Colby dazu geraten hatte. Er bezahlte das Porto und sah zu, wie Colby den Brief durch einen Schlitz in der Wand schob. „Er wird morgen abgeholt. Dann geht er erst in das Postzentrum in Fresno, bevor er weitergeleitet wird. Es dauert also einige Tage, bis er in Oakland ankommt."

„Schon gut, das ist in Ordnung. Danke."

„Bist du jetzt bereit für deinen Einkaufsbummel? Vielleicht sollten wir den Anlass mit einer Flasche Wein würdig begießen. Aber ich warne dich – Großvater hat nur die billigen Sorten."

William war nicht nach Feiern zumute. Er war nur müde und fühlte sich wie betäubt. Am liebsten wäre er in sein Bett gekrochen, hätte sich die Decke über den Kopf gezogen und geschlafen. „Nein danke, ich verzichte."

„Klar doch." Colby schwang sich wieder mit einer seiner gymnastischen Einlagen über den Schalter. „Soll ich dich in Ruhe lassen oder kann ich dir mit deinen Einkäufen helfen?"

William überlegte. Er wusste plötzlich selbst nicht mehr, was er eigentlich wollte.

Colby musste sein ratloser Blick aufgefallen sein, denn er klopfte ihm beruhigend auf die Schulter. „Willst du meinen Ratschlag hören? Geh in die Bibliothek und suche dir eines der kitschigsten Bücher, die du finden kannst. Mrs. Barrett hat heute drei richtige Schmonzetten vorbeigebracht. Oder vielleicht Science-Fiction oder einen Fantasyroman. Das hilft immer, wenn mir die Welt zu viel wird und auf die Nerven geht."

Bevor William dankend ablehnen konnte, hatte Colby ihn schon durch den Laden in die Bibliothek geführt. Er klopfte William wieder auf die Schulter. „Lass dir Zeit. Wenn du willst, kann ich auch bis nach sechs Uhr bleiben. Ich habe heute Abend sowieso nichts Aufregendes mehr vor."

William war über Colbys Hilfsbereitschaft erstaunt, zumal der keinerlei Gegenleistung zu erwarten schien und sich offensichtlich mit Williams übellauniger Gesellschaft zufriedengab. Und er war wirklich nicht sehr höflich zu Colby gewesen, dessen gute Laune und Herzlichkeit Williams Verhalten allerdings nicht im Geringsten erschüttert hatte. Und Colbys Hand auf seiner Schulter – wann war William eigentlich das letzte Mal berührt worden, wenn man von dem gelegentlichen Händedruck eines Kollegen absah?

Um Gottes willen! William fühlte, wie ihm fast die Tränen in die Augen gestiegen wären. Er lächelte Colby verlegen an.

„Danke. Das ist eine gute Idee." Colby lächelte strahlend zurück und es kam William vor, als wären ein Dutzend Kerzen angezündet worden.

„Dann überlasse ich dich jetzt deiner literarischen Entdeckungsreise."

William verbrachte mehr Zeit zwischen den Bücherregalen, als er erwartet hatte. Er fand eine faszinierende Mischung an Büchern vor, die nahezu alle Genres umfasste. Es gab Kochbücher, alte Sachbücher, Romane, Kunst- und Reiseführer sowie Handbücher über alle denkbaren Themen, von Diätratgebern über Strickmuster bis hin zu kleineren Haushaltsreparaturen. Sie schienen die gesammelten Interessensgebiete der Menschen von Jelley's Valley widerzuspiegeln. Verwundert fragte er sich, wer sich wohl für Hydrokultur oder Bestattungswesen interessiert hatte.

Dann fand er eine Sammlung Taschenbücher, die ordentlich sortiert in einer Ecke des Zimmers stand. Neugierig zog er einige Bücher aus dem Regal. Als er die Titel sah, war er gleichermaßen überrascht wie fasziniert. Die Bücher konnten nur von Colby stammen. Er entschied sich für eines, dessen Einband zwei Männer zeigte, die in eine Landschaftsaufnahme mit Pferden eingeblendet waren.

Als William in den Laden zurückkam, saß Colby hinter der Kasse und studierte einen Katalog. Er sah auf und lächelte William an. „Hast du etwas Passendes gefunden?"

„Vielleicht." William legte das Buch neben den Katalog.

Mit Befriedigung sah er, wie Colbys Augen sich überrascht weiteten. „Hm, das ist nicht gerade ein Western von Zane Grey. Ich hoffe, das ist dir aufgefallen."

„Eher von Zane Gay." William unterdrückte ein Kichern über seinen lahmen Witz.

„Also gut. Ich will es dir nicht ausreden, weil es wirklich ein gutes Buch ist. Außerdem sind Brett und Jesse wirklich heiß. Es gibt da eine Szene, die ist einfach … oh Mann! Es geht viel um verletzte Gefühle und Trost spenden, manchmal kann ich das brauchen. Aber was willst *du* damit?"

William fuhr sich nervös mit der Zunge über die Lippen. „Weil ich mehr über Brett und Jesse erfahren möchte." Als Colby ihn nur mit erstauntem Blick ansah, schloss er schnell die Augen. Noch konnte er eine Ausrede finden und so tun, als habe er sich mit dem Buch vergriffen. Aber dann dachte er an Bill, der in seiner einsamen Zelle saß und verstohlen Briefe an seinen Geliebten schrieb. An einen Mann, den er wahrscheinlich nie wiedergesehen hatte, weil er seine Liebe nicht verleugnen wollte.

William öffnete die Augen und flüsterte die Worte, die er bisher erst dreimal über die Lippen gebracht hatte. „Ich bin schwul."

Das erste Mal hatte er es seinen Eltern gestanden, die mit Tränen und Beschimpfungen reagierten und ihn schließlich in die Anstalt einliefern ließen, wo er angeblich geheilt werden sollte. Das zweite Mal hatte er es zu Pastor Reynolds gesagt, der ihn darüber aufklärte, dass Homosexualität eine Krankheit und eine Sünde sei, die durch Glaube, Gebet und – wenn alles nichts mehr half – Aversionstherapie geheilt werden konnte.

Das dritte Mal war noch nicht lange her. Er hatte es zu Lisa gesagt, die nur kurz mit dem Kopf nickte, als ob sie es schon immer geahnt hätte. Dann hatte sie den Mund zusammengepresst. „Hast du … Gibt es jemanden? Einen Mann?", hatte sie schließlich gefragt.

Er hatte ihr wahrheitsgemäß geantwortet. „Nein. Ich habe zweimal einen Jungen geküsst, aber das war in der Oberschule. Mehr ist nie passiert."

„Bist du sicher?"

„Ja."

„Warum hast du mich dann geheiratet?"

„Ich habe gehofft, dass … dass ich mich ändern könnte."

Sie hatte ihn voller Mitleid angesehen und er wäre am liebsten im Erdboden versunken. „Ich möchte mich scheiden lassen", hatte sie dann gesagt.

Colby reagierte ganz anders. Er schrie nicht und er weinte nicht, er predigte nicht und sah William auch nicht mitleidig an. Stattdessen lächelte er und die Grübchen in seinen Wangen vertieften sich. Dann kicherte er begeistert.

„Jetzt wird es wirklich Zeit, dass wir in JV die erste LGBT-Gruppe gründen. Willst du Vorsitzender werden oder lieber Kassierer?"

7

SIE GRÜNDETEN zwar keinen Verein, aber während William seine restlichen Einkäufe erledigte, unterhielt Colby ihn mit seinen Scherzen über geheime Handzeichen, Anstecknadeln und ein Vereinsmotto, das sie dringend bräuchten. Dann machte William sich auf den Rückweg. Er hatte das Gefühl, als wäre ihm eine zentnerschwere Last von der Seele gefallen.

Sobald er seine Einkäufe in der Küche verstaut hatte, öffnete er die Blechdose.

30. APRIL 1938

> *Mein liebster Johnny,*
> *gestern haben mich meine Eltern besucht. Ich glaube nicht, dass sie gerne gekommen sind, und ich wollte sie auch nicht sehen. Aber Dr. Fitzgerald meinte, es wäre wichtig für meine Heilung.*
> *Ich durfte vorher baden und bin rasiert worden. Dann haben sie mir meine normale Kleidung gegeben – den Anzug, in dem ich hierher gebracht worden bin. Normalerweise trage ich so eine Art Schlafanzug, mit unförmigen Hosen und einem weiten Hemd ohne Knöpfe. Ich sollte dafür dankbar sein, denn viele Patienten bekommen gar keine Kleidung und müssen die ganze Zeit nackt sein. Einige sind so krank, dass sie es gar nicht merken. Aber mir sind etliche aufgefallen, die noch immer versuchen, sich einen Rest ihrer Würde zu bewahren und sich mit den Händen zu bedecken. Es kommt mir so vor, als würden sie vom Personal gar nicht mehr als Menschen wahrgenommen. Sie werden wie die Tiere behandelt. Johnny, es ist so furchtbar.*
> *Aber ich wollte dir eigentlich von dem Besuch meiner Eltern erzählen. Als sie ankamen, habe ich, wie ich glaube, einigermaßen respektabel ausgesehen. Ich wurde durch einige Türen geführt, die normalerweise verschlossen sind, bis wir in ein kleines Zimmer in der Nähe des Haupteingangs kamen. Offensichtlich hat jemand versucht, dem Raum einen gemütlichen Eindruck zu geben. Die Stühle sind nicht aus hartem Holz, sondern haben eine gepolsterte Sitzfläche. Die Wände sind sauber und hellblau gestrichen, an einer Wand hängt sogar ein Bild von*

einem Blumenstrauß in einer Vase. Es ist nicht sonderlich gut, aber immerhin. Ich kann mir nicht vorstellen, dass das Zimmer oft benutzt wird. Die meisten Patienten bekommen nie Besuch.

Meine Eltern haben in dem Zimmer auf mich gewartet. Sie sind nicht aufgestanden und haben mich auch nicht begrüßt. Meine Mutter hatte geweint – ihre Augen waren rot und geschwollen. Als sie mich sah, drückte sie sich ein Taschentuch vor die Augen und fing wieder an zu schluchzen. Mein Vater hat mir nur böse Blicke zugeworfen, als ob ich für ihren Zustand verantwortlich wäre.

Ich setzte mich wortlos ihnen gegenüber auf einen Stuhl, weil ich mich nicht traute, etwas zu sagen. Wie hätte ich gegenüber den Menschen, denen ich dieses Gefängnis zu verdanken habe, höflich bleiben sollen? Sie haben mir alles genommen, was ich jemals geliebt habe.

Kurz darauf kam Dr. Fitzgerald ins Zimmer. Er versuchte, uns zum Reden zu bringen. Aber er hatte keinen Erfolg und man konnte sehen, dass er darüber nicht sehr glücklich war. Schließlich wandte er sich an mich. „Hast du irgendwelche Fragen, Billy?" So werde ich hier genannt, als ob ich noch ein Kind wäre. „Möchtest du nicht wissen, wie es deinen Brüdern und Schwestern geht?"

Es ist mir scheißegal, wie es ihnen geht. Meine Schwestern haben meine Eltern dabei unterstützt, mich gegen meinen Willen hierher zu bringen. Und Edward ist mir nachgeschlichen, als ich dich besucht habe. Er hat der Polizei deine Adresse gegeben.

Also stellte ich die einzige Frage, die mich seit meiner Ankunft hier wirklich beschäftigt hat: „Wie geht es Johnny?"

Mutter fing wieder an zu heulen und mein Vater sah aus, als wollte er mich gleich zusammenschlagen. Er lief rot an und zog den Mund zusammen wie ein Schwein sein Arschloch. „Der Mann hat die Stadt verlassen", fuhr er mich an.

Aber, mein lieber Johnny, ich bin mir sicher, dass er lügt. Du hast deine Arbeit und dein kleines Haus, und wir haben uns doch versprochen, dass wir immer füreinander da sein werden, egal was auch passiert. Ich kann mich noch gut daran erinnern, Johnny. Wir haben es uns mehr als einmal versprochen. Also lügt mein Vater wahrscheinlich.

Vielleicht hast du aber auch die Stadt verlassen und bist jetzt in die Nähe von Jelley's Valley gezogen. Oder sogar nach Jelley's Valley selbst. Vielleicht bist du näher zu mir gekommen, auch wenn wir uns nicht sehen können. Vielleicht versuchst

*du gerade, dich hier umzusehen, um mich dann aus diesem
Gefängnis rauszuholen. Das würdest du doch tun, nicht wahr? Du
hast immer so getan, als hättest du keinerlei romantische Ader.
Aber dann hast du davon geredet, dass wir weglaufen sollen, weit
weg von meiner Familie. Und ich musste dich daran erinnern,
dass das nicht geht, weil wir dann keine Arbeit mehr hätten. Ich
habe dir gesagt, dass wir noch warten müssen, dass es eines
Tages besser wird und wir überall hingehen können, wenn wir
nur Arbeit finden. Das habe ich gesagt.*

*Wenn du mich jetzt hier rausholst, dann komme ich mit dir,
Johnny. Egal, wohin.*

*Dr. Fitzgerald hat noch einige Zeit geredet. Er hat meinen
Eltern über die Behandlung berichtet und darüber, dass ich nicht
sehr kooperativ wäre. Aber das stimmt nicht. Ich tue alles, was
er von mir verlangt, mit einer Ausnahme – ich werde niemals
aufhören, dich zu lieben. Er hat dann noch gesagt, dass er eine
neue Methode anwenden will. Insulintherapie. Ich habe keine
Ahnung, was er damit meint, und er hat es auch nicht erklärt.
Vielleicht kannst du es für mich herausfinden, anstatt neue Wörter
nachzuschlagen.*

*Ich vermisse deinen Geschmack. Bitte, hol mich hier raus.
Für immer der Deine,
Bill*

WILLIAM ERINNERTE sich vage daran, in einem seiner Seminare über Insulintherapie
gelesen zu haben, recherchierte aber im Internet, um sein Gedächtnis aufzufrischen.
Die Behandlungsmethode war älter als die Elektroschocktherapie und vor allem
gegen Schizophrenie eingesetzt worden. Man spritzte den Patienten hohe Dosen
Insulin, das Krampfanfälle und anschließendes Koma auslöste. Diese Behandlung
wurde täglich wiederholt und zog sich über einen Zeitraum von Wochen, manchmal
auch Monaten, hin. Viele Patienten trugen dauerhafte Hirnschäden davon oder
verstarben.

William konnte nicht weiterlesen. Er stand auf und ging unruhig im Zimmer
auf und ab. Seine Hände zitterten und ihm war so schlecht, dass er sich fast übergeben
hätte. In seinen Gedanken sah er Bill vor sich, an ein Krankenbett geschnallt,
schwitzend, zitternd und voller Angst. William erinnerte sich an die Behandlungen,
die er selbst als Jugendlicher über sich ergehen lassen musste, nachdem das Beten
nicht geholfen und ihn seine Eltern zur Therapie in die christliche Heilanstalt
geschickt hatten. *Nein.* Er durfte nicht mehr daran denken.

Erschrocken stellte William fest, dass er sich nicht mehr in seinem Apartment
befand, sondern durch die leeren Gänge des Hauses lief. Er wusste, wohin dieser

Gang führte, aber er konnte nichts dagegen unternehmen. Es war wie in einem Traum – man wusste zwar ganz genau, dass man auf etwas Schreckliches zuging, konnte es aber nicht ändern. Oder wie in einem Horrorfilm, in dem irgendwelche Ignoranten blind in ihr Unglück liefen.

William hatte schon einmal einen kurzen Blick in diesen Raum geworfen. Es war nicht sehr interessant gewesen. Die bequeme Einrichtung, über die Bill geschrieben hatte, war längst verschwunden. Auch das Gemälde mit der Blumenvase gab es nicht mehr. Die Wände waren seit 1938 neu gestrichen worden – wahrscheinlich mehr als einmal – und hatten jetzt eine dumpfe, blassgrüne Farbe. Aber William war sich sicher, dass es das gleiche Zimmer war, in dem Bill seinen Eltern gegenübergesessen hatte. Es lag in der Nähe der Eingangshalle. An der Decke hing ein Leuchter, eine kleinere Ausführung des großen Kronleuchters in der Halle. Der Boden war weder aus Marmor noch aus Holz, aber auch nicht aus dem einfachen Linoleum oder gekachelt wie die restlichen Räume des Gebäudes. Dieser Boden war mit teuren Kacheln belegt, die in einem geschmackvollen, schwarz-weißen Muster angeordnet waren.

Als William in der Tür stand, stellte er sich vor, wie Bill still und verzweifelt auf der einen Seite des Zimmers saß. Ihm gegenüber hatten seine Eltern Platz genommen. Zwischen ihnen saß der Arzt und lenkte das Gespräch.

Gott, warum war Bill nur nicht mit Johnny weggelaufen, als sie noch die Möglichkeit dazu hatten?

William kam die Galle hoch und er hatte einen bitteren Geschmack auf der Zunge. Er drehte sich um und ging in sein Apartment zurück.

8

„UND, WIE hat dir die Geschichte von Jesse und Brett gefallen?"

William wurde rot und er sah sich verstohlen um, obwohl er genau wusste, dass außer ihm und Colby niemand im Laden war. „Es war … interessant", murmelte er verlegen.

„Interessant im Sinne von ‚Störe mich nicht, ich muss zu Ende lesen' oder interessant wie ein Unfall am Straßenrand?"

„Mehr wie … wie dein erstes Beispiel, glaube ich." William rieb sich den schweißgebadeten Nacken. „Ich kenne mich mit Pferden nicht aus, deshalb weiß ich nicht, ob die ganzen Cowboygeschichten realistisch sind."

Colby verdrehte die Augen. „Es ist eine Liebesgeschichte, kein Handbuch für Cowboys. Obwohl ich schon sagen muss, dass ich im Laufe der Jahre einiges von Pornos gelernt habe."

William lächelte schwach. „Ich, äh … ich bräuchte einige Sachen. Lebensmittel."

„*Mi tienda es su tienda.* Mein Geschäft ist dein Geschäft."

William nahm einen Einkaufskorb und ging durch die Gänge. Colby war damit beschäftigt, seinen Rechner und einen Stapel Papiere zu verfluchen, bei dem es sich offensichtlich um Rechnungen handelte. Deshalb hatte er keine Zeit, mit William durch die Gänge zu gehen und seine üblichen Kommentare abzugeben. In aller Ruhe entschied William sich zwischen Dosenerbsen und Mais, zwischen Schinkenaufschnitt und Truthahn. Aber die Ruhe war weniger angenehm, als er sich erhofft hatte. Er ließ sich jedoch Zeit und kam erst an die Kasse zurück, als sein Korb bis zum Überlaufen gefüllt war.

Colby schob den Stapel Rechnungen zur Seite und machte Platz für Williams Einkäufe. „Das ist ziemlich viel. Bereitest du dich auf den Weltuntergang vor?"

„Ich brauche eben viel."

„Na klar. Willst du wieder ein Buch mitnehmen? Wenn Cowboyhüte und Chaps nicht deine Sache sind, kann ich dir etwas anderes empfehlen. Auf was stehst du, Will?"

William war zu verblüfft, um sich über den Spitznamen zu beschweren. „Auf was ich stehe?"

„Ja. Welcher Typ macht dich an? Jung oder alt? Pelz? Muskeln? Uniformen? Wann schlägt dein Puls schneller?"

„Ich … ich weiß nicht."

Colby sah ihn überrascht an. „Was soll das heißen, du weißt es nicht? Mit welchem Typ Mann lässt du dich ein? Oder träumst zumindest davon?"

52

Die Röte stieg William mit aller Macht ins Gesicht. „Ich lasse … Ich habe mich nie …"

„Oh! Mein Gott, du bist noch unschuldig!"

William zuckte zusammen. Dann starrte er wie gebannt auf den Laib Brot, der vor ihm auf der Ablage lag. „Bin ich nicht. Ich war schließlich verheiratet, oder?"

„Pfft." Colby winkte ab. „Ich rede von *Männern*. Du hast noch nie Sex mit einem Mann gehabt."

William wünschte, sie hätten diese Unterhaltung nie begonnen. Seine Ohren fühlten sich heiß an und er wusste, dass sie wahrscheinlich feuerrot waren, genauso wie sein Gesicht. Er war sich nicht sicher, was ihm peinlicher war – über Sex zu reden oder über *schwulen* Sex. Oder darüber, dass er damit keinerlei Erfahrung hatte. Am liebsten hätte er fluchtartig den Laden verlassen, aber seine Einkäufe waren noch nicht bezahlt.

Wie auch immer, Colby machte sich zumindest nicht über ihn lustig. Er wirkte nur etwas verblüfft. „Also gut", sagte er zu William. „Du bist noch Jungfrau. Welcher Typ gefällt dir, wenn du dir Pornos ansiehst?"

„Ich schaue keine Pornofilme."

„Und wenn du dir einen runterholst?"

William hätte sich fast verschluckt.

Colby zeigte kein Mitgefühl. „Wirklich, Will. Was macht dich denn geil?"

„Ich masturbiere nicht."

„Warum denn das? Gut, ich verstehe, dass du verheiratet warst. Da hast du es wahrscheinlich nicht nötig gehabt. Aber vor deiner Ehe? Und jetzt?"

„Ich … ich …" William hatte, außer bei seiner Therapie, noch nie mit einem Mann über Sex gesprochen. Und damals ging es nur darum, wie ungesund und sündhaft Homosexualität wäre. Auch mit Lisa hatte er nie über Sex gesprochen. Sie hatten es einfach gemacht, so wie man die Nachrichten sieht oder die Wäsche bügelt.

In dieser Situation war ein analytischer Ansatz erforderlich. „Konditionierung", erklärte William.

„Hä?"

„Ich masturbiere nicht zu homosexuellen Pornofilmen, weil die daraus resultierenden Lustgefühle die unerwünschten Begierden verstärken würden."

Darüber musste Colby einen Augenblick nachdenken. „Und warum willst du sie nicht verstärken? Oh! Ich verstehe. Deshalb hast du auch geheiratet. Du willst nicht schwul sein."

William nickte steif.

„Warum nicht?", hakte Colby nach. „Religion? Familie? Politischer Ehrgeiz?" Bei der letzten Vermutung grinste er.

„Hm, die ersten beiden Punkte."

„Gut. Und jetzt?"

„Ich denke ..." William zuckte mit den Schultern. „Ich denke, ich erhole mich noch davon, ein angeblich ‚geheilter' Schwuler gewesen zu sein."

Colby wippte aufgeregt auf und ab. „*Masel tov!* Ich helfe dir dabei. Ich bin deine gute Fee und nehme dich unter meine Fittiche."

William war sich sicher, keine Hilfe zu brauchen, und schon gar nicht die Hilfe von Colby. Aber der reagierte wie ein kleines Kind, dem man ein Hündchen geschenkt hatte. William brachte es nicht über sich, Colbys Begeisterung einen Dämpfer zu versetzen. „Meine Eiscreme schmilzt gleich", sagte er freundlich und zeigte auf die Packung mit dem Sahneeis.

„Vergiss die Eiscreme. Es geht um dich. Du hast dich aus deinem Kokon befreit und breitest deine Flügel aus. Wen kümmert da ein geschmolzenes Milchprodukt?" Aber Colby widmete sich trotzdem wieder Williams Einkäufen, gab sie in die Kasse ein und packte sie in Plastiktüten. Als William ihm einige Scheine reichte, gab Colby ihm mit zerstreutem Gesichtsausdruck das Wechselgeld. Er war offensichtlich mit seinen Gedanken nicht bei der Sache.

„Ich will dir was sagen", schlug er vor, während William nach den Tüten griff. „Morgen ist mein freier Tag. Ich komme dich in der Irrenanstalt besuchen. Ich habe sie schon immer von innen sehen wollen. Und ich gebe dir eine Einführung in die Welt der schwulen Pornos. Wenn wir fertig sind, wirst du ganz genau wissen, was dein Typ ist; und du wirst auch wissen, wo du sie im Internet findest."

„Ich will nicht ..."

„Morgen. Gegen Mittag? Ich schlafe gern aus, wenn ich nicht arbeiten muss."

Colby ließ sich offensichtlich nicht von seiner Idee abbringen. Wenn William ehrlich war, wollte er das auch gar nicht. Also nickte er nur und ging zur Tür. Die Tüten in seinen Händen raschelten leise. Bevor er ins Freie trat, wandte er sich noch einmal zu Colby um.

„Colby? Was ist eigentlich dein Typ?"

In Colbys Wangen kamen die Grübchen zum Vorschein. „Bücherwürmer", sagte er und zwinkerte William zu.

AM NÄCHSTEN Tag beschäftigte William sich wieder mit der Analyse seiner Daten. Es fiel ihm schwer, sich zu konzentrieren, denn seine Gedanken pendelten ständig zwischen Bill und Colby hin und her. Er konnte es kaum fassen, dass er Colbys Vorschlag, sich gemeinsam Pornofilme anzuschauen, zugestimmt hatte. Wenn er nur daran dachte, stieg ihm schon die Röte ins Gesicht. Aber er zog die Verlegenheit der depressiven Stimmung vor, die ihn bei seinen Gedanken an Bill überkam.

Am späten Nachmittag erreichte ihn eine E-Mail von Lisa. Kurz und formal teilte sie ihm mit, dass der Anwalt die vorläufigen Scheidungsunterlagen eingereicht hätte und alles problemlos verlaufen wäre. Außerdem informierte sie ihn darüber, dass sie wieder ihren Geburtsnamen annehmen würde. Es überraschte William nicht sehr. Sie hatte es immer gehasst, Lisa Lyon zu heißen. Die Nachricht war weder wütend noch anschuldigend verfasst, aber das war Lisa auch in der Vergangenheit nie gewesen. Sie hatte enttäuscht oder bedauernd reagiert, aber niemals wütend. „Ich weiß, dass du dir Mühe gegeben hast", hatte sie bei seinem Auszug gesagt. William fragte sich manchmal, ob ihm die Trennung leichter gefallen wäre, wenn sie sich gehasst hätten.

In seiner Antwort bedankte er sich für die Informationen. Er hätte sich beinahe wieder bei ihr entschuldigt, ließ es dann aber sein. Dann beschloss er, lieber noch einen von Bills Briefen zu lesen, als in Selbstmitleid zu versinken.

Dieser Brief unterschied sich von den vorherigen. Die Schrift war weniger ordentlich. Viele Worte waren durchgestrichen und neu geschrieben. Die Zeilen waren verrutscht, einige zogen sich nach oben oder unten, andere verliefen in einem schiefen Bogen über das Papier.

5. JANUAR 1939

Mein liebster Johnny,

ich wusste nicht, welcher Tag heute ist. Ich musste Dr. Fitzgerald erst bitten, es mir zu sagen. Ich habe den Sommer und den Herbst verloren.

Ich bin hier gefangen, aber es ist Dr. Fitzgerald, der hinter Gitter gehört. Er ist ein Dieb. Er hat mir diese vielen Monate gestohlen. Er hat mir einen Teil von mir selbst gestohlen. Ich suche manchmal danach, aber ich kann ihn nicht mehr finden.

Johnny, du würdest mich nicht wiedererkennen. Sie haben mir den Kopf rasiert. Erinnerst du dich daran, wie du immer mit den Fingern durch meine Haare gefahren bist, wenn wir zusammen im Bett gelegen haben? Du hast gesagt, sie wären so zart wie Seide. Jetzt habe ich nur noch Stoppel auf dem Kopf, und sie jucken fürchterlich.

Und ich bin fett geworden! Du wirst es mir vielleicht nicht glauben wollen. Ich habe zwar keinen Spiegel, aber ich kann mir gut vorstellen, wie schlimm ich aussehe. Es ist ein merkwürdiges Gefühl, als habe mir jemand im Schlaf den Körper gestohlen und durch einen anderen ersetzt. Der Doktor sagt, das liegt am Insulin. Wenn ich weiter das fürchterliche Essen hier ertragen muss, werde ich wahrscheinlich bald wieder so dürr wie eine Bohnenstange sein. Das ist auch gut so. Falls du mich hier herauszaubern willst, darf ich nicht zu schwer sein.

Ich möchte immer noch, dass du mich rettest, mein Geliebter. Das Insulin hat mich nicht geheilt. In den letzten Monaten habe ich manchmal von dir geträumt, wie ein Phantom bist du durch meinen Schlaf gegeistert.

Manchmal glaube ich auch, dass ich doch verrückt bin und es dich niemals gegeben hat.

Der Mann in der Zelle nebenan schreit und weint die ganze Nacht. Die Wärter haben untereinander über ihn geredet. Er war Soldat und hat im letzten Großen Krieg den Verstand verloren. Das ist zwanzig Jahre her, Johnny. Er ist seit zwanzig Jahren hier. Ich könnte das nicht überleben.

Erinnerst du dich noch daran, wie wir uns kennengelernt haben? Natürlich erinnerst du dich. Niemand hat einen Teil von dir gestohlen. Mein Vater hatte dich beauftragt, eine Lieferung mit Möbeln vom Bahnhof in unser Geschäft zu bringen. Aber der Zug hatte Verspätung und ich sollte auf dich warten. Du hast über mich gelacht, als ich dir helfen wollte, den schweren Tisch zu tragen. Ich wollte auf dich wütend sein, aber du warst so wunderschön. Bereust du diesen Abend jetzt? Wünschst du dir manchmal, dass Edward an meiner statt auf dich gewartet hätte? Edward, der dir hätte helfen können und nicht unter deinem Blick rot geworden wäre?

Ich bin froh darüber, dass ich es war.

Lass niemals zu, dass sie mich dir stehlen.

Für immer der Deine,

Bill

9

KURZ VOR Mittag wurde William durch das Klingeln seines Handys erschreckt. Er war schon den ganzen Vormittag über etwas nervös gewesen und hatte kaum arbeiten können. Stattdessen hatte er einen Rundgang über das Außengelände der Anstalt gemacht. Es gab eine erstaunliche Vielfalt an Tieren, vor allem Vögel und Insekten, aber auch Eichhörnchen und Echsen. Er hatte sogar eine Strumpfbandnatter gesehen, die sich durch das hohe Gras schlängelte. William fragte sich, ob es wohl zu Bills Zeiten auch so viele Tiere gegeben hatte, und ob der sie durch sein Fenster oder bei seinen Freigängen im Hof hatte sehen können.

Nach einiger Zeit war er wieder ins Haus zurückgegangen, um zu duschen. Er war sich nicht sicher, was er für seinen Pornounterricht anziehen sollte. Nachdem er den Blazer und eine Krawatte ausgeschlossen hatte, entschied er sich schließlich für seine Khakishorts und das graue T-Shirt. Er versuchte, seine Frisur zu richten, gab es aber nach einigen Minuten als zwecklos auf.

William kam sich vor wie ein Idiot.

Als er das Klingeln hörte, zuckte er zusammen und griff nach dem Handy. „Hallo?", fragte er atemlos.

„Ich bin am Tor. Lass mich rein."

William rannte aus seinem Apartment, durch die Halle und die große Eingangstür ins Freie. Dann sprintete er über den Parkplatz und als er um die Ecke bog, sah er Colby auf der anderen Seite des Tores. Colby saß auf einem Fahrrad und winkte ihm zu.

„Du bist mit dem Rad gekommen?", fragte William, während er das Tor aufschloss.

„Sicher. Mein Auto ist immer noch nicht funktionstüchtig. Außerdem ist Bewegung gut für die Gesundheit." Colby schwang sich vom Sattel und schob sein Rad durch das Tor. Nachdem William wieder abgeschlossen hatte, machten sie sich auf den Rückweg zum Hauptgebäude.

Colby sah sich interessiert um. „Wir haben als Kinder manchmal gewettet, wer von uns sich hierher traut. Aber ich kenne niemanden, der es gewagt hat, wirklich zu kommen. Es heißt, dass es hier spukt. Hast du schon Geister gesehen?"

William wollte ihm gerade erklären, dass Geister reiner Aberglaube seien, aber das wäre nicht wahr gewesen. Bills Geist schwebte zwar nicht in einem Betttuch durch das alte Gemäuer, aber seit William die Blechdose in der Wand gefunden hatte, spukte Bill durch seine Gedanken. „Nein", erwiderte er auf Colbys Frage.

Colby sah ihn enttäuscht an. „Aber ist es nicht unheimlich, nachts hier alleine zu sein?"

„Eigentlich nicht. Es ist ein deprimierender Ort, aber er ist nicht furchteinflößend."

„Wahrscheinlich hast du recht. Wieso ist die Anstalt eigentlich geschlossen worden? Gab es nicht mehr genug Verrückte, oder was?"

„Das nicht. Aber mentale Krankheiten werden heutzutage mit Medikamenten behandelt und die Leute werden nicht mehr in Anstalten eingeliefert. Natürlich gibt es viele Menschen, die sich die Medikamente oder die Behandlung nicht leisten können. Sie enden meistens als Obdachlose oder im Gefängnis."

Colby nickte. „Ja. Ich habe solche Fälle in San Francisco erlebt. Es hat mir eine Heidenangst eingejagt, diese armen Menschen auf der Straße zu sehen. Was ist, wenn mir das eines Tages passiert? Nicht, dass ich verrückt wäre. Aber es kann jedem passieren."

William nickte zustimmend. „Die Definitionen für mentale Erkrankungen ändern sich ständig. Was in einer bestimmten Zeit als vollkommen normal angesehen wird …"

Den Rest des Weges legten sie schweigend zurück. Colby lehnte sein Fahrrad neben der Eingangstür an die Wand. Als er die Halle betrat, sah er sich neugierig um.

„Soll ich dir das Gebäude zeigen?" fragte William.

„Jetzt nicht." Colby grinste und boxte ihm an den Oberarm. „Ich möchte wetten, du bist nervös. Und ich bin mir sicher, das wird nur noch schlimmer, je länger wir warten. Wir kümmern uns erst ums Geschäft."

„Geschäft?" William schluckte.

Colby sah ihn nur erwartungsvoll an und William führte ihn durch den Gang in sein Apartment. Als sie das Zimmer betraten, sah Colby sich auch hier um. Er nickte zustimmend, als er die Bücherregale sah, und erklärte die kleine Küche zu einem Schmuckstück. Zurück im Wohnraum sagte er zu William: „Es ist sehr geräumig, aber trotzdem gemütlich."

„Es ist … nicht schlecht."

„Will, ich bin siebenundzwanzig Jahre alt und lebe im Gästezimmer meiner Großeltern. Ich fahre Fahrrad. Ich bin genau da, wo ich mit zwölf Jahren schon war. Das Apartment ist, zumindest aus meiner Sicht, mehr als in Ordnung."

„Du bist siebenundzwanzig?"

„Oh ja, auch wenn mich mein überschwänglicher Enthusiasmus natürlich viel jünger erscheinen lässt … Wie alt bist du?"

„Zweiunddreißig", antwortete William etwas trübsinnig.

„Uralt." Colby rieb sich die Hände. „Wollen wir jetzt anfangen, Padawan?"

„Hm. Na gut."

Colby gab einen theatralischen Seufzer von sich. „Wir sind nicht auf dem Weg zu deiner Hinrichtung, Will. Es soll Spaß machen. Und du hast einen vertrauenswürdigen, erfahrenen Mentor. Mann, als ich die ersten Pornos erkundet habe, war ich dreizehn und vollkommen auf mich gestellt. Ich habe Sachen gefunden, die haben mir eine Scheißangst eingejagt." Er hob die Hand zum Pfadfindergruß. „Ich schwöre hoch und heilig, dass wir mit leichtem Blümchensex beginnen. Oder hättest du lieber etwas Würze?"

Williams Schläfen fingen an zu pochen. „Blümchen", murmelte er.

„Hervorragend." Colby sprang durchs Zimmer und ließ sich auf dem Stuhl vor dem Computer nieder. Er sah sich nach William um. „Komm schon. Ich verspreche dir, dich nicht zu beißen."

William zog sich einen Stuhl heran und setzte sich neben Colby vor den Computer. Ihm war beklommen zumute und er kam sich lächerlich vor. Er konnte sehr gut auch selbst im Internet nach einem Porno suchen. Allerdings hatte er das bisher immer vermieden. Colby roch nach frisch gemähtem Gras und Zimtkaugummi und sah William mit einem verschmitzten Grinsen an. William fühlte sich in seiner Nähe merkwürdig erregt.

Colbys Finger huschten über die Tastatur. Bevor er Williams Homepage verließ, sah er ihn mit ernstem Blick an. „Dir ist hoffentlich klar, dass ich dich zu nichts zwingen will. Wenn du es wirklich nicht willst, können wir auch etwas anderes unternehmen."

„Ich will nicht …"

„Du siehst aus, als hätte ich dir mit Folter gedroht." Colby legte ihm die Hand aufs Knie. Seine leichte Berührung schickte kleine Schockwellen durch Williams Nervensystem. Er zwang sich dazu, nicht zurückzuzucken, wusste aber, dass ihm die Panik wahrscheinlich deutlich ins Gesicht geschrieben stand.

Das letzte Mal hatte er einen Porno gesehen, nachdem er von seinen Eltern zu dem fürchterlichen Therapeuten geschickt worden war. Der Mann hatte Elektroden an Williams Körper befestigt und einen Pornofilm in den Videorekorder geschoben. Sobald die nackten Männer sich küssten, hatte er auf einen Knopf gedrückt und … *Nein!* Es war schon so lange her. Und hier gab es keinen Apparat und keine falsche Therapie. Nur Colby mit seinem unerschütterlichen Optimismus, seiner Hilfsbereitschaft und seinem liebenswerten Lächeln.

„Es ist … so ungewohnt", flüsterte William.

„Ich weiß, aber … Na ja, ich kenne deine Probleme nicht und will dir nicht zu viel zumuten. Wir können es jederzeit sein lassen."

William war Colby dankbar dafür, dass er ihm einen Ausweg anbot. Aber so nervös William auch war, er wollte es doch, und er war angewidert von seiner eigenen Hasenherzigkeit, die ihn eine so unbedeutende Angelegenheit überproportional wichtig nehmen ließ. Er zwang sich zu einem Lächeln und klopfte Colby sogar auf die Hand. „Ich bin ein Idiot. Fang jetzt an."

„Hey, schon in Ordnung. Mich wirft der Anblick von Blut aus den Latschen, selbst wenn es nur ein Film ist und ich weiß, es ist nicht echt. Oder Nadeln. Ich kippe um, wenn ich eine Spritze bekomme. Wir haben alle unsere Achillesferse."

Colby lächelte jetzt wieder. Er drückte Williams Knie, dann ließ er ihn los und wandte sich wieder dem Bildschirm zu. „Okay. Lass uns beginnen. Oh, und ich muss dich noch darauf hinweisen … es sind Filme, ja? Im wirklichen Leben sind die wenigsten Menschen so beweglich, und viele der Positionen sind nur für die Kamera gedacht."

Er tippte weiter und kurz darauf tauchte eine Website mit Fotos von jungen, gut aussehenden Männern auf. „So. Diese Seite mag ich besonders. Es ist nicht sonderlich spektakulär, aber die Jungs sind süß und sehen nicht allzu künstlich aus."

„Machst du … machst du das oft?"

Colby lachte. „Nicht oft, aber öfters. Falls es dir noch nicht aufgefallen ist, in JV ist nicht gerade viel los. Ich habe einige Bekannte, und ab und zu haben wir Kontakt über Skype. Aber das geht nur, wenn sie Zeit haben und meine Großeltern nichts mitbekommen können."

William konnte sich gut vorstellen, dass das Leben in einer Kleinstadt und mit den Großeltern im gleichen Haus Colbys Sexualleben ernsthaft einschränkte. Er sah Colby dabei zu, wie der sich durch das Menü klickte, kurz die Bilder studierte und dann weiterklickte. „Machst du auch manchmal was, äh, nicht online?", fragte er Colby.

„Früher schon. Selbst nach meiner Rückkehr nach JV bin ich noch oft für einige Tage nach San Francisco gefahren, um mich zu amüsieren. Oder ich habe mich übers Internet mit jemandem verabredet und wir haben uns in Fresno getroffen." Colby klickte auf einen Videoclip, der William erröten ließ. Er zeigte einen jungen Mann, der auf dem Boden kniete und sich enthusiastisch den Penis rieb, während ein anderer Mann vor ihm stand und ihm den Unterkörper ins Gesicht drückte. Colby schien davon nicht allzu angetan, denn er schloss den Clip wieder.

William kannte sich zwar nicht mit der Internetszene aus, aber konnte sich gut denken, dass man darüber leicht sexuelle Kontakte herstellen konnte. „Wieso nur früher?", wollte er wissen.

Der nächste Film zeigte zwei nackte Männer in einem Bett. Sie lagen küssend nebeneinander und streichelten sich den Rücken. Diesen Clip klickte Colby nicht wieder weg. „Na ja", meinte er, die Augen auf den Bildschirm gerichtet. „Es war ein ziemlicher Zeitaufwand für einige Minuten Sex. Und ich musste danach ja auch wieder selbst nach Hause fahren, weißt du? Jetzt geht das auch schon deshalb nicht mehr, weil ich mir das Auto meines Großvaters ausleihen müsste. Und das ist definitiv ein Gespräch, das ich nicht mit ihm führen möchte."

„Weiß er denn nicht, dass du schwul bist?"

Colby lachte prustend und sah ihn an. „Meinst du das ernst? Komm schon. Mir sieht man schon aus hundert Metern Entfernung an, dass ich schwul bin. Als ich noch im Kindergarten war, habe ich meine Actionfiguren mit den Glitzersteinen aus dem Fundus meiner Großmutter beklebt. Mit neun Jahren habe ich verkündet, dass ich Brad Pitt heiraten würde, wenn ich erwachsen bin. Während der Schulzeit bin ich in jeder einzelnen unserer Musicalaufführungen aufgetreten, und ich war *fabelhaft*. Will, hier weiß absolut *jeder*, dass ich schwul bin. Aber deshalb muss ich noch lange nicht mit unseren Senioren darüber diskutieren."

William fragte sich, wie es wohl war, wenn die Familie und sämtliche Freunde und Nachbarn Bescheid wussten. Er konnte sich nicht vorstellen, so selbstverständlich damit umzugehen, wie Colby es offensichtlich tat. Für den war seine Homosexualität nur ein weiteres Merkmal seiner Persönlichkeit, das auf einer Stufe mit seinem Geburtsdatum oder seiner Augenfarbe stand.

Auf dem Bildschirm wurde der Kuss leidenschaftlicher. Der dunkelhäutige Mann hatte die Hände auf den Hintern seines Partners gelegt, streichelte und drückte ihn. Der hellhäutige hatte die Hände in die Haare des anderen Mannes gekrallt und stöhnte genussvoll. Gerade als es William langsam unangenehm wurde, hörten die beiden auf und rutschten etwas auseinander. Der hellhäutige Mann flüsterte seinem Partner etwas ins Ohr – es war über das Mikrofon nicht zu hören – und beide lachten leise. Ihre Intimität wirkte vertraut, als ob sie auch nach den Filmaufnahmen noch zusammen essen gehen oder sich ein Fußballspiel im Fernsehen anschauen könnten. Dann küssten und streichelten sie sich wieder, aber es wirkte nicht schmuddelig oder lüstern. Es war einfach … sexy.

„Gefällt es dir?", fragte Colby.

„Ja." Williams Stimmer klang etwas heiser.

„Gut. Ich mache dir ein Lesezeichen, dann kannst du die Seite später selbst finden. Es kostet zwanzig Dollar. Aber die Qualität ist wesentlich besser als auf den kostenlosen Seiten."

William nickte. Einer der Männer auf dem Bildschirm hatte sich auf den Bauch gedreht, während der andere sich über ihn beugte, ihm über die nackte Haut leckte und ihn streichelte. Sie hatten beide einen hübschen Hintern und waren an mehreren Stellen tätowiert. Sie wirkten sehr entspannt und glücklich. Der Mann, der auf dem Bauch lag, schien kurz vorm Einschlafen zu sein. Aber der Eindruck täuschte, denn er zuckte und lachte ab und zu, wenn sein Partner ihn an der Seite kitzelte. Sie wirkten sehr natürlich und ungezwungen, waren spontaner und ruhiger, als es William und Lisa in den sechs Jahren ihrer Ehe jemals gelungen wäre. William hatte sich beim Sex immer etwas befangen gefühlt, ganz so, als ob ihn jemand beobachten und beurteilen würde. Weder er noch Lisa waren dazu in der Lage gewesen, über ihre Bedürfnisse zu reden. Manchmal hatte William sich männliche Körper vorgestellt – sie waren gesichts- und namenlos geblieben –, nur um nicht zu versagen. Und er hatte sich deswegen jedes Mal schuldig gefühlt.

Colby rutschte auf seinem Stuhl hin und her. „Wollen wir uns etwas anderes suchen? Oder willst du bei dem Film bleiben?"

„Hm. Der Film ist in Ordnung."

„Gut. Ich habe ihn auch noch nicht gesehen, aber die beiden Darsteller kenne ich aus anderen Filmen. Sie passen gut zusammen."

William fragte sich, was die beiden Männer wohl dazu gebracht hatte, in Pornofilmen mitzuwirken. Brauchten sie das Geld? Oder fanden sie das Publikum erregend? Wurde Porno eigentlich gut bezahlt? William arbeitete selbst als Hausmeister in einer ehemaligen psychiatrischen Anstalt und konnte es sich daher eigentlich nicht erlauben, andere wegen ihrer Jobwahl zu kritisieren.

Der eine Mann rollte vom Bauch auf den Rücken. Er spreizte die Beine und ein beeindruckend harter Schwanz wurde sichtbar. Einladend hob er die Hüften. „Was willst du?", fragte sein Partner ihn neckend.

„Gib mir deinen wunderbaren Mund, verdammt." Die Worte hörten sich etwas ungehobelt an, aber sie wurden sanft, fast flehend gesprochen. „Bitte?", fügte der Mann hinzu.

Er hatte seinen Partner offensichtlich überzeugt, denn der kniete sich dem Mann zwischen die gespreizten Beine. Fasziniert sah William zu, wie er den Kopf senkte, den Schwanz des liegenden Mannes in die Hand nahm und ihn zärtlich von oben bis unten ableckte.

Colby seufzte. „Gott, die beiden sind so sexy. Hmm, Will? Hältst du es aus, wenn ich …" Er drückte sich eine Hand zwischen die Beine.

Es dauerte einen Moment, bis William Colbys Frage verstand. Einige weitere Augenblicke vergingen, bevor er eine verständliche Antwort formulieren konnte. „Okay", krächzte er.

Colby knöpfte sofort seine Hose auf und zog den Reißverschluss nach unten. Er griff in seine Unterhose, dann hielt er seinen steifen Penis in der Hand und streichelte ihn langsam auf und ab.

William beobachtete interessiert, wie einer der Männer auf dem Bildschirm den Penis des anderen in dem Mund nahm. Er fragte sich, ob der Mann wohl irgendwann einen müden Kiefer bekam und wie er es schaffte, seinen Würgreflex zu unterdrücken. Der andere Mann stöhnte erregt und bewegte seine Hüften auf und ab. Dann wurde Williams Blick von dem Mann an seiner Seite abgelenkt. Colby hatte sich mit weit gespreizten Beinen in seinem Stuhl zurückgelehnt, seine Hand bewegte sich langsam auf und ab. Manchmal drehte er sie leicht oder fuhr sich mit dem Daumen über die Eichel. Seine Augen waren halb geschlossen und er biss sich auf die Unterlippe.

Dann sah Colby zur Seite und William fühlte sich ertappt. Er zuckte zusammen. Aber Colby lächelte nur. „Fühl dich eingeladen mitzumachen. Porno ist kein reiner Zuschauersport." Er wackelte suggestiv mit den Augenbrauen und blickte wieder auf den Bildschirm.

William machte nicht mit, obwohl sein Glied unangenehm pochte und die weit geschnittenen Shorts sich plötzlich zu eng anfühlten. Stattdessen sah er wieder den beiden Männern auf dem Bildschirm zu und beobachtete sie mit analytischem Interesse, als müsste er einen Bericht über die Funktionsweise von Pornografie im Internet schreiben. Er achtete auf den Blickwinkel der Kamera, die Beleuchtung, und die Körperteile, die am häufigsten im Mittelpunkt der Aufnahme standen.

William fragte sich, ob es außerhalb der Szene wohl einen Regisseur gab, der den Darstellern Anweisungen gab, und wenn ja, ob er es mit Handzeichen machte, um nicht gehört zu werden. Machten sie regelmäßige Kaffeepausen? Und wenn ja, zogen sie sich dafür extra einen Bademantel über? Wie kamen sie wieder in Stimmung, wenn die Pause vorbei war?

So interessant diese Überlegungen auch waren, William konnte sich nicht recht darauf konzentrieren. Die Rolle als objektiver Beobachter ließ sich nur schwer aufrechterhalten, wenn man dem dunkelhäutigen Mann dabei zusehen musste, wie er sich umdrehte, um in eine Neunundsechziger-Position zu kommen. Die beiden Männer gaben sich jetzt gegenseitig einen Blowjob. Der unten liegende fuhr mit der Hand zwischen die Arschbacken seines Partners und steckte einen Finger in ihn hinein. An Williams Seite fing Colby an zu keuchen. Seine Hand bewegte sich immer schneller auf und ab, bedeckte die feuchte Spitze seines Glieds und gab sie dann wieder frei.

Die Stimmen der drei Männer hallten durch Williams Apartment, die beiden Pornodarsteller keuchten und stöhnten, Colby schnappte leise nach Luft. Selbst Williams eigene Atmung beschleunigte sich und war zu hören, als habe er gerade einen Dauerlauf gemacht. Er hatte die Hände zu Fäusten geballt und drückte sie fest in seinen Schoß. Er wünschte sich, Colby berühren zu können. Ihm vielleicht über die gegelten Haare zu streichen oder einen Finger an seinen Hals zu legen, an die Seite, wo Colbys Puls so sichtbar pochte. Colby hätte wahrscheinlich nichts dagegen, schließlich hatte er noch vor Kurzem Williams Knie gedrückt. Aber William konnte nicht den Mut dazu aufbringen und beschränkte sich aufs Zusehen.

Der hellhäutige Mann kam zuerst. Er schrie heiser und sein Rücken bog sich durch. Kurz darauf kam auch der andere Mann, der den Schwanz aus dem Mund seines Partners gezogen hatte und ihm ins Gesicht spritzte. Kurz danach war Colby an der Reihe, dem ein leises Japsen entfuhr. Dann stieß er fest in seine Hand und sank mit einem befriedigten Stöhnen in den Stuhl zurück. William hatte natürlich keinen Orgasmus, obwohl er sich sicher war, dass nicht viel dazu gefehlt hätte. Einige feste Berührungen wären alles gewesen, und er hätte den drei Männern Gesellschaft geleistet.

Mit einem etwas dümmlichen, aber schamlosen Grinsen stand Colby auf. Er streckte den Rücken durch und hielt seine Hose fest, damit sie ihm nicht über Hüften nach unten rutschte. Dann verließ er das Zimmer und ging ins Bad. Seine Flip-Flops quietschten. Kurz darauf war das Plätschern von Wasser zu hören. Als Colby zurückkam, hatte er seine Kleidung wieder in Ordnung gebracht. „Tut mir leid. Wir sind mit unserer Unterrichtseinheit heute nicht sehr weit gekommen. Wir wissen immer noch nicht, was dein Typ ist. Wollen wir uns noch mehr ansehen?"

William klappte den Bildschirm zu und stand auf. Er hielt sich ungeschickt die Hände vor den Unterleib. „Äh, nein. Ist schon gut so, danke."

„Wenn du willst, können wir auch eine etwas begrifflichere, mündliche Übung ausprobieren." Colby leckte sich über die Lippen. „Ich will nicht behaupten, dass ich mit den beiden Jungs mithalten kann. Aber ich gebe mir – im Rahmen meiner Möglichkeiten – alle Mühe."

„Ich … nein, danke." Der primitivere Teil von Williams Gehirn – wenn er Freudianer gewesen wäre, hätte er ihn als sein ‚Es' bezeichnet – protestierte, weil sich seine Libido vernachlässigt fühlte. Aber sein Über-Ich befal ihm, den Mund zu halten.

William erwartete, dass Colby und er sich jetzt verlegen und unbehaglich fühlen würden. Aber diese beiden Begriffe schienen in Colbys Wortschatz nicht zu existieren. Offensichtlich hatte er mit solchen Situationen schon ausreichend Erfahrung. Er zuckte nur mit den Schultern. „Auch gut. Wie wäre es dann jetzt mit einer Führung durch das Haus?"

10

COLBY SCHIEN die Führung durch das alte Gebäude zu genießen. Er schlenderte beschwingt durch die Gänge. In seiner Überschwänglichkeit kam er William manchmal vor wie ein kleines Kind. Unter normalen Umständen hätte William sich dadurch irritiert gefühlt, aber Colbys Begeisterung trug nur dazu bei, ihn in seinen Augen noch liebenswerter zu machen. William lächelte und versuchte sogar, hier und da einen passenden Witz zu machen. Und Colby lachte auch darüber und schlug ihm gut gelaunt auf die Schulter.

Da er sich an Colbys Aversion gegen Blut erinnerte, mied William die medizinische Abteilung. Aus Gründen, die sich ihm selbst entzogen, zeigte er ihm auch nicht Bills kleine Zelle, in der er die Blechdose gefunden hatte. Aber er führte ihn durch den Rest des Gebäudes, sogar durch die verstaubten, mit alten Akten gefüllten Archivräume, die er sich selbst noch nicht angesehen hatte. Dann gingen sie nach draußen und sahen sich das umliegende Gelände an, während ihnen die Sonne auf die Köpfe brannte.

Als William ihm den Friedhof zeigte, wurde Colby still. „Nicht mal Grabsteine? Das ist traurig. Es ist fast, als hätten diese Menschen nie existiert."

„Ich glaube, die Familien der meisten Patienten wollten sie einfach vergessen."

Colby schüttelte den Kopf. „Sie waren ihre Familie, und allein dafür hatten sie Liebe verdient, selbst wenn sie verrückt waren. Ich habe auch Verwandte, die regelmäßig Medikamente nehmen müssen – mein Gott, ich habe selbst einige Jahre Ritalin genommen –, und ich liebe sie trotzdem. Und sie haben auch Verständnis für mich. Du weißt schon – weil ich schwul bin."

„Nicht alle Familien sind so verständnisvoll."

William hatte sich seine Nachdenklichkeit nicht anmerken lassen wollen. Aber sein Tonfall hatte ihn offensichtlich verraten, denn Colby legte den Arm um ihn. Es war kein sehr muskulöser Arm, aber er war stark und fest. „Weiß deine Familie nicht über dich Bescheid, Will?"

William konnte ihm nicht in die Augen sehen und ließ seinen Blick über den Eisenzaun schweifen, wo unter dem Gras und Gestrüpp die vielen unbekannten Menschen begraben lagen. „Als ich fünfzehn war, gab es einen Jungen. Wir kannten uns schon länger. Er hieß Michael. Wir waren zusammen in der Jugendgruppe unserer Kirchengemeinde und haben uns auch privat oft gesehen. Ich denke … Ich denke, ich war damals in ihn verschossen. Aber ich habe das Gefühl nicht erkannt. Ich habe mir eingeredet, wir wären Kumpel."

Colby schnaubte. „Das hört sich an wie ein typischer Fall von Verdrängung, Dr. Lyon."

„Ja, das stimmt. Wie auch immer, eines Tages waren wir bei ihm zu Hause. Wir spielten ein Videospiel und haben uns wegen des Controllers gerauft. Und dann … dann hat er mich geküsst." William konnte sich noch gut an den Schock erinnern, den Michaels Lippen auf seinem Mund in ihm ausgelöst hatten. Michael hatte nach Kartoffelchips geschmeckt und im Hintergrund waren die Geräusche der PlayStation zu hören gewesen.

„Seid ihr erwischt worden?", fragte Colby leise und lehnte sich an ihn.

„Nein. Aber … ich hatte seit Jahren eingeimpft bekommen, wie krank und falsch Homosexualität wäre. Eine Sünde. Und ich habe es geglaubt. Ich habe tagelang Angst gehabt, in der Hölle zu landen. Dann bin ich zu meinen Eltern gegangen und habe ihnen alles erzählt. Ich habe sie um Hilfe gebeten." Was danach passierte, war Williams eigene Schuld gewesen. Dafür konnte er keinen anderen Menschen verantwortlich machen.

„Ich habe junge Männer kennengelernt … Als ich in San Francisco war, gab es viele, deren Eltern sie aus dem Haus geworfen hatten, nur weil sie schwul waren. Es war traurig. Selbst wenn sie das Glück hatten, eine sichere Unterkunft zu finden, haben sich viele von ihnen selbst zerstört. Durch Drogen, Selbstverstümmelung oder andere Risiken, die sie eingegangen sind."

William hatte solche Geschichten schon oft gehört und er hatte sich deswegen immer schuldig gefühlt. „Meine Eltern haben mich nicht rausgeworfen. Sie haben versucht, mir zu helfen. Auf ihre eigene, fehlgeleitete Art. Sie haben mich zu Pastor Reynolds geschickt. Er hat mir erklärt, dass ich noch zu retten wäre, wenn ich es nur ehrlich und hart genug versuchte."

Ein Eichelhäher landete auf dem Baum, unter dem sie standen. Er legte den Kopf auf die Seite, wackelte mit den Schwanzfedern und schimpfte sie aus. Vielleicht hatte er etwas gegen schmerzvolle Geständnisse. William konnte es ihm gut nachempfinden.

„Und, hast du es hart genug versucht?", fragte Colby ihn.

„Oh ja", seufzte William. „Aber ich war damals sechzehn, und in dem Ferienlager der Kirche gab es diesen Jungen, Leonard. Mein Gott, was sind das für Eltern, die ihr Kind Leonard nennen? Dieses Mal hat uns jemand beim Küssen gesehen."

„Und?"

„Meine Eltern haben mich zu einem christlichen Therapeuten geschickt."

Der Eichelhäher flog fort und setzte sich auf den nächsten Baum. Er schabte sich den Schnabel an einem Ast.

Colby hatte immer noch den Arm um William gelegt. Er hielt ihn fest genug, dass William sich an ihn lehnen und etwas Halt finden konnte. Seine Eltern hatte William, selbst als er noch ein Kind war, selten umarmt. Lisa und er hielten sich kaum an den Händen. Dabei fühlte es sich so gut an. Geborgen und tröstlich.

„Einer von diesen Ex-Gay-Spinnern?", wollte Colby wissen.

„Ja. Er hat mir gesagt, ich müsse beten. Und weil er sich darauf allein nicht verlassen wollte, hat zur Sicherheit noch auf Verhaltenstherapie zurückgegriffen. Mit schmerzhaften Methoden." William schloss die Augen und versuchte, Dr. Eastman aus seiner Erinnerung zu verdrängen. Dr. Eastman mit seinem scharfen, kalten Blick und der heiser krächzenden Stimme, das enge Zimmer mit den Elektroden und dem Videorekorder und …

William entzog sich Colbys Umarmung, aber er ging nicht weit. Als er unter dem Baum mit dem Eichelhäher stehen blieb, kam Colby wieder zu ihm, und dieses Mal nahm er William in beide Arme. „Bastarde. Es gibt absolut nichts an dir, wovor du gerettet und das geheilt oder weggebetet werden müsste. Das weißt du doch, oder?"

William wusste es. Jedenfalls wusste es sein Verstand. Er war sich nur nicht sicher, ob er es auch in seinem Herzen glaubte. „Ich habe sie in dem Glauben gelassen, dass ich geheilt wäre. Ich habe es mir sogar selbst eingeredet. Fast jedenfalls. Und als ich Lisa kennenlernte und wir uns gut verstanden, dachte ich … Nun, ich hatte mich getäuscht."

„Und deshalb lasst ihr euch scheiden."

„Ich konnte sie einfach nicht mehr anlügen. Oder mich selbst." William lachte humorlos. „Meine Eltern wissen den wahren Grund für unsere Scheidung nicht. Sie denken einfach nur, ich hätte als Lisas Ehemann versagt, aber nicht als heterosexueller Ehemann."

Colby grinste. „Aber das gibt dir die wunderbare Möglichkeit, als Schwuler ein umwerfender Erfolg zu werden."

William war überzeugt davon, in dieser Beziehung genauso zu versagen. Er wechselte das Thema. „Komm, ich zeige dir, was noch von den ehemaligen Werkstätten übrig ist."

Die nächsten beiden Stunden verbrachten sie damit, über das Gelände zu schlendern und die verschiedenen Gebäude zu erkunden. Sie fanden die Reste eines früheren Gartens mit einem alten Springbrunnen – William fragte sich, ob er auch den Patienten offengestanden hatte – und bewunderten die Holzarbeiten am Wohnhaus des Anstaltsleiters. Nach einiger Zeit waren sie verschwitzt und von oben bis unten mit Staub bedeckt. William war sich sicher, Sonnenbrand auf seinem normalerweise blassen Gesicht zu haben.

Colby sah bedauernd auf die Uhr. „Ich muss gehen. Ich habe Opa versprochen, mich heute um das Abendessen zu kümmern."

„Willst du vorher noch einen Schluck trinken?"

„Das wäre prima, danke."

In Williams Apartment war es angenehm kühl. Die Ventilatoren summten, und sie tranken Eiswasser zur Erfrischung. Colby wischte sich den Schweiß von der Stirn. „Wenn es im Sommer richtig heiß ist, wirst du hier gebraten." Ein Anflug von Sorge huschte über sein Gesicht. „Du bleibst doch so lange, oder?"

„Mindestens bis zum Herbst. Ich muss meine Dissertation abschließen und habe keine andere Unterkunft. Im nächsten Jahr will Dr. Ochoa mich in seinem Forschungsprojekt unterbringen. Dann reicht mein Geld wahrscheinlich für eine eigene Wohnung, zumal ich noch ein oder zwei Seminare unterrichten will."

„Oh. Nun, dann haben wir ja noch einige Monate vor uns. Und in der Zeit bist du mein neuestes Projekt."

„Dein Projekt?"

„In vier Monaten aus dem Verborgenen ins Rampenlicht! Wir haben heute schon einen guten Anfang gemacht." Colby zeigte auf den Computer und William wurde vor Verlegenheit rot. Wenigstens fiel es unter dem Sonnenbrand nicht sonderlich auf.

„Du willst, dass ich noch mehr Pornos ansehe?", fragte er Colby.

„Das ist deine Hausaufgabe. Komm morgen im Laden vorbei, ich suche dir einige Liebesromane aus. Die sind dann für die Bonuspunkte. Aber wir sollten uns auch Gedanken darüber machen, unseren Lehrplan noch etwas auszuweiten."

Williams Magen flatterte nervös. „Wie denn das?"

„Du solltest auch im wahren Leben Männer kennenlernen. Wir werden eine Bar besuchen."

William dachte sofort an Discokugeln, Go-go-Boys und Glitzer. „Ich glaube nicht …"

„Keine Angst, ich weiß schon, wohin wir gehen. Also … Nächsten Mittwoch habe ich frei, wir können also am Dienstagabend fahren. Hol mich gegen sechs Uhr am Laden ab, dann können wir vorher noch essen gehen." Colby stellte sein leeres Glas auf den Tisch. „Kannst du mich jetzt freilassen, Wärter?"

Sie gingen zusammen zum Tor. Colby schob sein Fahrrad und summte vor sich hin. Er wartete, bis William das Tor geöffnet hatte, und bevor er sich auf sein Rad schwang, zog er Williams Kopf zu sich herab und gab ihm einen Kuss. Es war ein kurzer und harmloser Kuss, aber William spürte ein Kribbeln in den Lippen und sein Schwanz erinnerte ihn daran, dass er vor einigen Stunden um seinen Lohn betrogen worden war. „Danke für die Führung", sagte Colby.

„Danke für die Nachhilfe", erwiderte William.

„Gern geschehen, William. Jederzeit." Colby setzte sich auf den Sattel und fuhr über die Schotterstraße davon. Kurz vor der ersten Kurve drehte er sich noch einmal um und winkte William zum Abschied zu.

William stand noch lange an dem offenen Tor, die Finger an die Lippen gepresst.

DEN ABEND verbrachte William mit intensiver Arbeit. Er schloss einige Analysen ab, deren Ergebnisse ihn verblüfften. Er studierte seine Statistik-Handbücher, um eine mögliche Erklärung zu finden, aber sie erwiesen sich als wenig hilfreich. Deshalb beschloss er, zunächst einen Zwischenbericht zu schreiben, den er zusammen mit neuen Fragestellungen an Dr. Ochoa schicken wollte. Der Mann war ein Genie, was Statistik anging. Das war für William einer der Hauptgründe gewesen, seine Dissertation bei ihm anzumelden. Bisher hatte William sich vor allem auf seine eigenen Ideen und seinen Verstand verlassen, aber jetzt war es nur vernünftig, mit Dr. Ochoa über die Ergebnisse zu diskutieren. Er hatte William immer wieder aufgefordert, sich an ihn zu wenden, falls er Hilfe brauchte.

Nachdem William mit seinem Bericht fertig war, las er noch einige Artikel aus einer Fachzeitschrift. Während des Lesens aß er ein Hühnerbrustfilet, das er sich in der Pfanne zubereitet hatte. Er musste bei seinem nächsten Einkauf wirklich an einen kleinen Grill denken. Nachdem er gespült und die Waschmaschine mit Schmutzwäsche gefüllt hatte, wischte er den Boden seines Apartments. Er fühlte sich ruhelos. Mit einer Taschenlampe in der Hand brach er schließlich zu einem Spaziergang über das Anstaltsgelände auf.

Die Kühe schienen abends mehr und lauter zu werden. Vielleicht lag das aber auch nur an der leichten Brise, die ihr Muhen in seine Richtung trug. Zikaden zirpten und zu seinen Füßen raschelte das Gras. Er überwand seine Beklommenheit und bückte sich. Es war nur ein großer schwarzer Käfer, der sich um seine eigenen Angelegenheiten kümmerte. Als Junge hatte William oft Insekten gefangen und in Einmachgläser gesteckt, um sie mit seiner Lupe zu studieren. Seine Mutter hatte ihn unterstützt, indem sie ihm Deckel aus Fensterglas bastelte, durch die er die Tiere besser beobachten konnte. Komisch, daran hatte William schon seit Jahren nicht mehr gedacht.

In einer Ecke des Grundstücks standen große Haufen alter, verrosteter Maschinen. William hörte Frösche quaken und fragte sich, ob es in der Nähe ein Gewässer gab. Oder sie hielten sich bei den Kuhtränken auf der Weide auf. Vielleicht wusste Colby mehr darüber.

Im Gegensatz zu William, der entweder blass war oder Sonnenbrand hatte, wurde Colby sofort braun, wenn er sich in der Sonne aufhielt. William stellte sich vor, wie Colby als Junge mit seinen Freunden um das Gelände der Anstalt schlich, neugierig durch den Zaun sah und vielleicht einen Joint rauchte. William hatte nie Marihuana geraucht und auch keine anderen verbotenen Drogen genommen. Im College hatte er sich einmal betrunken, aber er verlor nicht gerne die Kontrolle. Und die Übelkeit am nächsten Morgen wollte er auch nie wieder erleben. Seitdem hatte er nie mehr als ein oder zwei Gläser Alkohol getrunken. Obwohl er im 21. Jahrhundert lebte, war Williams Leben bisher sehr behütet und in engen Grenzen verlaufen. Bill hingegen hatte schon vor vielen Jahrzehnten wenigstens den Mut gehabt, sich einen Geliebten zu suchen.

William kam in sein Apartment zurück. Er legte die Taschenlampe auf den Tisch und zog sich bis auf die Shorts aus. Dann ging er wieder zu seinem Computer. Er öffnete die Seite, die Colby für ihn markiert hatte. Nach kurzem Zögern gab er seine Kreditkarteninformationen an. Es war eine neue Karte, die nur auf seinen Namen ausgestellt war. Er und Lisa hatten das gemeinsame Konto aufgelöst.

Williams Karte hatte nur ein bescheidenes Limit, aber für das Monatsabonnement einer Pornoseite im Internet reichte es allemal aus.

Nachdem William sich einige Minuten mit dem Menü vertraut gemacht hatte, stellte er fest, dass es eine Suchfunktion mit den Namen der Darsteller gab. Zu seiner Enttäuschung traten die beiden Darsteller des Films von heute Nachmittag auch mit anderen Partnern auf. William hatte insgeheim gehofft, sie wären ein festes Paar. Aber es gab auch noch mehrere Filme, in denen sie zusammen zu sehen waren. Er wählte einen davon aus. Die Szene spielte im Freien auf einer Waldlichtung. William sah zu, wie die beiden Männer sich gegenseitig langsam auszogen. Dann legten sie sich auf eine Decke und fingen an, sich zu küssen und zu streicheln.

Als William seine Shorts aufknöpfte, fühlte er sich zunächst schuldig, aber dann schämte er sich für seine Schuldgefühle. Ihm fiel auf, dass er in dem gleichen Stuhl saß wie Colby heute Nachmittag. Bei dem Gedanken an den masturbierenden Colby wurde Williams Schwanz hart. Er streichelte sich und sah auf den Bildschirm.

William *hatte* schon masturbiert. Schließlich war er ein Mann. Aber er hatte es nur selten und verstohlen getan, ohne visuelle Stimulation. Stattdessen hatte er die Augen fest geschlossen und versucht, an weibliche Formen und Brüste zu denken, die er in den Händen hielt. Diese Versuche waren jedoch selten von Erfolg gekrönt. Ohne sein Zutun wurden die Bilder schon bald durch Fantasien von Männern ersetzt, Männern mit tiefer Stimme und rauen Bartstoppeln, die sich an ihn pressten und ihm mit ihren großen Händen über den Körper strichen. Deshalb hatte er nach seinem Orgasmus weniger Erleichterung, als vielmehr Scham empfunden, weil er schon wieder vom rechten Weg abgewichen war.

Aber heute wusste er genau, was er tat, als er den beiden Männern auf dem Bildschirm zusah. Ihre Körper waren stark und biegsam. Vielleicht gab es spezielle Übungen, mit denen Pornodarsteller sich auf solche Szenen vorbereiteten. Und wie in dem Film vom Nachmittag, schienen sie es zu genießen. Er bezweifelte stark, dass er selbst beim Sex jemals so entspannt sein könnte, auch wenn er nicht auf einer Waldlichtung lag und von einem kompletten Filmteam umgeben war. William konnte keinerlei Anzeichen von Aggressivität oder Grobheit feststellen. Die beiden waren erstaunlich zärtlich miteinander, streichelten und liebkosten sich und ihre Körper rieben sich sinnlich aneinander.

Auch William streichelte und rieb sich. Und während er das tat, schweiften seine Gedanken ab, weg von dem Geschehen auf dem Bildschirm und zu Colby, zu der Leidenschaft und Erregung in dessen Blick, als er sich auf die Lippen biss und leise stöhnte.

William war schneller als die beiden Männer auf dem Bildschirm. Er wusch sich und wischte den Stuhl ab, dann schaltete er den Computer aus und holte die Wäsche aus der Maschine, um sie in den Trockner zu stecken. Anschließend machte er es sich in einem Sessel bequem und öffnete die Blechdose.

18. September 1939

Mein liebster Johnny,

ich hoffe, du kannst mir verzeihen. Ich habe dich zweimal im Stich gelassen. Einmal, weil ich dir so lange nicht geschrieben habe, und zum zweiten, weil ... nun, das erkläre ich dir später.

Kurz nach meinem letzten Brief haben sie mich in einen der Schlafsäle verlegt. Ich habe keine Ahnung, warum das geschehen ist. Manchmal denke ich, das Personal ist genauso verrückt wie die Patienten. Sie machen diese unerklärlichen Dinge, und einfach nur deshalb, weil sie es können. Einige Patienten ziehen die Schlafsäle vor. Man bekommt früher zu essen, dann, wenn es noch halbwegs genießbar ist. Und man ist nicht so oft allein. Die Fenster sind zwar immer noch vergittert und die Türen verschlossen, aber der Raum ist größer und vermittelt die Illusion von Freiheit. Und es gibt echte Betten – schmal und aus Eisen –, anstatt nur einer Matratze auf dem Fußboden. Es gibt sogar eine Toilette, die man jederzeit benutzen kann (jedenfalls dann, wenn man nachts nicht ans Bett geschnallt ist), obwohl man dabei von Dutzenden anderen Patienten gesehen wird.

Mir ist mein Einzelzimmer lieber. Im Schlafsaal ist es so laut. Immer schreit, weint, redet oder schnarcht jemand in der Nacht. Ständig wird man beobachtet. Und natürlich kann ich dir dort nicht schreiben.

Als ich erfahren habe, dass sie mich in meine Zelle zurückbringen – auch dafür haben sie keine Gründe genannt –, hatte ich Angst, dass es eine neue sein wird. Du kannst dir meine Erleichterung vorstellen, als ich in meine alte Zelle gebracht wurde, in der meine Briefe an dich sicher in der Wand versteckt sind. Ist das nicht seltsam, Johnny? Ich war erleichtert, wieder eingesperrt zu werden.

Aber ich habe gelernt, mich über kleine Dinge zu freuen. Eine der Schwestern hat eine schöne Stimme und sie singt bei der Arbeit. Letzte Woche haben wir nach dem Abendessen Eiscreme bekommen. An einem anderen Tag habe ich im Hinterhof gestanden, da hat sich eine Biene auf meinen Arm gesetzt. Ich habe mich ganz, ganz langsam bewegt und mir den Arm vor die Augen gehalten. Ich konnte sehen, wie schön sie ist mit ihrem pelzigen Körper und ihren durchscheinenden Flügeln. An den Beinen hatte sie gelben Pollen, wie kleine Söckchen. Ich glaube, sie hat mich auch angesehen, obwohl ich mir nicht vorstellen kann, was sie sich dabei gedacht hat, als sie diesen kahlrasierten Mann vor sich sah.

Einige der Patienten können auch recht unterhaltsam sein. Es gibt hier einen Mann, der heißt Moony. Seinen wirklichen Namen kenne ich nicht. Ich glaube, er ist schon sehr alt, aber ich bin mir nicht sicher. Nach einigen Monaten sehen hier alle Insassen alt aus. Moony heißt so, weil er glaubt, dass nachts die Sterne und der Mond für ihn singen. Sie erzählen ihm alle Geheimnisse dieser Welt. Vor Kurzem haben sie ihm verraten, dass Präsident Roosevelt ein Künstler ist, der die Wände des Weißen Hauses mit seinen Bildern bemalt – Wüstenlandschaften und Wälder. Und wenn der Präsident Zwiebeln isst, verwandelt er sich in eine Katze, schleicht sich heimlich aus dem Weißen Haus und geht auf Mäusejagd. Moony erzählt jeden Tag eine andere Geschichte und er mag es, wenn wir um ihn herumsitzen und ihm zuhören.

Und dann gibt es noch den armen Danny Meadows, der auch Soldat im Großen Krieg war. Er sagt, das Giftgas hat ihm den Verstand benebelt. Vielleicht hat er recht. Die Schwestern sagen, dass er sich von einem Granatenschock nicht mehr erholt hat. Nach dem Krieg ist er zu seiner Frau und den Kindern zurückgekehrt und eines Nachts aufgewacht, mit den Händen um den Hals seiner Frau. Glücklicherweise ist sie nicht gestorben. Aber sie haben ihn eingesperrt und jetzt ist er hier. Er erschrickt und fängt an zu toben, wenn er laute Geräusche hört. Besonders dann, wenn er sich in die Enge getrieben fühlt. Aber er kann aus Zahnstochern und abgebrannten Streichhölzern wunderbare Kunstwerke basteln. Häuser, Kirchen und Ställe. Sogar Eisenbahnzüge und Lastwagen, wie du einen fährst. Es ist die einzige Zeit, in der seine Hände nicht zittern.

Ein anderer Patient kann nicht essen, ohne sich zu verkleckern. Auch auf der Toilette braucht er Hilfe. Aber er kennt jeden Bibelvers auswendig, nach dem du ihn fragst. Ein anderer weiß genau, wann an jedem Tag die Sonne aufgeht und wieder versinkt. Tommy Pickens heult manchmal stundenlang, weil er glaubt, er wäre bestohlen worden. Dann lacht er plötzlich wieder und erzählt die verrücktesten Witze.

So vergeht Stunde um Stunde, Tag um Tag.

Und nachts habe ich natürlich meine Gedanken und meine Träume. Ich stelle mir vor, wie wir morgens gemeinsam aufwachen, deine Haare sind verstrubbelt und dein Bart stoppelig. Du knurrst wie ein Bär, bis du endlich deinen Kaffee und deinen Speck bekommst. Aber dann fängst du wieder an zu lächeln. Du ziehst dich langsam an und neckst mich, tust so, als würdest du heute einfach wieder mit mir ins Bett zurückkriechen und den ganzen Tag dort bleiben. Dann fährst du mit deinem brummenden Laster los – in meiner Vorstellung springt er immer sofort an, und du musst nicht fluchen und schimpfen. Ich spüle das Geschirr, weil ich weiß, wie sehr du dich darüber freust, abends nach Hause zu kommen und zu sehen, dass ich mich um dich gekümmert habe. Wenn du dich schlafen legst, riecht dein Bett nach mir. Ich kann dich auch noch an meinem Körper riechen und dich fühlen, wenn ich durch die Lagerräume meines Vaters gehe und endlose Zahlenreihen auf ein Stück Papier schreibe.

Ich wünschte, die Sterne und der Mond würden auch für mich singen. Vielleicht würden sie mir erzählen, dass meine Träume eines Tages Wirklichkeit werden.

Ich bin jetzt nicht mehr fett. Ich bin dünner, als ich es jemals war. Ich muss meine Hose festhalten, damit sie nicht nach unten rutscht. Aber sie geben mir keinen Gürtel.

Die Insulintherapie hat noch eine andere Wirkung gehabt, und die ist nicht wieder vergangen. Obwohl, vielleicht liegt es auch nur an der atemberaubenden Hitze. Oder an den allgegenwärtigen Geräuschen und dem Gestank. Wie auch immer, ich kann mich kaum noch konzentrieren. Ich denke über etwas nach, aber dann schweifen meine Gedanken ab und es bleibt nichts davon zurück. Meistens stört mich das nicht sehr, weil es eine der besten Möglichkeiten ist, mit dem Leben hier zurechtzukommen. Man darf nicht darüber nachdenken. Es ist so, als würde man schlafen und die Welt nur noch am Rande wahrnehmen. Als ob man in einer anderen Welt wäre, in der alles nur vage und verschwommen erscheint. Aber jetzt kann ich dir wieder schreiben, und deshalb will ich versuchen, in dieser Welt zu bleiben.

Das erste Mal habe ich dich also mit meinem langen Schweigen im Stich gelassen und ich hoffe, dass du es mir verzeihst. Aber mein zweiter Betrug, liebster Johnny, ist sehr bitter.

Ich habe Dr. Fitzgerald erzählt, dass seine Behandlung wirkt, dass ich dich nicht länger begehre. Dass ich überhaupt keine Männer mehr begehre. Ich habe gelogen. Ich liebe dich noch genauso tief und innig wie zuvor. Aber ich habe dem Doktor

*erzählt, dass ich jetzt verstehe, wie ungesund mein Begehren war,
und dass ich mich jetzt davor ekele. Vielleicht lassen sie mich
wieder frei, wenn ich ihn davon überzeugen kann.*

    *Aber ich bin nicht geheilt und werde es niemals sein. Mein
Herz schlägt immer nur für dich, mein liebster Johnny.*

    Für immer der Deine,

    Bill

11

ALS WILLIAM am nächsten Morgen aufwachte, sah er sich als Erstes einen weiteren Porno mit den beiden Darstellern an, um sich einen runterzuholen. Er hatte nicht vor, pornosüchtig zu werden, aber er hatte noch nie nach dem Aufwachen masturbiert. Es war irgendwie … schön.

Danach duschte er und machte sich einen Marmeladentoast. Seine Vorräte gingen schon wieder zur Neige. Er musste nach Mariposa fahren – dieses Mal ohne Colby, weil der heute arbeitete.

William pfiff gut gelaunt vor sich hin, als er das Tor öffnete. Er fuhr durch und schloss es wieder hinter sich. Im Vorbeifahren winkte er den Kühen zu, suchte im Autoradio einen Sender mit Countrymusik und dachte sich spontan neue Texte zu den Liedern aus, die er lauthals mitsang.

Seine gute Laune ging nur teilweise darauf zurück, in zwölf Stunden zweimal zum Orgasmus gekommen zu sein. Obwohl das wahrscheinlich auch für die Endorphine verantwortlich war, die ihn so euphorisch stimmten. Er stellte sich vor, wie sein Schwanz es sich zufrieden in seiner Unterhose gemütlich machte und die unerwarteten Aktivitäten des letzten Tages genoss. Der Hauptgrund für seine gute Laune war jedoch die Tatsache, dass er einen Freund gefunden hatte, einen Freund, vor dem er sich nicht verstellen musste. Und als er heute Früh aufgewacht war, hatte ihn keine göttliche oder kosmische Macht dafür bestraft, dass er sich zu Männern hingezogen fühlte. William war zufrieden mit sich selbst. Er hatte es geschafft, seine Feigheit zu überwinden.

Bill wäre wahrscheinlich stolz auf ihn gewesen.

Er grinste, als er an dem Lebensmittelladen vorbeifuhr. Colby musste beschäftigt sein, denn es standen schon vier Autos auf dem Parkplatz.

William stoppte kurz an dem Stand von Colbys Cousine und kaufte frische Erdbeeren, Pilze, Salat und Erbsen. „Bald gibt es auch frische Kirschen", erfuhr er. Colbys Cousine war schon um die vierzig und hatte die gleichen blauen Augen. „In einer Woche sollten die ersten eintreffen. Der Frühling war sehr warm, deshalb sind sie so früh."

„Das hört sich köstlich an."

„Ich liebe Kirschen, und die Saison ist so kurz, wenn man es mit den anderen Früchten vergleicht. Colby isst sie auch gerne. Er kauft sie gleich eimerweise. Als er noch ein kleiner Junge war, hat er sich einmal so an ihnen übergessen, dass ihm schlecht wurde. Aber am nächsten Tag hat er sofort weitergemacht."

„Oh", sagte William, weil ihm keine bessere Antwort einfiel. Die Cousine hatte auch die gleichen Grübchen wie Colby.

„Ich heiße übrigens Missy. Colby hat uns von dir erzählt. Er meint, du wärst so eine Art Genie."

William blinzelte verblüfft. Er hätte nie erwartet, dass Colby mit seiner Familie über ihn sprach. „Ich … ich bin nur ein Doktorand."

„Na und? Colby denkt offensichtlich, dass du über Wasser gehen kannst. Aber das ist in Ordnung. Der arme Junge ist schon viel zu lange allein."

„Wir sind nur Freunde!", platzte es aus William heraus.

Missys Lachen klang tief und kehlig. „Ich hatte nicht vor, euch zu verheiraten. Ich hätte sowieso nicht erwartet, dass du auch schwul bist. Ich wollte nur sagen, dass der Junge einen Freund brauchen kann. Es gibt hier nur wenige in seinem Alter, und die haben alle einen festen Job und eine Familie. Außerdem ist Colby immer so lange im Laden beschäftigt, dass er kaum noch Zeit zum Ausgehen findet."

„Er ist … er ist wirklich nett. Ich bin froh, dass ich ihn kennengelernt habe."

„Er hat ein Herz aus Gold, der Junge. Er ist ein ganz Lieber. Du könntest es nicht besser treffen." Sie zwinkerte ihm zu.

William hatte sich, wenn auch unbeabsichtigt, gegenüber Colbys Cousine – und damit der ganzen Stadt – als schwul zu erkennen gegeben. Er fühlte sich zwischen Scham und Erleichterung hin und her gerissen. Er lächelte sie nur verlegen an, bezahlte seine Einkäufe und verschwand dann fluchtartig in seinem Wagen.

Seine gute Laune hatte jedoch durch das Gespräch keinen Schaden genommen. Colbys Cousine hatte ihn nicht verurteilt, und dass Colby ihn gegenüber seinen Verwandten erwähnt und sogar bewundert hatte, hinterließ ein warmes Gefühl ins Williams Brust.

William war erleichtert, als er in Mariposa ankam, denn die vielen Raser auf dem Highway hatten ihn nervös gemacht. Überall in der Stadt hingen leuchtend gelbe Fahnen an den Straßenlampen. Ein großes Banner war über die Hauptstraße gespannt und verkündete, dass am nächsten Wochenende das ‚Mariposa Schmetterlingsfest' stattfinden würde. Er wusste nicht, was es mit diesem Fest auf sich hatte, aber er nahm sich vor, die Stadt während dieser Zeit zu meiden. William fühlte sich in großen Menschenmengen nicht wohl.

Das Essen in dem kleinen Café war köstlich, machte aber lange nicht so viel Spaß wie das letzte Mal, als er mit Colby hier gewesen war. Während er aß, studierte er einen Touristenführer und lauschte dem Gespräch eines älteren Paares am Nachbartisch, das sich darüber unterhielt, ob sie den kaputten Wasserboiler ersetzen oder reparieren lassen sollten.

Bei ‚Franks Schnäppchen' war heute viel los. In einem Gang hatte ein kleines Kind einen Wutausbruch, in einem anderen ließ ein Kunde eine Flasche Rotwein auf den Boden fallen, was eine ziemliche Schweinerei zur Folge hatte. Überall standen kleine Menschengruppen, die den letzten Klatsch austauschten und dabei die Gänge verstopften. William manövrierte seinen Einkaufswagen mühsam um die verschiedenen Hindernisse. Er fand einen kleinen Grill, Holzkohle und eine billige Grillzange, die seinen Ansprüchen genügte. Dann kaufte er noch einige Lebensmittel, die es in Colbys Laden nicht gab, etwas Bier und – worüber er grinsen musste – ein zweites Paar Shorts. Sie unterschieden sich nur durch ihre Farbe, grün statt beige, von den Shorts, die er sich bei seinem letzten Besuch hier gekauft hatte. Zu Flip-Flops konnte er sich immer noch nicht durchringen, aber ein Paar Ledersandalen fand ebenfalls den Weg in seinen Einkaufswagen. Dann legte er spontan noch ein Hantelset dazu.

Als William wieder nach JV kam, herrschte auf dem Parkplatz vor Colbys Laden immer noch viel Betrieb. Außer mehreren Autos sah er auch einige Fahrräder, die an der Seite des Gebäudes abgestellt waren. Er wäre fast vorbeigefahren, fasste sich aber doch ein Herz, bremste ab und fuhr auf den Parkplatz. Dann betrat er den Laden.

Colby stand mit einem Mann und seinem kleinen Kind vor dem Gefrierregal mit der Eiscreme. Sobald William den Raum betrat, sah er auf. Sein Lächeln wurde noch breiter und seine Augen strahlten, als er William erkannte. „Hallo! Will!"

„Hallo, Colby."

„Ich habe einige Bücher für dich ausgesucht. Sie stehen in einer Tüte hinter der Kasse, du kannst sie dir einfach mitnehmen."

William fühlte sich wie ein Eindringling, als er hinter die Kasse trat. Aber Colby war jetzt dabei, für einen der Radfahrer eine Tube Sonnencreme aus einem Regal zu holen. Der Mann sollte sich bei seiner Figur wirklich etwas Dezenteres anziehen als die hautenge Radlerhose. William bückte sich und fand die Tüte. Er griff danach, ohne nachzusehen, was Colby für ihn ausgewählt hatte. Dann machte er sich auf den Weg zur Tür.

„Danke!" rief er durch den Laden und hob die Tüte hoch. Bevor ihn sein Mut wieder verließ, fügte er noch hinzu: „Willst du heute nach der Arbeit zum Abendessen vorbeikommen? Ich will grillen."

„Brauchst du schon wieder eine Nachhilfestunde?", rief Colby zurück.

William wurde rot, obwohl die anderen Kunden mit Sicherheit nicht verstanden hatte, worum es bei dem Gespräch ging. Sie dachten wahrscheinlich, Colby würde ihm Klavierspielen oder etwas ähnliches beibringen. „Heute nicht. Nur ... nur Gesellschaft."

William hätte nicht gedacht, dass Colbys strahlendes Lächeln von vorhin noch zu übertreffen wäre. Aber was er jetzt sah, leuchtete wahrscheinlich bis ins All. „Acht Uhr?", fragte Colby.

„Perfekt."

Am Nachmittag erledigte William noch einige kleinere Arbeiten. Aber er konnte sich nicht mehr konzentrieren und barst fast vor nervöser Energie. Unruhig lief er durchs Zimmer, sortierte Unterlagen und reinigte alle möglichen Sachen, die es gar nicht nötig hatten. Schließlich gab er auf. Er zog eine alte Jogginghose und ein T-Shirt an, rieb sich mit Sonnencreme ein und ging nach draußen, um zu laufen.

Er joggte nicht oft und war deshalb bald außer Atem. Wirklich, er sollte regelmäßiger laufen und seine Kondition trainieren. Und etwas für seinen Muskelaufbau tun. Wenn er so aussehen wollte wie Colby mit seinen zähen Muskeln, würde das einige Zeit dauern. Aber selbst der kleinste Fortschritt zählte, denn er bestand nur aus Haut und Knochen.

Als William zu erschöpft und verschwitzt war, um noch weiterzulaufen, ging er ins Haus zurück und nahm eine Dusche. Er zog saubere Shorts und sein graues T-Shirt an. Dann überlegte er, wo er den Grill aufstellen sollte, und stand vor einem Dilemma: Im Haus zu grillen, war keine gute Idee, aber die Ausgänge waren alle ziemlich weit von seinem Apartment entfernt. Nach kurzem Nachdenken stellte er einen Stuhl vor das Fenster und kletterte nach draußen. Er sah sich um und fand einen zugewucherten Betonblock, der nicht weit entfernt im Gras lag. Den rollte er mit einiger Anstrengung unter das Fenster, um ihn als Stufe zu benutzen. Es war nicht sehr elegant, aber das Haus war eben nicht mit dem Gedanken an Grillabende geplant worden.

In der Küche machte er einen Rohkostsalat mit dem Gemüse, das er heute früh an dem Stand gekauft hatte, und stellte das Bier in den Kühlschrank. Dann versuchte er, eines von Colbys Büchern zu lesen – es ging um zwei sexy Vampire –, konnte sich aber nicht auf die Handlung konzentrieren.

Kurz vor acht Uhr klingelte Williams Handy. Er hatte gerade den Grill mit der Holzkohle gefüllt und sie angezündet. „Ich bin etwas früher", meldete Colby sich schnaufend. „Ist das okay?"

„Sicher. Ich bin gleich da und mache dir das Tor auf." William lief durch die Halle und über die Zufahrt zum Tor.

Colby trug heute eine Radlerhose, die ihm deutlich besser stand als dem Mann im Laden. Selbst in der nur vom Mondlicht erhellten Dunkelheit war zu erkennen, dass Colbys Fitness nichts zu wünschen übrig ließ. William versuchte, ihn nicht allzu offensichtlich anzustarren.

„Es gibt keine Thai-Küche aus der Tiefkühltruhe", sagte er auf dem Rückweg zum Hauptgebäude. „Ich hoffe, du siehst es mir nach. Ich will Hähnchen grillen, weil es so ziemlich das einzige ist, was ich wirklich kann. Aber die Marinade ist köstlich und ich habe einen frischen Salat vorbereitet. Es schmeckt bestimmt gut."

Colby kicherte über Williams Nervosität. „Ich bin mir sicher, dass es gut schmeckt. Danke für die Einladung. Ich hatte gestern schon befürchtet, dich verjagt zu haben. Du weißt schon … weil ich vielleicht zu weit gegangen bin."

„Das bist du nicht", sagte William leise.

Für einen kurzen Augenblick sagte keiner der beiden ein Wort. Es war still und nur unter den Rädern des Fahrrads knirschte leise der Schotter. „Es tut mir leid", brach Colby das Schweigen.

„Was?"

„Der Mist, den ich gesagt habe. Dass du ein Lineal verschluckt hättest. Das war nicht sehr nett. Ich wusste nicht, dass … Aber das ist keine Entschuldigung. Ich hätte nicht vorschnell über dich urteilen sollen."

William sah zu, wie Colby das Rad an die Hauswand lehnte. Dann betraten sie das Gebäude. Es war dunkel und nur das Mondlicht schien schwach durch die Fenster. Aber William kannte den Weg und schaltete kein Licht an.

„Du hattest aber recht. Ich habe wirklich ein Lineal verschluckt. Immer noch. Wenn du in einem Wörterbuch der Psychologie unter ‚Verdrängung' nachsiehst, kannst du meine Symptome studieren."

„Niemals, ich … Na gut. Du bist immer noch etwas steif. Aber du willst das ändern, Will, und dazu gehört verdammt viel Mut. Viele würden es gar nicht erst versuchen."

William seufzte. „Viele hätten auch nicht ihr halbes Leben damit verbracht, sich selbst zu verleugnen." Er meinte natürlich Bill. Der sture, loyale, liebevolle Bill, der nie aufgegeben hatte.

Das Licht der Lampen tauchte Williams Apartment in ein gemütliches, freundliches Licht. Im Hintergrund spielte das Radio, das er in der Küche gefunden hatte, leise Countrymusik. Colby griff nach seinem Arm und sah ihn ernst an.

„Es wird immer Menschen geben, die glauben, über andere urteilen und ihnen ihr Leben vorschreiben zu können. Als ich noch jünger war, gab es hier auch viele, die mir gesagt haben, ich solle mich zurücknehmen und wie ein Mann verhalten. Als ich nach San Francisco gekommen bin, haben sie mich dort als Landei bezeichnet. Am Anfang hat es mir trotzdem Spaß gemacht. Aber dann hatte ich irgendwann den Wunsch, mein Leben zu ändern und mich niederzulassen. Du weißt schon: meine wahre Liebe finden." Colby klimperte dramatisch mit den Wimpern. „Und es gab Leute, die auch das nicht verstanden haben. Eine Studienfreundin hat mir einen Vortrag darüber gehalten, dass ich mich an heteronormativen Werten orientieren würde. Man hätte fast meinen können, dass ich persönlich alle Fortschritte der Schwulenbewegung seit Stonewall wieder zunichtemachen wollte."

„Ist es falsch, wenn Schwule sich niederlassen und eine Familie gründen wollen?"

„Sie sollen genau das tun, was sie wollen, um glücklich zu werden. So wie andere Menschen auch. Wenn sie heiraten und eine Familie gründen wollen – prima! Wenn sie jeden Tag einen anderen ficken wollen – auch gut, aber sie sollten auf Nummer sicher gehen. Wenn sie ein rosa Tutu tragen, Republikaner wählen oder in einem Jeep rumfahren wollen – dann ist das auch ihre persönliche Angelegenheit!" Colbys Stimme war immer lauter geworden und er lächelte verlegen. „Sorry, ich habe mich mitreißen lassen."

„Schon gut."

„Mein Gott, du wählst doch nicht etwa die Republikaner?"

William musste lachen, als er Colbys entsetztes Gesicht sah. „Ganz sicher nicht. Aber meine Eltern."

„Ja, das habe ich mir schon gedacht. Wie auch immer. Was ich sagen wollte ist, dass du nur du selbst sein solltest. Du bist nicht wie ich, Will. Wenn du Beethoven hören und Krawatten tragen willst, weil das zu William Lyon dazugehört, dann lass dir von mir nicht das Gegenteil sagen."

„Und wenn ich selbst nicht weiß, wer ich bin?" Wow, das hatte sich jetzt verdammt verzweifelt und bemitleidenswert angehört.

Colby hob die Hand und streichelte William über die Wange. „Dann hast du jetzt die Möglichkeit, es herauszufinden." Er ließ die Hand wieder sinken. „Wir sind Freunde, Will. Ich mag dich sehr gerne. Also … du musst keine Angst haben, dass ich dich wieder fallen lasse, nur weil du anders bist, als ich es von dir erwarte."

William lächelte ihn an. Seine Haut kribbelte, wo Colby ihn an der Wange berührt hatte. „Danke."

„Gott, jetzt habe ich dir schon wieder eine Predigt gehalten. Als ob du davon nicht schon genug gehabt hättest. Tut mir leid."

„Vergiss es. Du bist um Klassen besser als Pastor Reynolds."

„Ich wette, Pastor Reynolds hatte keine Grübchen und auch nicht so einen knackigen Hintern wie ich." Colby wackelte mit besagtem Körperteil und gab William einen Klaps auf den Arm. „Ich verhungere gleich. Hattest du mir nicht ein Abendessen versprochen?"

Colby lachte, als er die Konstruktion sah, mit der William den Grill aufgebaut hatte. Er sah aus dem Fenster und meinte: „Ich weiß nicht, ob ich von da draußen ohne Hilfe wieder ins Zimmer komme. Wie wäre es, wenn ich hierbleibe und dir die Zutaten aus dem Fenster reiche?"

„Hört sich gut an."

Colby gab ihm einen aufmunternden Klaps auf den Hintern und William kletterte aus dem Fenster. Der Grill hatte jetzt die optimale Hitze. „Im Kühlschrank liegt eine Tüte mit Hähnchen. Kannst du sie für mich holen?"

Colby verschwand und kam einige Sekunden später mit der Tüte zurück, die er aus dem Fenster reichte. William verteilte die Hähnchenteile auf dem Grill und Colby sah ihm aus dem Zimmer zu. „Willst du wirklich nicht rauskommen?", fragte William.

„Nein, Mann, schon gut. Es nervt, so klein zu sein."

„Wie groß bist du eigentlich?"

„Eins achtzig. Nein, schon gut. Das war gelogen. Eins fünfundsiebzig." Colby seufzte. „Und du? Eins fünfundachtzig?"

„Eins achtundachtzig."

„Gott, bin ich neidisch."

William betrachtete sich seine langen, dünnen Beine und die knochigen Knie. Er war immer groß und dünn gewesen und hatte als Jugendlicher schon früh seine volle Größe erreicht. In der Schule war er Storch oder Bohnenstange genannt worden. Es hatte ihn geärgert, weil er nichts dafür konnte. Erstaunt sah er Colby an. „Wieso sollte man darauf neidisch sein?"

„Weil es immer gut ist, einige Zentimeter mehr zu haben", erwiderte Colby mit einem Zwinkern. Dann rollte er verzweifelt mit den Augen. „Gott, du hast wirklich keine Ahnung, wie dein Bücherwurmcharme auf andere wirkt, nicht wahr?"

„Bücherwurmcharme?"

„Aber sicher."

William beschäftigte sich mit den Hähnchenteilen, um seine Verlegenheit zu verbergen. Es roch schon recht appetitlich. „Willst du ein Bier?", rief er Colby über die Schulter zu. „Im Kühlschrank steht welches."

„Klar. Du auch?"

William nickte. Colby hatte offensichtlich auch den Flaschenöffner gefunden, denn die Flasche, die er aus dem Fenster reichte, war schon offen. „Das hast du aber nicht bei mir gekauft."

„Äh, nein. Tut mir leid. Du hast …"

„… nur Pissbrühe. Ich weiß. Auch ein Punkt, bei dem ich mit meinem Großvater nicht einer Meinung bin. Ich schwöre, der Geschmack dieses Mannes ist irgendwann 1972 stehen geblieben."

„Meine Eltern trinken gar keinen Alkohol."

„Natürlich nicht."

William stach in die Hähnchenteile und wendete sie dann. Auf einem nahestehenden Baum landete ein Eichelhäher. Vielleicht war es der gleiche wie gestern. Vielleicht plante er einen Rachefeldzug, weil William einen Vogel grillte. Einen Moment später flatterte ein gelb-schwarz gemusterter Schmetterling vorbei und erinnerte ihn an die Fahnen, die er in Mariposa gesehen hatte. „Was ist eigentlich das Schmetterlingsfest?"

„Oh, das. Eine Art Straßenfest mit Parade, Ständen, Musik … Was so dazugehört. Warum? Willst du es besuchen?"

William schüttelte sich. „Nein. Ich war nur neugierig."

„Der ‚Tag des Cowboys' macht mehr Spaß."

„Was ist das?"

„Das wichtigste soziale Ereignis des Jahres in JV. Vor einigen Jahren wollte Tante Deedee den Namen ändern lassen, weil Cowboy nicht geschlechtsneutral ist. Aber niemand hat auf sie gehört. Das Fest findet im September statt. Die ganze Stadt versammelt sich in dem kleinen Park bei der Schule und lässt es sich gut gehen. Viele tragen Stetsons und Chaps. Kinder schminken sich, Erwachsene tauschen den neuesten Klatsch aus, und wenn es dunkel wird, gibt es ein Feuerwerk. Selbst meine Großmutter geht hin, und sie verlässt seit einigen Jahren kaum noch das Haus." Er rieb sich die Nase. „Ich bin mir nicht sicher, ob sie in diesem Jahr geht. Aber Großvater sagt, dass sie auf jeden Fall mitkommt, selbst wenn er sie tragen muss."

Colby hatte sich mit den Armen auf die Fensterbank gestützt. Er hörte sich etwas traurig und nachdenklich an.

„Du hängst sehr an deinen Großeltern", stellte William fest. „Du lebst nicht nur aus praktischen Gründen bei ihnen."

„Sie haben mich mehr oder weniger großgezogen. Ich war erst acht Jahre alt, als mein Vater gestorben ist. Mom hat sich schnell wieder verheiratet. Aber Oma hat Alzheimer, und die meiste Zeit erkennt sie mich nicht mehr."

William wollte gerade die Hähnchenteile auf einen Teller legen, unterbrach sich jedoch, um Colby anzusehen. „Das tut mir sehr leid."

Colby zuckte mit den Schultern. „Ja, es ist nicht schön." Einen Augenblick später kam sein Lächeln zurück. „Aber sie hat ja noch Opa. Sie sind schon seit fast sechzig Jahren verheiratet. Kannst du dir das vorstellen?"

Nein, William konnte es sich nicht vorstellen. Er hatte es mit Lisa keine sechs Jahre ausgehalten.

Er füllte den Teller mit den Hähnchenteilen und balancierte ihn vorsichtig in einer Hand, während er mit der anderen den Deckel des Grills schloss. Dann reichte er Colby den Teller durch das Fenster. Der holte tief Luft und atmete den verführerischen Geruch ein. „Oh Mann, das riecht absolut köstlich, und es sieht auch so aus."

Einige Minuten später saßen sie am Tisch und machten sich über das Essen her. Colby seufzte zufrieden. Es erinnerte William an den gestrigen Abend und er errötete vor Verlegenheit. „Das hast du hervorragend gemacht", lobte Colby ihn mit vollem Mund.

„Danke. Es ist eines meiner wenigen Talente."

„Aber ein sehr nützliches. Wenn jemand so kocht, wird er nie aus dem Camp gewählt."

William dachte kurz nach, dann holte er zwei frische Bier aus dem Kühlschrank. Er setzte sich wieder an den Tisch und nahm einen tiefen Schluck aus seiner Flasche. Das Bier schmeckte wunderbar. „Das Grillen habe ich von meinem Vater gelernt. Er nimmt es fast so ernst wie seine Religion."

„Ich habe nie kochen gelernt, weil meine Großmutter sich immer darum gekümmert hat. Sie hat niemanden in ihre Küche gelassen. Deshalb essen mein Großvater und ich jetzt fast nur noch Fertiggerichte aus dem Laden, die wir in die Mikrowelle schieben können. Manchmal hat Tante Deedee Mitleid mit uns und bringt einen Auflauf vorbei."

„Kannst du es nicht mit einem Kochbuch lernen? Ich habe etliche davon in der Bibliothek gesehen."

Colby grinste. „Ich habe es ausprobiert. Aber ich bin nicht aufmerksam genug, deshalb brennt mir immer alles an."

Das konnte William sich gut vorstellen. Selbst beim Essen unterbrach sich Colby oft und hielt die Gabel auf halbem Weg zum Mund vor sich in der Luft, wenn er etwas sagen wollte. Auch sein Blick war nie auf das Essen konzentriert, sondern schweifte ständig durch das Zimmer, durch das Fenster ins Freie oder blieb an Williams Gesicht hängen.

Es war ein wunderbarer Abend.

Nach dem Essen half Colby mit dem Geschirr und sie standen zusammen in der kleinen Küche. „Hast du noch Lust, einen Film im Fernsehen zu sehen oder so?", fragte William. Er war etwas zurückhaltend, weil er befürchtete, dass Colby wieder Pornos schauen wollte. Nicht, dass William etwas dagegen gehabt hätte, aber heute wollte er sich einfach nur entspannen.

Vermutlich ging es Colby genauso, denn er sagte: „Gute Idee."

Sie saßen auf der großen Couch, die jetzt gar nicht mehr so groß wirkte, nachdem zwei erwachsene Männer darauf Platz genommen hatten. Colby hatte sich die Fernbedienung ergattert und eine dieser entsetzlichen Talentshows eingeschaltet, bei der Möchtegern-Stars abschätzige Kommentare über Bewerber abgaben, die sich mehr um ihr Make-up und ihre Garderobe gekümmert hatten, als ihre Gesangskünste zu trainieren. Aber William war es egal, weil Colby seinerseits amüsante Kommentare abgab und ab und zu mitsang.

Colby hüpfte oft auf, und mit jeder Bewegung landete er kleines Stückchen näher an Williams Seite, bis sie schließlich eng beieinander saßen. Die Nacht war warm, und als sich ihre Arme berührten, kamen sie ins Schwitzen. Aber das schien Colby nicht zu stören.

Wenn William und Lisa zusammen ferngesehen oder eine DVD angeschaut hatten – was selten genug vorkam –, war Williams Platz auf dem Sessel gewesen, während Lisa sich auf dem Sofa ausstreckte. Manchmal hatte sie auch nebenbei gestrickt, und wenn William ihr zu nahe gerückt war, hatte sie sich beschwert und er riskiert, dass sie ihm mit ihren Stricknadeln versehentlich ein Auge ausstach.

Nach der Talentshow kam eine Krimiserie. Colby schien sie zu gefallen, bis der erste Mord geschah. Dann schaltete er schnell auf einen anderen Sender. „Sorry", entschuldigte er sich verlegen. „Ich hoffe, du wolltest den Krimi nicht wirklich sehen."

„Nein, diese Sendung ist besser", erwiderte William und winkte in Richtung des Fernsehers. Die Sendung war auf Spanisch.

Colby ließ sich an seine Seite fallen. „Es ist das Blut. Ich kann es einfach nicht sehen."

„Dann solltest du diese Kanäle meiden."

Colby legte ihm die Fernbedienung in den Schoß. „Hiermit erkläre ich dich zum Zapper vom Dienst. Alles, nur nichts mit Blut."

William nahm die Fernbedienung und zappte durch einige Programme. Er endete bei einer Sendung, in der sich ein junges Paar aus Schweden eine neue Wohnung ansah. Bei dem Thema konnte nicht viel passieren, und er legte die Fernbedienung auf den Tisch. Colby schien mit dieser Auswahl ebenfalls zufrieden zu sein. Er lehnte sich an Williams Seite und machte es sich bequem.

„Als ich in der siebten Klasse war, hat ein Junge im Unterricht Nasenbluten bekommen. Ich bin umgekippt. Der Lehrer musste eine Ambulanz verständigen.

Mein Gott, war das peinlich. Ich bin noch nach Jahren deswegen aufgezogen worden."

„Ich bin in eine christliche Privatschule gegangen. Einmal bin ich beim morgendlichen Gebet eingeschlafen, weil ich in der Nacht zuvor noch zu lange gelesen und deshalb kaum geschlafen habe." Er konnte sich noch sehr gut an die Demütigung erinnern, als der Lehrer ihn wach gerüttelt hatte und die ganze Klasse in Gelächter ausgebrochen war.

Colbys Lachen war wärmer. William spürte die Vibration des Körpers an seiner Seite.

„Ich habe in San Francisco mehrere Wochen bei jemandem auf der Couch übernachtet. Es war eine ziemlich chaotische Wohnung. Eines Nachts bin ich aufgewacht und vor mir saß ein Kerl auf dem Boden, der sich eine Spritze verabreichte. Ich musste kotzen."

„Ist das besser, als umzukippen?"

„Nicht wirklich. Ich habe zwar keine Ambulanz gebraucht, aber ich musste alles wieder wegwischen. Und danach bin ich rausgeworfen worden."

Sie verstummten wieder. Auf dem Bildschirm beschwerte sich die junge Frau über einen zu kleinen Kühlschrank und mangelnden Platz für Küchenvorräte.

„Du könntest dich dagegen behandeln lassen", meinte William. „Es ist eine ziemlich häufig vorkommende Phobie. Man kann … Ich weiß auch nicht, was man dagegen tun kann. Systematisch desensibilisieren vielleicht. Oder Medikamente gegen die Angst nehmen."

„Ja, ich weiß. Aber es ist leichter, Blut einfach zu meiden."

Das junge Paar sah sich eine andere Wohnung an, die eine größere Küche hatte. Allerdings war sie zu teuer und lag ziemlich weit vom Stadtzentrum entfernt. Außerdem war ein Zimmer rosa gestrichen, aber das hätte man ändern können. Die dritte Wohnung hatte einen schönen Garten, aber dafür nur ein Schlafzimmer. „Wir müssen es uns in Ruhe überlegen", sagte die junge Frau. Dann kam eine Werbepause.

„Sie sollten die erste nehmen", meinte Colby.

William war der gleichen Meinung. Sein Arm schlief unter Colbys Gewicht ein, also legte er ihn nach hinten und fasste Colby um die Schultern. Der seufzte zufrieden und kuschelte sich noch näher an ihn. Seine gegelten Haare kitzelten an Williams Hals.

„Mein Vater hat sich umgebracht", sagte Colby plötzlich. Seine Stimme klang ungewohnt niedergeschlagen und er drehte den Kopf, um William anzusehen. „Stört es dich, wenn ich darüber rede? Es muss nicht sein." Colby legte die Stirn in Falten und sah ihn aus zusammengekniffenen Augen an.

„Ich habe dir meine auch zugemutet, Colby. Und ich habe dich nicht vorher gefragt. Also los, ich höre."

Ein kleines Lächeln huschte Colby übers Gesicht und er lehnte sich wieder an William. Aber er schien das Thema für einen Augenblick vergessen zu haben. Er wartete, bis das Paar sich für eine Wohnung entschieden hatte. Es war Nummer zwei.

„Dämlich", murmelte Colby. „Falscher Ort. Zu abseits."

William fragte sich, ob Colby die Ironie seiner Bemerkung bewusst war. Schließlich war er auch von San Francisco nach JV zurückgekehrt.

„Ich glaube, Dad hat immer unter Depressionen gelitten. Aber damals wusste ich das nicht. Er war so … Manchmal hat er tagelang nicht gesprochen oder ist sehr leicht wütend geworden. Dann habe ich mich von ihm ferngehalten." Colby zuckte mit den Schultern. „Aber meistens war er ziemlich in Ordnung. Er war lustig, oft sogar verspielt. Er hat oft mit mir gespielt."

William sagte nichts dazu und drückte ihn nur aufmunternd an sich.

„Er hat sich in den Kopf geschossen. Mein Dad war ein sehr umsichtiger Mann. Wenn er etwas tat, dann richtig. Er hat sich in die Badewanne gelegt, vermutlich, damit man es besser aufwischen kann. Und kurz bevor er den Abzug betätigte, hat er noch beim Notdienst angerufen. Er wollte, dass alles geregelt war, bevor jemand nach Hause kam. Mom war auf der Arbeit und ich in der Schule. Aber ich hatte meine Hausaufgaben für den Mathematikunterricht zu Hause vergessen – Multiplikationstabellen –, also bin ich in der Mittagspause nach Hause gekommen, um sie zu holen. Unser Haus war ganz in der Nähe der Schule. Und dann musste ich pinkeln."

„Mein Gott, Colby." Obwohl William kein gläubiger Mensch mehr war, mied er solche blasphemischen Äußerungen normalerweise immer noch. Dass ihm diese Worte entwichen waren, zeigte seinen aufgewühlten Gemütszustand.

„Ja. Und deshalb kann ich kein Blut sehen. Und nichts, was mich an Blut erinnert, wie beispielsweise Spritzen. Schluss mit der vielversprechenden Karriere als Aderlasser."

„Du warst acht Jahre alt. Du wusstest damals gar nicht, was das ist."

Colby kicherte und kuschelte sich wieder an William. „Ich war ziemlich altklug."

Sie sahen noch eine weitere Folge der Serie – dieses Mal auf einer tropischen Insel – und mussten dann beide gähnen. Colby setzte sich auf und streckte sich. „Ich sollte langsam aufbrechen. Ich muss morgen Früh arbeiten."

„Tut mir leid. Abende mit mir sind nicht sehr aufregend."

„Es war ein wunderbarer Abend. Wirklich." Colby stand auf. Er hielt William die Hand hin und zog ihn ebenfalls hoch. Dann verließen sie das Apartment und gingen durch den Flur in die Eingangshalle, wo das Mondlicht durch die Fenster schien und helle Flecken auf den Marmorfußboden zeichnete. Draußen nahm Colby sein Fahrrad von der Wand und sie machten sich gemeinsam auf den Weg zum Tor. Nachdem William es aufgeschlossen hatte, zog Colby wieder seinen Kopf zu sich herab und gab ihm einen Kuss. „Danke für die Einladung, Will. Es ist schon Ewigkeiten her, seit jemand einfach nur Zeit mit mir verbringen wollte."

„Es macht Spaß, Zeit mit dir zu verbringen."

Selbst in der Dunkelheit war Colbys strahlendes Lächeln zu sehen. Er schwang sich auf sein Fahrrad.

„Soll ich dich mit dem Auto fahren?", fragte William.

„Nein. Ich habe Licht. Und ich brauche etwas Bewegung."

„Du solltest einen Helm tragen. Es kann gefährlich sein in der Dunkelheit."

„Ein Helm ruiniert meine Frisur", erwiderte Colby grinsend. „Bis Dienstag!"

Wieder sah William ihm nach. Aber die Nacht verschluckte Colby schon lange, bevor er die Kurve erreichte. William freute sich auf den nächsten Dienstag.

12

Mein liebster Johnny,

*manchmal wache ich früh am Morgen auf, noch bevor sie
an die Tür schlagen, um uns zu wecken. Wenn ich Glück habe,
schlafen noch alle und es ist ruhig. Oft ist es dann noch dunkel,
und wenn die Dämmerung kommt, kann ich den Morgennebel vor
meinem Fenster sehen. Es ist, als wäre die ganze Welt um mich
herum verschwunden, als gäbe es nur noch meine Zelle und mich.
Dann frage ich mich, was ich wohl am meisten vermissen würde.*

*Natürlich dich. Du stehst immer an der Spitze meiner
Liste. Mit jedem Tag vermisse ich dich etwas mehr, und eines
Tages wird nicht mehr von mir übrig bleiben als ein Schlafanzug,
in dem ein Körper steckt, der nicht mehr Bill ist.*

Ich vermisse meine Privatsphäre.

*Ich vermisse meine freie Entscheidung – was ich essen
und wann ich schlafen will, wann ich baden oder auf die Toilette
gehen muss.*

*Ich vermisse deine Freundschaft. Ja, ich weiß, dass
ich schon von dir gesprochen habe. Aber du hast eine zweite
Erwähnung verdient. Ich vermisse deine Stärke, deinen
Geschmack auf meiner Zunge, dich um mich und in mir zu
spüren. Und die Freude an deiner Gesellschaft, die dummen
Witze, die du erzählst und über die ich immer so lachen musste.
Ich vermisse es, dir vorzulesen und zuzusehen, wie du etwas
auseinandernimmst und wieder zusammenbaust, bevor ich auch
nur meinen Kaffee ausgetrunken habe. Ich vermisse es, wie du
Schauspieler nachahmst. Dein Clark Gable ist unübertroffen,
obwohl Errol Flynn auch sehr überzeugend war.*

*Ich vermisse ein bequemes Bett mit einem weichen Kissen
und einer dicken Decke.*

*Ich vermisse meine Bücher. Oh Johnny, wie ich meine
Bücher vermisse!*

*Ich vermisse Kinder. Seit sie mich hier eingeschlossen
haben, habe ich kein einziges Kind gesehen.*

*Ich vermisse es, wie ein Mensch, wie ein Mann behandelt
zu werden.*

Und ich vermisse dich. Ich muss dich nicht unbedingt berühren, es würde mir schon reichen, dich zu sehen, und wenn es auch nur für einige Minuten oder Sekunden wäre. Du könntest versuchen, dich hier einzuschleichen. So tun, als ob du etwas abzuliefern hättest. Oder dich hier um Arbeit bewerben.

Die endlosen Zahlenreihen in den Unterlagen meines Vaters vermisse ich nicht im Geringsten. Auch nicht die staubige Luft in den Hinterzimmern seines Geschäfts, oder die Blicke, die Edward mir immer zugeworfen hat. Als ob ich wertlos wäre, eine Enttäuschung.

Gestern durfte ich baden. Es war ein wunderbares Gefühl. Mein letztes Bad lag so lange zurück, dass das Wasser ganz braun geworden ist. Danach habe ich einen frisch gewaschenen Schlafanzug bekommen. Ich hatte einen Termin bei Dr. Fitzgerald und habe ihm versichert, dass ich geheilt bin. Er stellt mit immer die gleichen Fragen. „Wann hast du das erste Mal diese unnatürlichen Gedanken gehabt? Kannst du dich daran erinnern, als Kind deine Mutter begehrt zu haben? Welche Fantasien hast du?"

Ich erzähle ihm immer die gleichen Halbwahrheiten und Lügen. Ich weiß nicht, ob er mich irgendwann dabei ertappen wird. Er starrt mich immer mit den gleichen wässrig-braunen Augen an, und bei seinem Blick läuft es mir kalt den Rücken hinab.

Vieles davon habe ich dir auch noch nicht erzählt. Du weißt, dass du nicht mein erster Mann warst, so wie ich nicht dein erster war. Ich war vierzehn, als ich das erste Mal einen Jungen unnatürlich begehrt habe. Der arme Kerl war ein Schulfreund von Edward und hieß Comet Halley Brown, weil er geboren wurde, als dieser Komet an der Erde vorbeiraste. Er war ein wunderschöner Junge. Ich bin ihnen nachgelaufen, bis Edward ungeduldig wurde und mich verjagt hat. Ich glaube, er hat damals schon geahnt, dass mit mir etwas nicht stimmt.

Ich kann mich nicht erinnern, jemals meine Mutter begehrt zu haben. Die arme Frau. Selbst mein Vater hat mehr ihr Erbe als sie selbst begehrt. Ich bin sicher, dass Edward und ich unsere Existenz nur seinem Pflichtgefühl verdanken. Und der Tatsache, dass er sie irgendwie beschäftigen wollte, während er sich um seine eigenen Angelegenheiten gekümmert hat. Ich habe oft genug erlebt, wie er sich mit einer hübschen jungen Frau in seinem Büro eingeschlossen hat. Aber das findet niemand unnatürlich und er wird auch nicht dafür eingesperrt.

Meine Fantasien sind sehr bescheiden. Ich sehne mich nach dem Gefühl, das ich in meiner Brust hatte, wenn ich am Sonntagmorgen dein Haus betreten habe. Mit dir in der Küche zu sitzen und Kaffee zu trinken, während leise das Radio spielt. Faul mit dir im Bett zu liegen und deine starken Arme um mich zu spüren.

Dr. Fitzgerald sagt, dass er weitere Untersuchungen vornehmen muss. Er hat eine Idee, was er mit mir machen will.

Ich mache alles mit, wenn er mich nur freilässt.

Früher hast du mich immer beruhigt, wenn ich mich vor etwas gefürchtet habe oder aufgeregt war. „Es ist schon gut", hast du dann gesagt. „Mach dir keine Sorgen." Warum kannst du jetzt nicht hier sein und mich trösten?

Was ist, wenn ich so werde wie Moony oder Danny Meadows? Was ist, wenn mich die Welt vergisst und ich hier sterben muss?

Hast du mich schon vergessen, mein Johnny?

Manchmal sitze ich in meiner Zelle und ein Eichelhäher kommt ans Fenster geflogen. Ich bin mir sicher, dass es immer der gleiche ist. Er setzt sich auf die Fensterbank und schaut ins Zimmer. Wahrscheinlich fragt er sich, was ein Mensch in diesem Käfig verloren hat und ob ich für meine Herren singen muss. Er ist sehr hübsch – blau und grau, weiß und schwarz. Er krächzt, als ob er mich etwas fragen wollte. Ich habe ihn sehr gern.

Für immer der Deine,

Bill

WILLIAM NIPPTE an seinem Kaffee. Er war schon kalt geworden, schmeckte aber immer noch besser als der Ekel, der in ihm aufstieg. Er saß auf seiner Couch – der gleichen Couch, auf der er gestern Abend mit Colby gesessen hatte – und die geschlossene Blechdose lag auf seinem Schoß.

William hatte seine Sexualität verleugnet, selbst als erwachsener Mann noch, als er keine Sanktionen mehr befürchten musste. Keine bedrohlichen jedenfalls. Wie hatte er sich selbst so feige verleugnen können angesichts der Qualen, die Bill für seine Liebe auf sich genommen hatte?

Wie konnte er sich jetzt noch weiter verstecken?

Auf dem Tisch lag sein Handy, abgeschaltet. Ein kleines Etwas aus Plastik und Glas, das ihn anzuklagen schien.

Gott, jetzt vermenschlichte er schon technische Geräte. Vielleicht wurde er wirklich langsam verrückt.

Er nahm das Telefon in die Hand und öffnete das Adressbuch. Dann drückte er auf eine Nummer. Am anderen Ende klingelte es dreimal, dann wurde abgenommen.

„Hallo? Lyon hier."

„Hallo, Mom."

„William!" Sie hörte sich überrascht an, aber William konnte nicht sagen, ob aus Freude oder Beunruhigung. „Ist etwas passiert?"

„Nein. Es ist nichts passiert."

„Hast du dir die Sache mit der Scheidung noch mal überlegt? Ich habe gestern mit Lisa gesprochen und sie hat sich einsam angehört. Sie ist eine so liebenswerte Frau. Sie hat mir gesagt, dass ihr verschiedene Ziele im Leben habt und euch deshalb scheiden lasst. Was hat sie damit gemeint?"

„Ich habe es mir nicht anders überlegt."

Seine Mutter schnalzte enttäuscht mit der Zunge. „Wenn ihr euch nur beraten lassen würdet. Ihr könntet mit jemandem in unserer Gemeinde reden. Pastor Saenz veranstaltet sogar Kurse für Eheleute. Dein Vater hält sie zwar für Mumpitz, aber ich finde, es hört sich trotzdem gut an. Sie finden am Lake Tahoe statt, wenn ich mich recht erinnere."

„Mom. Mit Lisa und mir ist es aus."

Jetzt seufzte sie. „Ihr jungen Leute erwartet immer, dass alles so perfekt ist. Das ist es nicht. Niemals. Wir müssen alle Opfer bringen. Aber wenn wir daran arbeiten und beten, führt uns der Herr auf den richtigen Weg. Er verlässt uns nicht, William."

William schloss resigniert die Augen. Seine Eltern wussten genau, dass er seinen Glauben schon lange verloren hatte. Aber sie hatten die Hoffnung nie aufgegeben, das verlorene Schaf wieder zur Herde zurückbringen zu können. Er war ihr persönlicher ‚verlorener Sohn'. Seine Mutter schickte ihm manchmal Prospekte der Kirche, und ihre Glückwunschkarten zu seinem Geburtstag quollen über mit Bibelversen und dem Versprechen, für seine Seele zu beten. Er hatte es aufgegeben, mit seinen Eltern über das Thema zu reden. Es war sinnlos.

Die Blechdose auf seinem Schoß wurde schwerer und schwerer.

„Mom, du musst mir jetzt zuhören." Er sprach langsam und ruhig, wie zu einem kleinen Kind. „Lisa und ich werden uns nicht wieder versöhnen. Und auch Beratungen und Gebete oder Wochenendkurse am Lake Tahoe ändern daran nichts. Ich liebe sie nicht so, wie sie es verdient hat. Ich bin schwul, Mom. Ich liebe Männer."

Ihr Schweigen schien mit Händen greifbar. William wusste, dass sie noch nicht aufgelegt hatte, also wartete er ab. Schließlich antwortete sie, aber ihre Stimme klang angespannt. „Darüber haben wir doch schon gesprochen, William. Du kannst dieses Leben aufgeben. Es gibt Organisationen, die …"

„Das ist Blödsinn." Sie schnappte nach Luft, als sie ihn fluchen hörte. Er ließ sich davon nicht irritieren. „Die Amerikanische Psychologenvereinigung, APA, und jeder andere, der etwas von Psychologie versteht, kann dir bestätigen, dass Homosexualität keine Krankheit ist. Und deshalb ist es auch nicht heilbar. Mom, ich bin, wie ich bin. Ich kann genauso wenig etwas daran ändern, wen ich liebe, wie ich mich kleiner machen kann. Ich kann ... ich kann mich beugen. Ich kann so tun, als *ob* ich kleiner wäre. Aber es wäre eine Lüge."

„Diese Entscheidung können wir nicht akzeptieren! Dein Vater und ich werden das niemals hinnehmen."

„Es ist keine Entscheidung, Mom. Ich bin so. Das bin *ich* ... euer Sohn." Ihm brach fast die Stimme, aber er riss sich wieder zusammen.

Seine Mutter war eine starke Frau und gab nicht nach. „Solange du dich diesem homosexuellen Lebensstil hingibst, können wir dich nicht in unserem Leben akzeptieren."

Er hätte beinahe gelacht. Sein homosexueller Lebensstil? Bisher bestand dieser Lebensstil aus vier Küssen sowie einem Abend mit Pornofilmen und etwas Voyeurismus. Jeder mittelmäßige Oberschüler hatte ein aktiveres Sexualleben als William. Wenn die Pastoren seiner Eltern über die Sünden und das Übel des homosexuellen Lebensstils herzogen, dachten sie dann dabei auch an Menschen wie ihn, der allein in einer alten Heilanstalt im Nirgendwo saß, um an seiner Dissertation zu arbeiten?

„Aber so ist es, Mom. So bin ich. Ich werde immer schwul sein."

„Wir können das in unserem Leben nicht dulden."

„Es tut mir leid, das zu hören."

„Du wirst ..." Dieses Mal war sie es, der die Stimme versagte. Er hätte sich darüber nicht freuen sollen, aber so war es. „Du wirst nicht mehr mit uns in Kontakt treten, bevor du bereit bist, für deine Errettung zu beten."

„In Ordnung, Mom."

Sie legte auf.

William hätte jetzt am Boden zerstört sein sollen. Es hätte ihn zumindest traurig oder wütend machen sollen, von seiner Mutter verstoßen zu werden. Aber merkwürdigerweise empfand er weder Trauer noch Wut. Stattdessen stellte er nach einigen Minuten intensiven Nachdenkens fest, dass er sich erleichtert fühlte.

Er stand auf und stellte die Blechdose in das Regal zurück. Dann las er Dr. Ochoas E-Mails zu den Fragen, die William ihm gestellt hatte.

13

WILLIAM WAR sich darüber im Klaren, dass drei Tage zu wenig waren, um sein Aussehen sichtbar zu verändern. Trotzdem stopfte er sich mit proteinhaltigen Nahrungsmitteln voll, joggte stundenlang durch die Korridore des Gebäudes – draußen war es zu heiß und zu sonnig – und trainierte mit seinen Hanteln. Von seiner nächsten Fahrt nach Mariposa wollte er sich noch mehr Trainingsgeräte mitbringen. Aber jetzt war es Dienstagnachmittag, und er war noch genauso dürr und hager wie zuvor.

Auch mit seiner Dissertation hatte er nur wenige Fortschritte erzielt. Er hatte es zwar versucht, war jedoch zu unkonzentriert, um sich mit den komplizierten Analysen zu beschäftigen. Aber er hatte alle drei Bücher gelesen, die Colby ihm ausgeliehen hatte. Sie waren zwar keine große Literatur, aber dafür unterhaltsam und besser geschrieben, als er es erwartet hatte. Und er hatte sich noch zwei Filme mit seinen Lieblingsdarstellern angesehen.

Als am Dienstagnachmittag das Haustelefon klingelte, schrak er auf und nahm mit einem kurzen Anflug von Sorge den Hörer ab.

„Hallo, William. Jan Merrick. Schön, dass ich dich erreicht habe."

„Oh. Hallo." Er wollte nicht unhöflich sein, war aber immer noch etwas beunruhigt. Warum rief sie ihn an? Er wusste, dass seine Bezahlung von privaten Spenden und staatlichen Fördermitteln abhängig war. Wurde das Geld knapp?

„Wie läuft's bei dir da draußen, William? Du hast dich bestimmt schon eingewöhnt."

Nun, das hörte sich nicht sehr besorgniserregend an. „Alles läuft bestens. Das Apartment ist wirklich bequem, und ich genieße die Ruhe und Stille." Und einen der Nachbarn. Aber das sagte er nicht laut.

„Ist es nicht wunderbar, ohne die ständigen Unterbrechungen und Störungen arbeiten zu können? Manchmal wünschte ich mir, ich könnte nach JV zurückkommen. Aber mein Mann und die Kinder wären davon nicht allzu begeistert. Macht dir die Einsamkeit zu schaffen?"

„Nein, damit habe ich keine Probleme."

„Aber du verlässt doch ab und zu das Gelände?"

„Sicher. Ich bin Stammkunde in dem kleinen Laden und habe auch die Annehmlichkeiten von Mariposa zu schätzen gelernt."

Sie lachte. „Das freut mich. Und das Krankenhaus selbst hat so viele Geschichten zu erzählen. Ich hoffe sehr, dass wir eines Tages genug Geld haben werden, um das Gebäude nutzen zu können. Vielleicht für ein Museum. Es wäre eine wunderbare Gelegenheit, um die Öffentlichkeit über die Geschichte der Psychiatrie zu informieren."

William dachte an die Behandlung, die Bill hier erfahren hatte. Er verzog angewidert das Gesicht. „Ja."

„In der Anstalt haben Tausende von Patienten gelebt. Hunderte sind dort gestorben. Ich wünschte, wir könnten auch ihre Geschichten erzählen."

„Es sind wahrscheinlich sehr traurige Geschichten."

„Das sind sie. Aber genau deshalb müssen sie erzählt werden, William. Damit wir von ihnen lernen können. Oh, jetzt halte ich dir einen Vortrag! Tut mir leid, es ist eine schlechte Angewohnheit von mir. Mit meinem Mann und den Kindern mache ich das auch immer. Ich wollte eigentlich nur wissen, wie es dir geht und ob ich etwas für dich tun kann."

„Vielen Dank, Jan. Es ist alles in Ordnung. Da fällt mir ein – ich habe in einem der leeren Zimmer Ameisen gesehen."

„Solange sie nicht in deine Wohnung kommen, kannst du sie ignorieren. Es ist so gut wie unmöglich, sie loszuwerden."

Sie verabschiedeten sich und legten auf. William war froh, seinen Job nicht zu verlieren. Aber er dachte auch darüber nach, was Jan gesagt hatte. Nachdem er die Briefe gelesen hatte, kam Bill ihm wie ein sehr zurückhaltender Mann vor. Würde er seine Geschichte mit anderen Menschen teilen wollen?

William setzte sich an seinen Computer und recherchierte wissenschaftliche Literatur über die Behandlung von Homosexualität. Erwartungsgemäß fand er viele Artikel, die sich mit der Konversionstherapie und anderen modernen Methoden befassten, schwule Menschen umzupolen. Er überflog sie nur kurz, weil die Einzelheiten zu viele schmerzvolle, persönliche Erinnerungen in ihm wachriefen. Er fand auch einige ältere Artikel, die sich mit den Ursachen der Homosexualität beschäftigten. Darunter die 1922 von Wilhelm Stekel veröffentlichte Abhandlung über ‚Die Homosexuelle Neurose'. Darin stand zu lesen, Homosexuelle seien Narzissten, die Frauen hassten und fürchteten, und die niemanden lieben könnten, außer sich selbst. Was er aber nicht fand, war auch nur ein einziger Artikel, der über Einrichtungen wie die Anstalt von Jelley's Valley berichtete, in denen Schwule gegen ihren Willen eingeliefert und misshandelt wurden. William wusste, dass Bills Schicksal nichts Ungewöhnliches war, aber niemand schien darüber schreiben zu wollen. Ob sie sich schämten? Oder waren Menschen wie Bill zu unbedeutend?

Williams Spekulationen lenkten ihn von einer anderen Frage ab, mit der er sich seit Tagen beschäftigt hatte: In der Blechdose waren nur noch wenige Briefe, die er nicht gelesen hatte. Der Stapel ging langsam zur Neige. William wollte nicht darüber nachdenken, was das bedeutete. Er hatte schlimme Vorahnungen.

EINIGE MINUTEN vor sechs Uhr parkte William seinen Toyota vor dem Laden. Er sah nur noch einen anderen Wagen, einen alten, braunen Ford. Als er den Laden betrat, genoss er für einen kurzen Augenblick die Kühle des klimatisierten Raums. Dann sah er zu seiner Enttäuschung eine unbekannte Frau hinter der Kasse sitzen, die in einem Magazin blätterte, ohne ihn auch nur annähernd zur Kenntnis zu nehmen.

William war sich nicht sicher, was er tun sollte. Zu seiner Erleichterung kam kurz darauf Colby aus dem Hinterzimmer, in dem sich das Postamt befand. „Hallo, ich bin … William!" Colby winkte erfreut, kam auf ihn zugelaufen und legte ihm einen Arm um die Schulter. Er trug sein ‚Total Dance Whore'-Shirt und knallenge Jeans.

Die Frau hinter der Kasse hob jetzt den Kopf. Williams erster Eindruck war, dass sie kein leichtes Leben gehabt hatte. Sie hatte müde Augen und tiefe Falten im Gesicht, als wäre sie an Enttäuschungen gewöhnt und würde auch nichts anderes mehr von ihrem Leben erwarten. Aber dann fiel ihm die Farbe ihrer Augen auf, die Form ihrer Nase und ihres Kinns. Er wunderte sich nicht mehr, als Colby zu ihr sagte: „Mom, das ist mein Freund William."

Sie sah ihn mit unbewegter Miene an, ohne ein Wort zu sagen.

Colby sprang auf sie zu und zog William wie ein widerspenstiges Hündchen hinter sich her. „William, das ist meine Mom."

„Ich habe einen Namen, Colby", sagte sie mit ihrer rauen, heiseren Stimme.

„Sagt die Frau, die ihren Sohn nach einer Käsemarke genannt hat." Colby grinste verschmitzt und wich ihrer Hand aus.

William musste gegen seinen Willen lächeln. Colby war immer etwas überschwänglich, aber in diesem Moment wirkte er wie ein missratener Zwölfjähriger. Er verbeugte sich vor ihnen und holte theatralisch mit seinem Arm aus. „William Lyon, es ist mir ein besonderes Vergnügen, Ihnen Mrs. Camilla Marie Owens vorzustellen."

„Cammie", knurrte sie.

„Schön, Sie kennenzulernen", erwiderte William.

Sie nickte ihm zu. „Du", korrigierte sie ihn.

„Ich habe das Postamt geschlossen und alles erledigt. Kommst du mit der Kasse zurecht, Mom?"

Sie sah ihn mit zusammengekniffenen Augen an. „Ich habe hier schon ausgeholfen, als ich erst sechs Jahre alt war. Ich brauche keine Aufsicht mehr, Colby."

„Ja. Aber es ist lange her."

„Ich habe nichts vergessen. Verschwinde jetzt." So brüsk sich ihre Worte auch anhörten, sie sah Colby mit strahlenden Augen an.

„Ja, ja. Schon gut. Oh! Einen Moment, Will." Colby rannte um die Kasse und verschwand in der Bibliothek.

William und Cammie sahen sich an.

Im Hinterzimmer war ein leises Krachen zu hören, aber Cammie ließ sich davon nicht ablenken. Sie kniff die Augen zusammen und flüsterte William mit ihrer heiseren Stimme zu: „Brich meinem Baby nicht das Herz, hörst du?"

William starrte sie verblüfft an. „Ich, äh … wir sind nur Freunde."

Sie verzog keine Miene. Colby kam zurück und schwenkte triumphierend eine Plastiktüte. „Die hätte ich fast vergessen. Und ich musste sie erst suchen." Er blieb kurz stehen und gab seiner Mutter einen schmatzenden Kuss auf die Wange. Dann kam er zu William und nahm in an der Hand. „Los jetzt! Ich verhungere gleich. Tschüss, Mom!"

Sie winkte ihnen nachlässig zu. William murmelte etwas zum Abschied, aber das schien sie schon nicht mehr zu hören.

Auf dem Parkplatz sprang Colby begeistert auf und ab. „Ich bin so aufgeregt, mit dir loszuziehen und dir alles zu zeigen. Los! Lass uns essen gehen, damit wir aufbrechen können."

William kam nicht mehr dazu, Colby nach seinem Ziel zu fragen, als er auch schon über die Straße und in JV's einziges Restaurant gezerrt wurde. ‚Dos Hermanos' war ein flaches Stuckgebäude, vor der Tür standen eine Holzbank und zwei große, mexikanische Pflanzkübel, in denen bunte Blumen blühten. Das Innere war nicht sehr außergewöhnlich eingerichtet. An den weiß gestrichenen Wänden hingen Schwarz-Weiß-Aufnahmen von Leuten, bei denen es sich möglicherweise um Berühmtheiten handelte, die William jedoch nicht erkannte. Einige Topfpflanzen standen auf dem Boden. Die Tische waren aus Metall und Resopal, jeder von ihnen bot Platz für vier Personen. In einer holzgetäfelten Wand war die Tür zur Küche, in der eine kleine, zierliche Frau und ein kräftiger Mann, der ein Haarnetz trug, beschäftigt hin und her eilten. Es roch appetitanregend nach gebratenem Fleisch und Gewürzen.

Der Mann, der sie beim Eintreten begrüßte, war ebenfalls sehr kräftig gebaut. „Colby! *¿Cómo estas, mi amigo?* Rafa hat heute frische Tamales gemacht."

„Hey, Luis. Das höre ich gerne, weil ich heute genau darauf Appetit habe. Das ist Will."

Luis schüttelte ihm begeistert die Hand. „Der Mann aus dem Krankenhaus. Wir haben uns schon gefragt, wann du vorbeikommst. Schön, dich kennenzulernen, Mann. Du musst unbedingt die Tamales probieren. Mein Bruder ist *gordo e feo*, aber kochen kann er wie kein anderer."

Der Mann aus der Küche rief Luis etwas auf Spanisch zu, das ihn zum Lachen brachte.

Luis begleitete sie an einen Tisch und wartete, bis sie sich gesetzt hatten. „Was wollt ihr trinken?"

„Diät-Cola für mich", sagte Colby. „Und du, William?"

„Nur Wasser, bitte."

Luis nickte. „Wollt ihr erst die Speisekarte oder soll ich euch gleich die Tamales bringen?"

„Hat Rafa Hühnchen mit Mole dazu gemacht?"

„Claro que sí."

Colby sah William fragend an und nickte Luis dann zu. „Tamales."

„Kommt sofort."

Während Luis ihre Getränke holte, sah sich William weiter um. Nur zwei Tische waren besetzt, beide von älteren Ehepaaren. Colby winkte ihnen zu und sie winkten zurück. William nahm an, dass es sich ebenfalls um Einheimische handelte. An einem Dienstagabend war auch nicht mit Touristen zu rechnen, die durch die Stadt kamen oder hier essen wollten.

„Ich dachte, deine Mutter lebt in Redding", fragte er Colby.

Colby verzog das Gesicht. „Tut sie auch. Aber sie hat sich mit ihrem Mann gestritten und deshalb gestern Abend unangekündigt vor der Tür gestanden."

„Oh, das tut mir leid."

„Schon gut. Es passiert regelmäßig ein- bis zweimal im Jahr. Sie versöhnen sich bald wieder. Er ist kein schlechter Kerl, aber es ist schwer, mit Mom auszukommen. Glaube ich jedenfalls."

Wie immer war Colbys Niedergeschlagenheit nicht von Dauer. Er lächelte William strahlend an. „Sie ist genau im richtigen Moment gekommen. Sie kann den Laden übernehmen und sich heute Abend um Oma und Opa kümmern."

„Du hast ziemlich viele Verpflichtungen." William war fünf Jahre älter als Colby, aber der einzige Mensch, für den er verantwortlich war, war er selbst. Trotz seiner lebhaften und leichtherzigen Art kam Colby ihm plötzlich wie einer der verantwortungsbewusstesten Menschen vor, die er kannte.

Luis kam mit ihren Getränken, Taco-Chips und Salsa zurück. Er stellte sie auf den Tisch und unterhielt sich noch kurz mit Colby über einen Nachbarn, der kürzlich wegen Alkohols am Steuer festgenommen worden war, dann ging er wieder. William versuchte die Taco-Chips – sie waren noch warm und offensichtlich selbst gemacht. Die Salsa schmeckte ebenfalls vorzüglich. Es war eine kräftige Tomatensoße mit Chili und Koriander.

„Dieses Essen habe ich in San Francisco am meisten vermisst", meinte Colby, mit vollem Mund kauend. „Es gibt dort auch gute mexikanische Restaurants, aber es war einfach nicht das Gleiche."

„Was hast du denn noch vermisst?"

„Vieles. Familie. Nachbarn, die man kennt und von denen man erkannt wird. Den warmen Sonnenschein. Die Kühe. Sogar den dämlichen Laden."

„Aber hier kann es doch auch nicht einfach für dich sein. Ich meine …"

„Gleichgesinnte Gesellschaft? Ja. Aber … ich weiß auch nicht. Mein Großvater spielt mit dem Gedanken, den Laden aufzugeben und zu verkaufen. Er würde ihn an mich bestimmt billiger abgeben, aber ich kann es mir trotzdem nicht leisten. Und ich kann ihn nicht alleine führen, aber für einen Angestellten ist er zu klein. Großvater bezahlt mich unterhalb des Mindestlohns."

William gefiel Colbys Gesichtsausdruck nicht. Er passte nicht zu seiner Natur. Aber er fragte dennoch nach: „Was hast du vor?"

„Keine Ahnung. Vielleicht studiere ich wieder. Ich würde gerne reisen. Ich habe einen Bekannten, der arbeitet auf einem Kreuzfahrtschiff. Das wäre vielleicht auch eine Möglichkeit. Oder ich finde meinen Märchenprinzen und er reißt mich so von den Socken, dass wir heiraten, zwei Komma fünf Kinder bekommen und unseren Urlaub in Disneyland verbringen." Er rollte mit den Augen, als ob diese Vorstellung absolut undenkbar wäre. Aber William hatte den Eindruck, dass Colby sich genau das insgeheim erhoffte.

Dann kam das Essen und sie unterbrachen ihr Gespräch. William musste zugeben, dass Rafas Tamales wirklich unübertroffen waren. Sie schmeckten göttlich und er bedauerte, nicht schon früher hierhergekommen zu sein.

Colby nahm einen Bissen von seinen Bohnen und lachte. „Damit schränke ich meine Erfolgschancen heute Abend wirklich beträchtlich ein." William sah ihn verständnislos an. „Iss niemals Bohnen, wenn du Analverkehr haben willst. Es führt garantiert zu einer Katastrophe", erklärte Colby.

William starrte ihn nur fassungslos an. Als Colby seinen Gesichtsausdruck sah, musste er noch lauter lachen. „Mann, Will. Wenn ich dein Yoda sein soll, kann ich dir die grundlegenden Fakten nicht vorenthalten. Besser du hörst es von mir, als dass du es aus eigener Erfahrung lernst. Und ich nehme nicht an, dass du mit Lisa diesbezüglich experimentiert hast."

War das wirklich eine Diskussion, die sie mitten in einem Restaurant führen mussten? William lief rot an und wäre am liebsten unter dem Tisch im Boden versunken. Außer … außer, dass es wirklich ein Thema war, das in letzter Zeit an ihm genagt hatte. Ohne Colby dabei in die Augen zu sehen, flüsterte er: „Woran merkst, ob … du weißt schon … ob du es willst?"

Colby zuckte mit den Schultern und aß von seiner Mole. „Du musst es vermutlich einfach ausprobieren. Aber langsam, und mit jemandem, dem du vertraust. Mein erstes Mal … Mann, innerhalb einer halben Stunde habe ich Arien gesungen und war bereit, einen Vertrag als Bottom-auf-Lebenszeit abzuschließen." Colby blinzelte, als er sich daran erinnerte. „Aber es ist nicht immer so gut. Es kann auch wehtun, vor allem dann, wenn du nicht entspannt bist. Und es kann eklig sein … deshalb das Bohnen-Verbot." Er deutete mit seiner Gabel auf William. „Aber wenn es gut ist, Will, dann ist es sehr, sehr gut."

William legte die Stirn in Falten. „Ich weiß ja nicht …"

„Also gut, ich erklär's dir. Es gibt Männer, die wollen nur das eine oder das andere – Top oder Bottom –, und die meisten haben zumindest eine bestimmte Vorliebe. Wie ich zum Beispiel. Es gibt Männer, die schwören Stein und Bein, sie würden nie einen Schwanz in die Nähe ihres Arschs lassen. Meiner Erfahrung nach haben die meisten von ihnen ernsthafte Probleme und es macht keinen Spaß, mit ihnen zu schlafen. Man muss wenigstens ein- oder zweimal auch die andere Seite ausprobiert haben, um wirklich gut zu sein."

„In Ordnung." William hatte das Gefühl, sich Notizen machen zu müssen. „Und weißt du noch was? Du hast doch auf diesen Websites gesurft?"

„Ja."

„Gut. Du bekommst eine Belobigung für die Erledigung deiner Hausaufgaben. Wenn du gut aufgepasst hast, dann ist dir wahrscheinlich aufgefallen, dass es noch mehr gibt, was zwei Männer miteinander machen können. Arschsex ist nicht der Heilige Gral. Manche Männer haben es nie gemocht und trotzdem ein erfülltes Sexualleben geführt."

William war sehr erleichtert, das zu hören. Wenn er seine begrenzten Erfahrungen berücksichtigte, dann würde es wahrscheinlich ziemlich lange dauern, bis er sich an diese Art Sex gewöhnte. Vermutlich war es sowieso voreilig, sich jetzt schon über die Details Gedanken zu machen. Trotzdem, es beruhigte ihn. Er seufzte. „Heterosex ist irgendwie einfacher. Aber das liegt wohl nur daran, dass wir öfter damit zu tun haben und deshalb mehr daran gewöhnt sind."

„Dazu kann ich nichts sagen."

„Willst du damit sagen, dass du nie mit einer Frau geschlafen hast?" William war so erstaunt, dass er ziemlich laut gesprochen hatte. Glücklicherweise hatte außer Colby niemand zugehört.

„Nein. Ich habe dir doch gesagt, dass ich seit meiner Kindergartenzeit, als ich mich in Tony Vieira verguckt habe, über mich Bescheid wusste. Ich habe jedem erzählt, dass wir eines Tages heiraten werden, und wir haben stundenlang Vater-Mutter-Kind gespielt." Er lachte schnaubend. „Ich frage mich manchmal, ob er sich noch daran erinnert. Er hat eine Frau und zwei Kinder. Vielleicht frage ich ihn danach, wenn er das nächste Mal zum Einkaufen kommt."

Falls William vor seinem fünfzehnten Geburtstag jemals romantische Gefühle gehegt hatte – egal, ob für einen Mann oder eine Frau –, dann hatte er sie zumindest erfolgreich verdrängt. „Aber wie kannst du dann …"

„Falls du mich jetzt fragen willst, wie ich mir sicher sein kann, wo ich es doch nie ausprobiert habe – dann gebe ich dir eine Kopfnuss."

William wollte gerade darauf antworten, als er den übertrieben empörten Ausdruck in Colbys Gesicht sah und lauthals lachen musste.

DER KIES knirschte unter ihren Füßen, als sie den Parkplatz überquerten und zu Williams Toyota gingen.

„Du willst doch nicht in *den* Klamotten ausgehen, oder?"

William blieb stehen und blickte an sich herab: Khakis, Hemd und blaue Krawatte, Blazer. Er sah Colby an. „Mein ‚Total Dance Whore'-Shirt ist in der Wäsche."

Colby streckte ihm die Zunge heraus. „Na fein. Das war ja zu erwarten. Wir müssen noch kurz bei dir vorbeifahren."

„Ich habe nichts Passenderes anzuziehen, Colby."

98

„Vertraue mir, oh Padawan." Sie fuhren zurück zur Anstalt.

Colby nahm seine Plastiktüte mit ins Haus. Er schien heute Abend noch aufgedrehter zu sein als sonst, tänzelte durch die Gänge und sang vor sich hin. William folgte ihm mit einem Lächeln auf den Lippen.

Als sie in das Apartment kamen, sah Colby ihn von oben bis unten an. „Also dann. Ausziehen."

„Äh …"

„Du hast nichts, was ich nicht schon kenne, mein Junge. Los jetzt."

Colby sah ungeduldig zu, wie William sich bis auf die Unterhose auszog. Er schnaubte abschätzig. „Die sind für deinen Arsch absolut unvorteilhaft, Will. Du hast einen wirklich süßen Hintern, und deshalb solltest du ihn auch zeigen. Wahrscheinlich musst du nicht mal trainieren, damit er so aussieht. Im Gegensatz zu mir. Meine Perfektion ist schwer erarbeitet." Er klopfte sich auf den Hintern, während William versuchte, ihn nicht anzustarren. Es war wirklich ein hübsches Hinterteil.

Colby rümpfte die Nase. „Wie ich dich kenne, wäre ein T-String wahrscheinlich zu viel verlangt. Du brauchst Boxershorts. Na gut, das nächste Mal. Jetzt ist die Zeit zu knapp."

William war erleichtert. Er konnte sich beim besten Willen nicht vorstellen, einen T-String zu tragen.

Colby durchwühlte mittlerweile schon Williams Schrank und warf alles zur Seite, was nicht seine Zustimmung fand. „Aha!", rief er schließlich und hielt eine Jeans in die Höhe. „Wir haben ja doch blaue Baumwolle."

„Die … die sind schon ziemlich alt. Ich glaube, sie stammen noch aus meinem ersten Studienjahr. Ich weiß gar nicht, warum sie noch …"

„Zieh sie an."

William zog sie an. Die Jeans passten noch, waren aber schon ziemlich verwaschen und an manchen Stellen fast weiß. Er hatte ganz vergessen, wie bequem sie waren.

Colby ging um ihn herum. „Nicht schlecht. Nicht eng genug, aber es geht auch so."

Er ging zum Tisch und kramte in seiner Plastiktüte, bis er etwas Dunkelgrünes fand, das er William in die Hand drückte. „Zieh das auch an."

Es war ein T-Shirt und mindestens zwei Größen kleiner, als William normalerweise seine Hemden kaufte. Es saß wie eine zweite Haut.

„Sehr nett!", rief Colby. „Das habe ich mir fast gedacht. Es betont die kleinen grünen Einsprengsel in deinen Augen."

William hatte seine Augenfarbe immer mit einem schlammigen Tümpel verglichen. Es war kein Vergleich zu dem wunderbaren Himmelblau von Colbys Augen. Er konnte kaum glauben, dass Colby wirklich einkaufen gegangen war, um extra ein T-Shirt zu besorgen, das zu Williams Augen passte. Lisa hatte ihm nie

Kleidung gekauft, außer hier und da ein Paar Socken aus dem Sonderangebot oder einen Pyjama als Geburtstagsgeschenk.

Aber Colby war noch nicht fertig. Er steckte den Kopf in die Kommode und murmelte dabei vor sich hin. Dann entschied er sich für ein Hemd mit weiß-blauen Streifen. „Das sollte gehen."

William fühlte sich in der neuen Kleidung nicht allzu unangenehm, da vieles davon zu seiner normalen Alltagskleidung gehörte. Aber dann sah er, wie Colby nachdenklich seine Frisur in Augenschein nahm.

„Kein Gel!", protestierte William vorsorglich.

„Na schön. Aber setz dich hin, damit ich besser dran komme."

William setzte sich. Dafür, dass Colby es vorhin noch so eilig gehabt hatte, nahm er sich jetzt erstaunlich viel Zeit, um Williams Haare in die unterschiedlichsten Richtungen zu kämmen. Seine Finger fühlten sich wunderbar an, als sie über Williams Kopf strichen.

„Deine Haare sind wirklich sehr weich. Welches Pflegemittel benutzt du?"

„Äh … Shampoo? Manchmal auch eine Spülung."

„Glückspilz. Und die Farbe ist auch schön."

„Sie ist … unauffällig. Meine Mutter hat es immer aschblond genannt."

„Du solltest es auf keinen Fall aufhellen. Es ist wirklich süß."

William verkniff sich ein Lächeln. „Das hatte ich auch nicht vor."

Nach einiger Zeit war Colby mit seinen Bemühungen zufrieden und gab ihm einen Klaps auf die Seite. „Gut so. Bleib noch sitzen, ich bin gleich zurück." Bevor William auch nur ein Wort über die Lippen brachte, hatte Colby sich seine Tüte geschnappt und war im Badezimmer verschwunden.

William blieb auf dem Stuhl sitzen und spielte ungeduldig mit dem Schlüsselbund. Colby hatte mit ihm noch nicht über Schuhe gesprochen, also holte er sich schließlich ein Paar Slipper aus dem Schrank und zog sie an.

Es dauerte nicht lange, bis Colby wieder auftauchte. William stockte fast der Atem. Colby trug ein elegantes Hemd. Es war leuchtend violett mit einem dunkellila Nadelstreifenmuster. Es war zwar nicht so eng geschnitten wie seine üblichen T-Shirts, aber es betonte aufs Vorteilhafteste jeden einzelnen Muskel, von der schlanken Taille gar nicht zu reden. Dazu trug er eine kohlschwarze Hose und gleichfarbige Abendschuhe. Seine Augen hatte er mit schwarzem Eyeliner geschminkt.

„Wow", war alles, was William herausbrachte.

Colby lächelte ihn schüchtern an. „Wirklich? Ich habe die Sachen schon recht lange, aber es gab nie einen Anlass, sie anzuziehen."

„Warum hast du dir eigentlich mit mir solche Mühe gegeben? Neben dir sieht jeder langweilig und farblos aus."

„Du nicht. Du siehst zum Anbeißen aus. Und genau das werden sie mit uns machen, Will." Colby tänzelte auf ihn zu und drückte ihm einen Schmatz auf die Wange. Dann zeigte er auf die Tür. „Auf sie mit Gebrüll."

14

WÄHREND IHRER Fahrt nach Fresno war Colby bei bester Laune und hörte nicht auf zu reden. William war das nur recht, denn es beruhigte seine Nerven. Sein Problem war, dass er die Straße kaum im Auge behalten konnte, weil er immer wieder von dem umwerfenden Mann auf dem Beifahrersitz abgelenkt wurde. Natürlich war ihm nicht entgangen, dass Colby ein gut aussehender Mann war. Aber heute schien Colby durch seine schicke und irgendwie erwachsene Ausgehkleidung wie verwandelt, und William nahm ihn auf eine neue, andere Art wahr als bisher.

William kannte den Weg nach Fresno, aber als sie die Stadt erreichten, musste Colby ihn durch die Straßen lotsen. Ihr Ziel lag im Nordosten, in der Nähe der Universität. Der Club hieß ‚Stockyard' und machte von außen keinen sehr bemerkenswerten Eindruck. Er lag am Ende einer kleinen Einkaufsstraße, neben einem Kosmetikstudio und einem Tabakwarenladen. Außer der Bar waren alle Geschäfte schon geschlossen, aber der Parkplatz war ziemlich voll.

Sie blieben nach dem Einparken noch einen Augenblick im Wagen sitzen. William hielt das Lenkrad fest umklammert. „Ich war noch nie …"

„Ich weiß", unterbrach ihn Colby. „Keine Sorge. Ich habe mich hier früher oft mit Männern getroffen, mit denen ich mich online verabredet hatte. Es ist recht angenehm und gemütlich."

William nickte steif, machte aber keine Anstalten, das Auto zu verlassen.

„Wirklich, Will. Es beißt dich schon niemand. Außer du bittest sie freundlich darum." Colby pikste ihn in die Seite und öffnete die Beifahrertür.

Nach einer Stunde Fahrt wäre es lächerlich, einfach im Auto sitzen zu bleiben. William versuchte sich zusammenzureißen. *Du schaffst das. Und du willst es auch. Denk doch nur, wie dankbar Bill für diese Möglichkeit gewesen wäre.* Mit diesem letzten Gedanken fasste er sich ein Herz und folgte Colby.

Sobald sie die Bar betraten, wurden seine Bedenken endgültig zerstreut. Nirgendwo waren halb nackte Männer zu sehen, die in dunklen Ecken tanzten oder in Käfigen von der Decke hingen. Keine Orgien in den Gängen, keine Dragqueens, noch nicht einmal eine Discokugel. Die kleine Bühne war leer und aus den Lautsprechern ertönte Musik der 80er-Jahre. Huey Lewis wahrscheinlich. Die Bar sah auch nicht anders aus als jede andere Bar, die William bisher besucht hatte. Er fühlte sich erleichtert … und etwas enttäuscht.

Wie der volle Parkplatz schon angedeutet hatte, war die Bar sehr gut besucht. Die meisten Gäste waren Männer um die dreißig oder vierzig, einige waren auch jünger, nur wenige älter. Frauen waren kaum zu sehen. Die Gäste lachten und tranken und schienen sich gut zu unterhalten. Die übliche Kleidung bestand aus

Jeans und T-Shirt, aber einige hatten sich auch in Schale geworfen, so wie Colby. Manche trugen Cowboystiefel und Gürtel mit überdimensionierten Schnallen.

Colby führte sie zu einem freien Tisch mit vier Stühlen. Kurz darauf erschien ein Kellner. Es war ein großer Mann mit einem freundlichen Lächeln. „Was darf es sein?", fragte er und zwinkerte Colby zu.

Colby sah William an. „Ich fahre zurück. Du hast den Alkohol nötiger als ich."

William bestellte ein Bier und Colby entschied sich für eine Diät-Cola. Als der Kellner die Getränke brachte, bestand Colby darauf zu bezahlen. „Und, Will? Was meinst du? Gar nicht so schlimm, oder?"

„Nein. Ehrlich gesagt bin ich etwas überrascht, dass es hier so normal ist."

„An den Wochenenden ist mehr los. Ich bin früher oft in die etwas wilderen Clubs gegangen. Aber, ich weiß auch nicht … es wurde mit der Zeit langweilig. Hier kann man gemütlich mit einem Freund zusammensitzen und sich unterhalten, ohne das man befürchten muss, verprügelt zu werden, weil man mit einem Mann tanzt oder sich an den Händen hält." Er deutete zur Bar, wo ein hübscher junger Mann mit Irokesenfrisur stand und sie beobachtete. „Oder man kann neue Freunde kennenlernen."

William fühlte ein Zwicken in der Magengrube. „Also, wenn du … Lass dich nicht von mir aufhalten. Ich meine, falls du jemanden siehst, der …" Er brachte den Satz nicht zu Ende.

Colby sah ihn mit einem merkwürdigen Blick an, den William nicht recht deuten konnte. „Sicher. Ich will dich auch nicht zurückhalten. Du musst mir nur versprechen, dass du mich hier nicht hängen lässt, falls du mit einem Mann verschwindest." Er sagte es mit einem Lächeln, als ob er scherzen würde. Aber seine Augen wirkten seltsam ernst.

Oh Gott, dachte William. Das ist Colby schon passiert – Leute haben ihn einfach zurückgelassen. „Das würde ich niemals tun", sagte er leise.

Colby sah ihn wieder so merkwürdig an. Dann lächelte er und drückte Williams Hand. „Ich weiß."

Sie tranken und sahen sich um. Der Typ an der Bar beobachtete immer noch ihren Tisch. William suchte gerade nach einer Ausrede, um aufzustehen und für einen Moment zu verschwinden, als drei Männer mit Instrumenten auf der Bühne auftauchten. „Livemusik?", fragte er Colby ungläubig.

„Ja. Aber erwarte nicht zu viel. Wenn sie hier mitten in der Woche spielen, sind sie wahrscheinlich nicht besonders gut. Ich wette, sie sind vor allem wegen ihres Aussehens engagiert worden." Er winkte zur Bühne. „Der Sänger ist echt sexy."

Colby hatte recht, der Sänger war ein gut aussehender Kerl mit langen dunklen Locken. Er hatte sein T-Shirt ausgezogen und trug enge, gefährlich tief sitzende Jeans. Er war gut gebaut und hatte eine muskulöse Brust. Auch der Eyeliner und der leuchtend rote Lippenstift konnten nicht von seiner Männlichkeit ablenken.

„Siehst du?", meinte Colby. „Bei dem Aussehen interessiert sich niemand mehr für die Musik."

Die Band stimmte ihre Instrumente und begann dann mit dem ersten Lied. William erkannte es nicht, aber Colby schlug verzweifelt mit der Stirn auf den Tisch. „Oh Gott. Sie spielen Bon Jovi."

William war sich nicht sicher, ob ihm Bon Jovi unter normalen Umständen gefallen hätte. Aber selbst ihm fiel auf, dass der Sänger die Melodie nicht halten konnte und Probleme mit den hohen Tönen hatte. Außerdem sang er schneller, als der Gitarrist und der Schlagzeuger spielten, obwohl die beiden sich redlich Mühe gaben, durch gelegentliche Tempoverschärfungen aufzuholen. Am Schluss des Liedes gab es höflichen Applaus. Vielleicht war das Publikum froh, dass es zu Ende war. Oder sie applaudierten der dünnen Schweißschicht, die auf der Brust des Sängers im Licht glänzte und jeden Muskel deutlich hervorhob.

Beim nächsten Lied musste Colby wieder stöhnen – „Er verhunzt Bowie!" –, aber William fand es nicht ganz so schlimm wie das erste. Wahrscheinlich lag das an seinem zweiten Bier.

Nach dem dritten Lied, das vermutlich Heavy Metal sein sollte, kam der Wirt auf die Bühne. Er diskutierte kurz mit den Musikern, der Sänger schmollte und der Wirt ging zufrieden hinter seine Bar zurück. Das nächste Lied war etwas schwungvoller und im Text ging es um Liebe. Die Gäste pfiffen zustimmend und einige begaben sich auf die Tanzfläche.

Colby stand auf, sprang um den Tisch und hielt William die Hand hin. „Komm!"

„Aber ich kann nicht …"

„Egal." Colby zog ihn von seinem Stuhl hoch und auf die Tanzfläche. Sie fingen an zu tanzen. Colbys ganzer Körper bewegte sich im Takt der Musik. William stampfte nur vor sich hin und kam sich wie ein Tollpatsch vor. Aber jedes Mal wenn er aufgeben wollte, legte Colby ihm die Hände auf die Hüften oder drehte sich um und rieb seinen Hintern an William. Wegen des Größenunterschieds zwischen ihnen kam er nur bis zu Williams Oberschenkeln, obwohl er sich auf die Zehenspitzen stellte, um sein Ziel besser zu treffen. William war auch so zufrieden und tanzte weiter, ein Lied nach dem anderen, und irgendwann merkte er, dass es verdammt viel Spaß machte.

Dann spielte die Band ein langsames Lied. Colby kam grinsend auf William zu, legte ihm die Arme um den Körper und drückte ihn an sich. Sie schwitzten beide, aber das störte sie nicht. Colby legte den Kopf an Williams Brust, und der meinte, ein leises Seufzen zu hören.

William hatte noch nie mit einem Mann und auch nur selten mit einer Frau getanzt. Er hatte noch nie einen Mann in der Öffentlichkeit in den Armen gehalten. Aber trotzdem fühlte er sich jetzt nicht unwohl, im Gegenteil. Colby passte genau zu ihm. Sein Körper fühlte sich hart und stark in Williams Armen an und seine Haare kitzelten ihn unterm Kinn. Sie bewegten sich so harmonisch miteinander, als hätten sie es seit Monaten geübt.

Um sie herum tanzten andere Paare, meistens Männer, aber auch Frauen. Sogar ein oder zwei gemischte Paare waren darunter. Zwei Männer mit kurzen, grauen Bärten tanzten an ihnen vorbei. Sie sahen sich tief in die Augen und William konnte die Liebe in ihrem Blick erkennen. Wie konnte jemand diese Liebe nur als eine Krankheit bezeichnen, die geheilt werden musste? William fühlte sich gesünder und normaler als jemals zuvor, als er sich mit Colby in den Armen über die Tanzfläche drehte.

Das Lied endete und der Sänger kündigte eine kurze Pause an. Colby blieb noch einen Augenblick still in Williams Armen stehen, dann ließ er ihn los. William merkte, dass er ihn auch noch festhielt und ließ ebenfalls die Arme sinken.

„Das war schön", sagte Colby leise. Er schien ruhiger als sonst und seine Augen sahen William verträumt an. „Du bist ein Naturtalent."

„Aber nur, weil du geführt hast."

Sie standen so nahe beieinander, dass sie sich fast berührten. Aus dem Augenwinkel nahm William eine Bewegung wahr und sah den Mann mit dem Irokesenschnitt, der auf sie zukam. Der Mann sah Colby an und William musste sich daran erinnern, dass er seinem Freund nicht die Tour vermasseln wollte. Er trat einen Schritt zurück. „Ich gehe kurz ins Bad."

„Okay. Äh, Will?"

William blieb abwartend stehen.

„Wundere dich nicht, wenn die Leute dort nicht nur zum Pinkeln sind."

Oh. „Ich werde versuchen, nicht in Ohnmacht zu fallen", erwiderte er trocken.

Colby lachte kopfschüttelnd. „Manchmal vergesse ich deinen Humor."

Auf der Suche nach der Toilette überlegte William, ob das ein Kompliment gewesen war. Als er sie fand, musste er sich durch eine Gruppe Männer kämpfen, die den Gang versperrte. Die meisten waren mit Küssen und Streicheln beschäftigt, aber bei einigen ging es auch weiter. Als er schließlich an der Tür mit der Aufschrift ‚Bullen' ankam, war er feuerrot vor Verlegenheit. Er fragte sich, ob es auch eine Tür für die ‚Kühe' gab, und was die weiblichen Gäste wohl davon hielten.

Nach Colbys Warnung glaubte er sich auf den Anblick vorbereitet. Trotzdem war er schockiert, als er einen Mann in der Ecke des Raumes stehen sah, der seine Hosen bis du den Knien runtergelassen hatte und von einem anderen Mann, der vor ihm auf dem Boden kniete, einen Blowjob bekam. Die beiden beachteten weder William noch die anderen fünf oder sechs Männer, die vor den Urinalen standen oder sich gerade die Hände wuschen.

William sah rasch zur Seite und suchte sich ein freies Urinal.

Er war gerade fertig und zog den Reißverschluss wieder hoch, als der Mann an seiner Seite ihn ansprach. „Hallo."

William war sich nicht sicher, ob der Mann ihn gemeint hatte. Er sah den Mann fragend und etwas empört an. Der Mann war fast so groß wie er selbst, allerdings erheblich muskulöser und auch älter. Wahrscheinlich Ende dreißig. Sein dunkles Haar war kurz geschnitten, um die beginnende Glatze zu überspielen. Er hatte ein kantiges Kinn mit dunklen Bartstoppeln, seine dunklen Augen waren von kleinen Fältchen umgeben und seine Zähne waren weiß und regelmäßig.

„Hallo", erwiderte William und ergriff die Flucht zu einem der freien Waschbecken.

Auf dem Flur war es mittlerweile noch enger geworden. William bahnte sich den Weg durch das Gedränge. Er kam sich vor wie ein Lachs, der gegen den Strom anschwamm. Die Band begann gerade wieder zu spielen und die Bässe vibrierten, als er in den Gastraum zurückkam.

Auf halbem Weg zur Tanzfläche entdeckte er Colby, der mit dem Mann mit Irokesenschnitt tanzte.

Dieses Gefühl in seiner Magengrube? War mit Sicherheit keine Eifersucht. Eifersucht wäre lächerlich. Colby war schließlich nur ein Freund, nichts mehr. Sie waren zusammen hierhergekommen, damit William andere Männer kennenlernen konnte. Und wenn Colby auch jemanden traf – nun, umso besser. Der arme Kerl war einsam. Er hatte etwas Gesellschaft verdient. Und der Irokesenschnitt schien gut zu ihm zu passen, rein äußerlich zumindest. Er war genauso gut aussehend und fit wie Colby, und er konnte fast genauso gut tanzen.

Wahrscheinlich war William die ungewohnte Tanzerei auf den Magen geschlagen. Nach einem Bier wurde es bestimmt wieder besser. Er ging zu der überfüllten Bar und drängte sich zwischen zwei Männern hindurch. Seine Größe war von Vorteil, und er konnte der Barkeeper schnell auf sich aufmerksam machen. „Noch ein Sierra Nevada, bitte", bestellte er.

Der Mann nickte und zapfte ihm ein Bier. Er schob es William hin, der mit einem Fünfer bezahlte. William trank ein Schluck und drehte sich dann um. Er wollte sich einen ruhigen Tisch suchen und die Leute beobachten. Es wäre fast wie Feldforschung. William musste lächeln, als er sich den Titel für den Artikel vorstellte: ,Teilnehmende Beobachtung in einer Schwulen-Bar in Zentralkalifornien'.

„Hallo."

William blieb stehen und verschüttete dabei etwas von seinem Bier. Der Mann aus der Toilette lächelte ihn an. „Ich wollte eigentlich fragen, ob ich dir ein Bier spendieren kann. Aber wie es aussieht, bin ich zu spät gekommen. Wie wäre es, wenn ich mir auch ein Bier besorge und wir uns einen gemütlichen Platz suchen?" Er hatte einen leichten Anflug von Südstaatenakzent.

„Na gut", erwiderte William und kam sich ziemlich unbeholfen vor. Er war sich nicht sicher, ob er hier warten oder schon einen Tisch suchen sollte. Dann wurde er von hinten angerempelt und weiter in das Gedränge geschoben.

„Wie wäre es mit dem hier?" Der Mann war mit einem Bier in der Hand zurückgekommen und deutete auf einen freien Tisch am Rande der Tanzfläche.

„Warum nicht."

Sie mussten einen kleinen Umweg machen, um den Tänzern auszuweichen. Als sie an dem Tisch ankamen, sank der Mann mit einem zufriedenen Stöhnen auf einen der freien Stühle. William setzte sich ihm gegenüber.

„Ich bin Steve."

„William."

Sie schüttelten sich über dem Tisch die Hände. William kam sich etwas merkwürdig vor, aber Steve schien sich nicht daran zu stören. „Ich weiß, dass ich mich jetzt etwas plump anhöre, aber … du bist neu hier, nicht wahr?"

„Ja. Ich bin das erste Mal hier." William ging nicht weiter darauf ein, dass es sein erster Besuch in einer Schwulen-Bar überhaupt war.

„Das dachte ich mir. Fresno ist nicht sehr groß, deshalb ist es schön, ab und zu ein neues Gesicht zu sehen. Woher kommst du?"

„Aus der Bay Area."

Steve stöhnte. „Gott, dann hältst du uns bestimmt für die letzten Hinterwäldler."

„Eigentlich nicht. Ich … ich war nicht sehr aktiv dort. Hatte mit dem Studium und der Arbeit zu tun und deshalb wenig Zeit."

„Ich verstehe." Steve nickte. „Ich bin selbstständig und habe meine eigene Firma. Wenn man sein eigener Chef ist, gibt es niemanden, der einen nach Geschäftsschluss pünktlich nach Hause schickt."

Steve hatte ein freundliches, tiefes Lachen und ein offenes Lächeln. Er trug ein marineblaues Polohemd, dessen offener Kragen einen Blick auf das dunkle, lockige Brusthaar freigab. Seine Arme und die langen, kräftigen Finger waren ebenfalls behaart.

„Du hörst dich nicht so an, als ob du von hier wärst", trug William zur Unterhaltung bei.

„Mann, South Carolina lässt sich einfach nicht verleugnen!" Steve nahm einen tiefen Schluck aus seinem Glas. „Ich bin gleich nach dem Studium hierher gekommen. Und ich habe es nie bereut."

Ein peinliches Schweigen folgte. Zumindest kam es William so vor. Steve sah ihn nur offen an und schien sich nicht im Geringsten verlegen zu fühlen. Schließlich hatte William das Bedürfnis, die Stille zu beenden. „Die Band ist, äh, sehr abwechslungsreich."

Steve lachte laut und herzlich. „Ja. Es gibt keine Musikrichtung, die sie nicht komplett versauen. An den Wochenenden spielen hier manchmal recht gute Bands, aber die verlangen eine Gage. Welche Musik hörst du normalerweise?"

„Ich kenne mich nicht sehr gut aus. Bei der Arbeit höre ich meistens klassische Musik."

„Ich auch! Sie lenkt nicht so ab, stimmt's?"

„Genau."

„Mein Partner hat immer …" Steve verzog das Gesicht. „Verdammt. Das wollte ich nicht mehr tun."

„Was wolltest du nicht mehr tun?“

„Meinen Partner erwähnen. Ex-Partner. Verstorbenen Partner. Mist. Tut mir leid. Lass es uns einfach vergessen, ja?“

„Schon gut. Das tut mir leid.“

Steve zuckte mit den Schultern. „Es ist schon zwei Jahre her. Und es ist kein Thema, das man gleich in den ersten fünf Minuten anspricht, wenn man einen netten Mann kennenlernt. Oder komme ich bei dir auf der Mitleidsschiene weiter?“ Das Letzte war ein Scherz und Steve zwinkerte William zu, um nicht missverstanden zu werden.

William fühlte sich durch das Kompliment geschmeichelt. „Ich habe gerade eine Trennung hinter mir“, platzte er heraus. „Wir waren fast acht Jahre zusammen.“ Das stimmte, wenn man die Zeit seit seinem ersten Treffen mit Lisa rechnete.

Steve reichte über den Tisch und klopfte ihm auf den Arm. „Wow. Dann bin ich also der Lückenbüßer, um wieder auf die Beine zu kommen?“

William zuckte zusammen.

„Schon gut, William. Keine Sorge. Ich weiß, wie es ist, nach langer Zeit wieder ins kalte Wasser zu springen. Man hat Angst vor den Haien. Wenn du willst, können wir uns einen unkomplizierten Abend gönnen und Spaß haben. Oder wir unterhalten uns nur und lernen uns kennen. Das ist auch in Ordnung.“

Unkomplizierter Spaß. William musste an die Männer denken, die er im Flur und im Bad gesehen hatte. Das konnte er auch haben. Steve sah gut aus und war ein sehr netter Kerl. William mochte ihn. Er fragte sich, wie sich die großen, starken Hände wohl auf seiner Haut anfühlen würden. Hatte er Schwielen an den Händen? Und wie würde es sein, Steves haarigen Körper zu berühren? Seine Muskeln? Lisa war sehr zierlich gewesen, fast dreißig Zentimeter kleiner als William. Und Colby …

„Wenn es dir nichts ausmacht, würde ich mich gerne einfach nur unterhalten“, sagte William.

Die Lachfältchen in Steves Gesicht wurden tiefer. „Es macht mir nichts aus.“

Sie unterhielten sich noch eine Weile. Steve erzählte ihm von seiner Jugend in Charleston, dass er früher Schauspieler werden wollte, aber dann auf Nummer sicher gegangen war und ein regelmäßiges Einkommen als Personalchef eines Krankenhauses gehabt hatte. Jetzt arbeitete er als selbstständiger Unternehmensberater. Er reiste gerne und berichtete William von den Ländern, die er schon besucht hatte. William erzählte ihm von seiner Dissertation und versuchte, das Thema einigermaßen interessant klingen zu lassen. Seine Beschreibung der alten Anstalt schien Steve sehr zu faszinieren. Sie stellten fest, dass sie die gleichen Bücher lasen und erzählten sich von ihren Lieblingsfilmen.

Als der Kellner an ihren Tisch kam, bestellten sie noch eine Runde Bier. William ignorierte Steves lachenden Protest und lud ihn ein.

Als William unabsichtlich erwähnte, dass er mit einer Frau verheiratet gewesen war, schien Steve darüber nicht schockiert oder gar verärgert zu sein. Er meinte, er kenne viele schwule Männer, die verheiratet gewesen wären. Steve war während seines Studiums auch noch mit Frauen ausgegangen.

William entspannte sich wieder. Er genoss die Unterhaltung mit Steve. Es war schön, ungezwungen mit einem Mann reden zu können, ohne eine falsche Fassade aufrechterhalten zu müssen. Als Steve auf dem Tisch nach Williams Hand griff und sie drückte, zog er sie nicht zurück.

Ab und zu sah er Colby auf der Tanzfläche. Sie war dicht gefüllt und Williams Sicht war nicht sehr gut, aber Colbys leuchtendes Hemd und seine hellen Haare blitzten immer wieder in der Menge auf. Selbst als er das Hemd auszog – wie etliche andere Tänzer auch –, konnte William ihn immer noch gut erkennen. Colby tanzte oft mit dem Irokesenschnitt, aber auch mit anderen Männern. Einmal sah William ihn zwischen zwei spärlich bekleidete Männer eingezwängt, mit denen er sich im Rhythmus der Musik bewegte.

Dann wurde es langsam leerer. Steve gab William das fünfte Bier aus und lehnte sich über den Tisch. „Ich würde gerne mit dir in Kontakt bleiben, William. Was hältst du von einem Abendessen, vielleicht am Wochenende? Der neue James Bond läuft im Kino."

Steve war sehr attraktiv. William lehnte sich in seinem Stuhl zurück. Was er dann sagte, kam spontan und unbeabsichtigt. „Ich kann nicht. Tut mir leid."

Enttäuscht, aber nicht verärgert, sah Steve ihn an. „War ich zu aufdringlich? Oder …"

„Nein. Du bist wunderbar." William seufzte. „Und ich bin ein Idiot. Nur … da ist Colby. Er ist nur ein Freund und nicht an mir interessiert, aber …"

„Der, nach dem du ständig Ausschau hältst?"

William wurde rot. „Sorry. Ich will nicht unhöflich sein, wirklich. Aber ich kann nicht …"

Steve hob beschwichtigend die Hände. „Schon gut. Ricky und ich waren auch lange nur Freunde, bevor mehr daraus wurde. Er hatte ständig einen anderen Mann, und ich … ich habe auf ihn gewartet. Es hat einige Zeit gedauert, bis es ihm aufgefallen ist." Er lächelte William zu. „Aber dann! Oh Mann, es war das Warten wert."

„Mit Colby wird das nicht passieren. Er ist etwas Besonderes, verstehst du? Er ist da in der Menge und tanzt, und ich … ich bin die personifizierte Verdrängung."

„Wer weiß, vielleicht wirst du noch überrascht werden. Aber sicherheitshalber …" Steve griff in seine Börse und zog eine Visitenkarte heraus, die er William über den Tisch reichte. „Falls du deine Meinung änderst, kannst du jederzeit anrufen. Dann können wir zusammen ins kalte Wasser springen."

Lächelnd nahm William die Karte entgegen. „Danke. Und danke auch für dein Verständnis. Ich bin ein ziemlicher Idiot."

„Aber du bist ein liebenswerter Idiot", erwiderte Steve mit einem Augenzwinkern.

Zu Williams Überraschung blieb Steve sitzen. Sie redeten weiter über die unterschiedlichsten Dinge, bis Steve ihn aufforderte, die Männer in der Bar auf einer Punkteskala von eins bis zehn zu bewerten. Dann verglichen sie ihre Bewertung. William hatte sich selten so amüsiert.

„Hallo."

Colby hatte sein Hemd wieder angezogen, es aber nicht zugeknöpft. Sein Oberkörper war schweißgebadet, sein Gesicht gerötet und seine Frisur hatte den Halt verloren. Er sah erschöpft, aber glücklich aus. „Ich will nicht stören, aber ..."

Steve stand auf. „Du störst nicht. Ich wollte gerade gehen." Er beugte sich vor und drückte William die Schulter. „Es war ein schöner Abend mit dir, William. Lass von dir hören."

„Mir hat es auch gut gefallen", erwiderte William.

Dann küsste ihn Steve. Es war kein richtiger Kuss, weil der Tisch zwischen ihnen stand und William komplett überrascht wurde. Aber es war ein fester Kuss auf den Mund. Steve roch angenehm und seine Stoppel kratzten etwas auf der Haut. „Manchmal kann etwas Eifersucht nicht schaden", flüsterte er William ins Ohr. Dann richtete er sich wieder auf, murmelte Colby noch etwas zu und ging davon.

Colby ließ sich auf den leeren Stuhl fallen. „Wow! Mann, war der sexy! Das war wirklich ein Hauptgewinn für den ersten Versuch. Aber du hast ihn entkommen lassen. Soll ich mich wieder verziehen?"

„Nein, danke." William spielte mit seinem leeren Glas. „Sieht aus, als hättest du dich gut amüsiert."

„Das habe ich. Ich habe schon lange nicht mehr so viel Spaß gehabt. Aber ich bin geschafft. Liegt wahrscheinlich am Alter. Wollen wir aufbrechen?"

William blinzelte. „Aber der Irokesenschnitt ... der Typ, mit dem du getanzt hast ..."

„Ich habe mit vielen Typen getanzt. Und jetzt fahre ich mit dir nach JV zurück. Falls du deine Absichten mit dem großen Dunkelhaarigen nicht geändert hast ..."

„Habe ich nicht."

„Dann los!"

William ging noch kurz ins Bad. Es war nicht mehr so viel los, auch die Sexshows hatten aufgehört. Dann traf er sich mit Colby auf dem Parkplatz. Die Nachtluft war angenehm kühl. Er warf Colby die Autoschlüssel zu und rutschte auf den Beifahrersitz. William musste ihn erst richtig einstellen. Er konnte sich nicht erinnern, jemals auf diesem Sitz gesessen zu haben.

Colby ließ das Fenster etwas nach unten und machte sich auf den Weg zum Highway. Sein Hemd war immer noch offen und seine haarlose Brust glänzte im Licht der Straßenlaternen. Er lächelte und summte vergnügt vor sich hin, während er den Wagen durch die verlassenen Straßen lenkte. William schloss die Augen und lehnte den Kopf an die Fensterscheibe. Der ganze Abend kam ihm unwirklich vor, als wäre er nur ein Traum. Tanzen. Mit einem attraktiven Mann flirten. Colby zuzusehen, der wie ein farbenprächtiger Schmetterling durch die Masse der grauen Motten flatterte.

Oh Gott.

„Hallo, Will? Ist alles in Ordnung?"

„Hä?" William öffnete die Augen und sah Colby von der Seite an.

„Du hast gestöhnt. Hast du zu viel getrunken? Sag mir Bescheid, falls dir schlecht wird. Ich will nicht, dass du dein Auto vollkotzt."

„Es geht mir bestens."

Colby grinste ihn an. „Bedauerst du, dass du den Kerl hast entkommen lassen? Ich muss schon sagen, du hast mich ziemlich beeindruckt. Dein erster Schussversuch, und dann gleich ins Schwarze."

„Wir haben uns nur geküsst. Du hast es doch selbst gesehen."

Colby gab ihm einen Klaps. „So war das auch nicht gemeint. Das wäre beim ersten Mal wirklich zu viel verlangt gewesen."

Aus einem unerfindlichen Grund fühlte William sich beleidigt. „Ja? Warum? Weil ich immer noch das Lineal verschluckt habe und dort nichts anderes Platz findet?"

Als er sah, wie Colbys Mundwinkel nach unten fielen, bereute William seinen Ausbruch sofort. „Ich habe dir doch gesagt, dass es mir leidtut", entschuldigte Colby sich.

William stellte seufzend fest, dass fünf Bier für ihn wahrscheinlich zu viel waren. Er hatte Kopfschmerzen. „Ich weiß. Tut mir auch leid. Ich fühle mich etwas … ungewohnt." Er drückte Colbys Arm.

Das Lächeln kam zurück, wenn auch deutlich abgemildert. „Klar. Du hast heute einen wichtigen Schritt nach vorne gemacht. Du warst in der Öffentlichkeit, ohne dich zu verstecken. Du hast mit einem Mann getanzt. Das kann nicht leicht gewesen sein."

„Du bist ein wunderbarer Tänzer."

„Ich weiß", meinte Colby strahlend. „Aber du bist auch nicht schlecht. Ich habe Schlimmeres erwartet." Die Bemerkung brachte ihm einen Klaps von William ein.

15

WILLIAM WAR während der Fahrt eingenickt. Als der Wagen langsamer wurde, kam er wieder zu sich. Blinzelnd sah er aus dem Fenster, konnte in der Dunkelheit aber nichts erkennen.

„Äh, Will?", sagte Colby leise.

„Ja?"

„Ich dachte … Also, es ist schon spät. Wenn ich jetzt nach Hause fahre, wecke ich wahrscheinlich Opa und Mom. Außerdem habe ich meine andere Kleidung bei dir gelassen. Kann ich vielleicht hier im Haus übernachten?"

William wurde mit einem Schlag hellwach und sein Herz fing an zu klopfen. „Äh, sicher. Kein Problem."

Einen Augenblick später bog Colby von der Straße auf den Schotterweg ab. Das Licht der Scheinwerfer wurde von der Nacht verschluckt und die Zivilisation schien meilenweit entfernt. William sorgte sich, dass plötzlich Kühe auf dem Weg auftauchen könnten. Aber die waren jetzt wahrscheinlich alle schon in ihrem Stall. Er musste über seine Nervosität schmunzeln, weil ihm klar wurde, dass sie nicht vom Alkohol verursacht war. Das Bier hatte längst seine Wirkung verloren.

William stieg aus und öffnete das Tor. Colby fuhr durch und hielt am Wegrand, um auf ihn zu warten. Als sie am Haus ankamen, stellte er den Wagen schräg auf dem Parkplatz ab, ohne Rücksicht auf die Markierungen zu nehmen. William verkniff sich eine Bemerkung, obwohl es ihn irritierte.

Sie betraten die Halle und stellten fest, dass sie beide dringend pinkeln mussten. Aber es gab nur eine Toilette, und jeder wollte der Erste sein. Lachend rannten sie durch den Gang. Mit seinen längeren Beinen gewann William, aber Colby griff nach der Klinke und verhinderte gerade noch rechtzeitig, dass William die Tür hinter sich schließen konnte. „Beeil dich, ich kann nicht mehr lange warten", sagte er zu William und trippelte auf und ab wie ein kleines Kind.

William konnte sich nicht vorstellen, dass sie beide in dem kleinen Raum Platz finden würden; jedenfalls nicht, ohne dass es Gedränge gäbe. Und beim Pinkeln wollte er kein Gedränge. Also beeilte er sich, so gut es ging. Er war kaum fertig und kam nicht mehr dazu, die Spülung zu betätigen, als sich Colby auch schon an ihm vorbeidrängelte. William überließ ihn seinem Geschäft und ging in die Küche, um sich die Hände zu waschen. Dann sah er aus dem Fenster in die Nacht hinaus.

„Hast du Durst?", fragte er, als Colby in die Küche kam. „Oder Hunger? Ich habe noch Chips …"

„Nein, danke."

William folgte ihm ins Wohnzimmer und schaltete die Nachttischlampe an, die den Raum in ein mildes Licht tauchte. Keiner sagte ein Wort, bis Colby das Schweigen brach. „Ich nehme das Sofa, es ist groß genug für mich. Ab und zu hat es auch Vorteile, so klein zu sein."

„Du kannst bei mir im Bett schlafen." Es war schließlich ein großes Bett.

Colby ließ sich nicht zweimal bitten. Er schlüpfte aus seinem Hemd und warf es zur Seite. Dann kickte er seine Schuhe in eine Ecke und zog die Socken aus. Hose und Unterhose folgten. Vollständig bekleidet stand William da und starrte mit offenem Mund auf den nackten Mann.

Oh ja, Colby war wirklich wunderschön.

William hatte schon vorher Colbys Arme und seine Brust gesehen, die nicht übermäßig muskulös, aber sehr ansprechend geformt waren. Seine Beine waren ebenfalls schlank und wohlgeformt. Seine Hüften waren schmal und William konnte von oben bis unten kein einziges Haar an seinem Körper entdecken. Colbys Haut war braun gebrannt und glänzte golden im Licht der kleinen Lampe. Sein Schwanz hatte genau die richtige Proportion. Er kam William vor wie eine alte, griechische Statue, wie ein mystisches, schelmenhaftes Wesen aus einer anderen Welt.

„Ich halte mich fit und trainiere viel. Wenn ich nicht im Laden bin, habe ich mehr als genug Zeit."

William brachte kein Wort über die Lippen. Er stand da, war wie erstarrt. Vielleicht war er ja selbst die Statue.

Colby legte den Kopf zur Seite und sah ihn mit einem anzüglichen Grinsen an. Dann drehte er sich langsam um und präsentierte William seine Rückseite. *Oh Gott!* William hatte sich bereits eine Vorstellung von Colbys Hinterteil gemacht, als er ihn in den Radlerhosen gesehen hatte. Aber es war kein Vergleich zur Wirklichkeit, zu der weichen Haut, die sich über zwei perfekt gerundete Arschbacken spannte. Sie schienen William geradezu einzuladen, sie zu berühren. Zu lecken. Zu drücken. Colby lachte ihm über die Schulter zu und wackelte neckend mit den Hüften.

„Äh", meinte William. Er hätte vielleicht noch mehr gesagt, aber Colby hatte sich wieder umgedreht und William konnte sehen, dass sein Schwanz mittlerweile halb hart war. Vor Williams Augen richtete er sich zu seiner vollen Größe auf. Er war leicht gebogen. Colbys Eier waren rosa und genauso perfekt wie der Rest.

„Es ist sexy, so bewundert zu werden", sagte Colby. „Sagen Sie, Dr. Lyon, bin ich ein Narzisst?"

„Du bist …" William musste schlucken. „Du bist umwerfend."

Colby verbeugte sich vor ihm mit einer ausholenden Geste. „Es ist mir ein Vergnügen", sagte er und richtete sich wieder auf.

William wollte ihn berühren, aber Colby war zu weit entfernt.

„Es war ein langer Tag, Will. Aber … bist du heute noch fit für einen Fortgeschrittenenkurs?" Colby sah an sich herab. „Ich schon." Als er wieder aufsah, war das verschmitzte Lächeln in sein Gesicht zurückgekehrt. Aber seine Miene zeigte noch etwas anderes, und William konnte es nicht so recht deuten.

Er wusste, dass er Colbys Angebot ablehnen sollte. Er war es gewohnt, ‚Nein' zu sagen, hatte es sein ganzes Leben lang geübt. Aber Colby lächelte ihn an, Colby war nackt und erregt, und Colby war mehr, als William sich je erträumt hatte.

„Ja", antwortete er.

Colby klatschte in die Hände und sprang in die Luft. „Ausziehen."

„Aber …"

„Das ist nur fair."

Colby hatte ihn zwar schon ohne Hemd gesehen, aber William fühlte sich extrem verlegen und unsicher, als er sein Hemd und das T-Shirt auszog. Nachlässig warf er die Kleidung auf einen Stuhl, anstatt sie, wie es sonst seine Gewohnheit war, direkt in die Waschmaschine zu stecken. Er streifte die Slipper von den Füßen und zog seine Jeans aus. Blieb nur noch die Unterhose, die Colby früher am Abend kritisiert hatte. Er holte tief Luft, dann zog er auch sie aus.

William war dünn und blass. Auf der Brust und dem Bauch hatte er einige spärliche Haare. Er wäre nie auf den Gedanken gekommen, sie abzurasieren oder sich zu wachsen, so wie Colby es offensichtlich mit seinem Schamhaar gemacht hatte. Williams Schwanz entsprach dem Durchschnitt – er hatte sich die Statistiken angesehen. Nichts an William erinnerte an eine griechische Statue; er war ein großer, dünner Mann, der zu viel Zeit vor dem Computer, aber zu wenig im Freien oder beim Sport verbrachte. Colby war außergewöhnlich und etwas Besonderes. William war … na ja.

Natürlich konnte das Colby nicht entgangen sein, deshalb wirkte er jetzt nicht enttäuscht. Mit seinem üblichen Lächeln auf den Lippen kam er langsam auf William zu, dem immer noch etwas mulmig zumute war.

„Wow", sagte Colby. Er sagte noch mehr, aber William konnte seinen Worten nicht folgen, weil Colby in diesem Augenblick die Hände auf Williams Hüften legte und ihre Körper sich berührten. Colby legte den Kopf an Williams Schulter, so wie vorhin, als sie in dem Club getanzt hatten. Aber dieses Mal gab es keine trennende Kleidung zwischen ihnen. William hob die Arme, die steif an seiner Seite gehangen hatten, und legte die Hände auf Colbys Hintern.

„Alles in Ordnung?", fragte Colby flüsternd.

„Ja."

„Du bist noch schwul und hast deine Meinung nicht geändert?"

„Nein", lachte William. „Und selbst wenn ich mir unsicher gewesen wäre, hättest du mich jetzt auf den richtigen Pfad gelenkt." Er fühlte Colbys Lächeln auf der Haut.

„Ja. Aber du folgst nicht blind", erwiderte Colby. Er nahm die Hände von Williams Hüften und streichelte ihm über die Seite und den Rücken. „Ich kann deinen Herzschlag hören."

William konnte ihn kaum verstehen, so laut rauschte ihm das Blut in den Ohren. Aber er konnte Colby fühlen – die glatte Haut von Colbys Hintern unter seinen Händen, Colbys harten Schwanz an seiner Hüfte, Colbys feuchte, warme Zunge an seiner Haut und – oh Gott! – seinem Nippel.

Colby presste seinen Hintern fester in Williams Hände. „Ich liebe deine Hände", murmelte er und seine Zunge glitt über Williams Brust zu dem anderen Nippel. „Du hast so wunderbar lange, elegante Finger. Wie ein Pianist."

William keuchte leise. Noch nie hatte jemand irgendetwas an ihm als elegant bezeichnet. Er suchte nach einer passenden Erwiderung, aber sein Mund wollte nicht gehorchen. Dann spielte es auch keine Rolle mehr, denn Colby zog seinen Kopf zu sich herab und küsste ihn. Colbys Zunge strich zart über Williams Lippen, bis er den Mund öffnete und sie einließ. William hätte beinahe gelacht, denn Colby schmeckte nach Zucker. Wahrscheinlich lag es an der Cola, die er getrunken hatte. Aber andererseits – wie sonst sollte Colby schmecken, wenn nicht süß?

Es war ein schöner Kuss, der Williams Herz schneller schlagen ließ. Seine Knie zitterten leicht. Dann schob Colby eine Hand zwischen ihre Körper und legte sie um Williams Schwanz. Sie hatte keine Schwielen und war nicht sehr groß, aber es war eine starke Hand. Es bestand kein Zweifel daran, dass es die Hand eines Mannes war.

„Oh", keuchte William und unterbrach ihren Kuss.

„Wollen wir ins Bett gehen?", fragte Colby. William war erleichtert, dass sich Colbys Stimme genauso atemlos anhörte, wie er selbst sich fühlte.

„Ja."

Als wollten sie den Kontakt nicht verlieren, bewegte sich keiner der beiden von der Stelle. Colbys Hand um Williams Schwanz bewegte sich beständig auf und ab, bis William fast glaubte, Sterne zu sehen. Er griff fester zu und drückte Colbys Arschbacken; dann küssten sie sich wieder, diesmal leidenschaftlicher und tiefer, als je zuvor.

William fühlte ein Kribbeln in der Wirbelsäule und den Hoden. Mühsam schaffte er es, sich etwas von Colby zurückzuziehen. „Ich …"

„Ja. Bett oder Ende."

Sie hielten sich an den Händen und gingen durch das Zimmer zum Bett.

Colby riss ungeduldig die Decke zur Seite und schob William rückwärts aufs Bett. Bevor William so recht kapierte, was vor sich ging, war Colby auf ihn gekrochen und bedeckte ihn mit seinem warmen, harten Körper. Einen langen Augenblick sahen sie sich nur an. William fühlte sich wie betrunken, während Colby einen ungewöhnlich ernsten Eindruck machte. „Du fühlst dich so gut an, William", flüsterte er.

William hatte das Gleiche gedacht. Er liebte es, wie perfekt Colby sich an ihn schmiegte. Er liebte den harten Körper, die kräftigen Muskeln, die sich an ihn drückten. Und am meisten liebte er Colbys Arsch, von dem sich seine Hände wie magisch angezogen fühlten.

Colby lachte tief und wackelte mit dem Hintern, als Williams Hände zugriffen. „Ich wünschte, ich könnte dich in mir spüren. Es wäre so gut, Will."

„Ich … ich …"

„Zu viel und zu früh. Und vergiss die Bohnen nicht."

Sie mussten lachen. Es war ein unerwartet wunderbares Gefühl, mit einem nackten, sexy Mann im Bett zu liegen und mit ihm lachen zu können. William war durch die Pornofilme schon klar geworden, dass Sex mit einem Mann nicht die harte, raue Sache sein musste, die er sich immer darunter vorgestellt hatte. Es konnte auch zärtlich sein und es konnte einfach Spaß machen. Aber aus irgendeinem Grund hatte er diese Erkenntnis nie auf sich selbst bezogen.

Colbys Lippen und Zunge liebkosten sein Kinn, seinen Hals und seine Schultern, dann glitten sie über seine Brust zu seinem Bauch. William konnte nicht genug davon bekommen. Seine Hände erkundeten jeden Quadratzentimeter von Colbys Körper, als müsste er anschließend aus dem Gedächtnis eine Karte erstellen. Colby küsste Williams Eier und die Spitze seines Schwanzes. William erschauerte, als er die feuchte Zunge spürte, die ihm über die Eichel leckte.

„Du schmeckst so gut", murmelte Colby.

William fragte sich, wie der Schwanz eines anderen Mannes wohl schmeckte. Salzig?

Heute würde er das wahrscheinlich nicht mehr herausfinden, denn Colby kam wieder nach oben gekrochen. Er schob sich vorsichtig zwischen Williams Beine und legte sich auf ihn, bis sein harter Schwanz Seite an Seite mit Williams eigenem Schwanz zu liegen kam. Dann nahm Colby sie beide in die Hand, drückte sie aneinander und fing an, sie zärtlich zu reiben.

William griff mit beiden Händen nach Colbys Hüften. Er wollte ihn festhalten, wollte ihn nie wieder gehen lassen. Aber Colbys konzentrierter und entrückter Gesichtsausdruck sagte ihm, dass diese Aufforderung wahrscheinlich überflüssig war. Colby sah William direkt in die Augen. Sein Blick war leidenschaftlich und sein Atem ging keuchend.

William war vollkommen überwältigt. Er stellte sich vor, wie die Hormone und Neurotransmitter durch seinen Körper schossen, wie sämtliche Nervenzellen gleichzeitig stimuliert wurden und wie die Synapsen in seinem Gehirn aufblitzten wie Millionen kleiner Wunderkerzen. Das Einzige, was ihn noch zusammenhielt, war das Gesicht des wunderbaren Mannes, der auf ihm lag. Colby.

Das hatte nichts mehr mit dem zu tun, was er vor dem Computer empfunden hatte, als er sich die Filme angesehen und dazu masturbiert hatte. Colby war hier, war Wirklichkeit.

„Oh Gott! Gott, Will!", schrie Colby. Dann war ein leiser, fast erstaunter Ton zu hören und William fühlte, wie Colbys warmer Samen sich zwischen ihren Körpern ausbreitete.

„Oh", war alles, was William noch sagen konnte, bevor er auch zum Orgasmus kam. Sein Körper zuckte unkontrolliert und ihm wurde fast schwarz vor Augen.

Colbys Hand bewegte sich noch einige Male auf und ab, bis es beinahe zu viel wurde. Dann ließ er sich schwer auf William fallen. „Oh Gott", sagte Colby noch einmal, dann holte er tief Luft.

Williams Gehirn nahm nach einiger Zeit wieder seinen Dienst auf und er machte sich Sorgen. „Es tut mir leid. Ich war mir nicht sicher … Ich wusste nicht …"

„Schh." Colby legte ihm den Finger an die Lippen. Es war ein feuchter, klebriger Finger, und William konnte ihn daran schmecken. Konnte sie beide daran schmecken. „Du warst wunderbar, Will."

„Aber ich …"

„Still. Du bekommst eine Eins plus. Kein Widerspruch." Er trommelte mit den Fingern der anderen Hand an Williams Brustkorb, bis der anfing, sich hin und her zu winden. „Und du bist kitzelig! Mann, wenn ich das vorher gewusst hätte. Nun, ich merke es mir für das nächste Mal und …" Colby verstummte und sah ihn ausdruckslos an.

„Was ist los?" William versuchte sich aufzusetzen.

Colby stieß ihn auf die Matratze zurück. „Nichts." Er lächelte zurückhaltend. „Willst du dich noch abwaschen? Oder hat es Zeit bis morgen Früh?"

William konnte sich nicht vorstellen, es bis ins Badezimmer zu schaffen. Er war total erschöpft und es war schon spät. „Morgen."

„Gut." Colby rollte von William herunter und sie zogen die Decke über sich. William löschte das Licht. Nach einigem Hin und Her rutschte Colby an Williams Seite und presste sich mit dem Rücken an dessen Brust. William legte den linken Arm um Colbys Hüfte und schob ihm den rechten unter den Kopf. Der Arm würde ihm wahrscheinlich einschlafen, aber das war William im Moment egal. Er hätte nicht erwartet, dass Colby ein Kuscheltyp war. Aber es war ein gutes Gefühl, ihn in den Armen zu halten.

„Normalerweise übernachte ich nicht in fremden Betten", murmelte Colby. Er schien schon halb zu schlafen. „Is' schön."

William drückte ihm einen Kuss in den Nacken. Kurz darauf war er ebenfalls eingeschlafen.

16

WILLIAM BLIEB reglos liegen, als er am nächsten Morgen aufwachte. Colby schlief noch. Er lag mit dem Gesicht William zugewandt, den Arm hatte er ihm über die Hüfte gelegt. Ihre Beine waren ineinander verschlungen. Mit seinen verstrubbelten Haaren und dem leicht offen stehenden Mund sah Colby sehr jung aus.

Dann wachte er ebenfalls auf. William war sich nicht sicher, was er erwartet hatte, in Colbys Gesicht zu sehen. Verwirrung? Bedauern? Aber Colby öffnete nur seine blauen Augen und lächelte ihm verschlafen zu. „Morgen", begrüßte er William.

„Guten Morgen."

„Weißt du, was das Beste daran ist, wenn man zusammen aufwacht?"

„Was?"

Colby sah ihn verschmitzt an. „Die Morgenlatte." Bevor William ihm darauf antworten konnte, war Colby schon unter die Decke gekrochen und machte sich direkt auf den Weg zu Williams Schwanz.

Acht Stunden nach seiner ersten sexuellen Erfahrung mit einem Mann bekam William seinen ersten Blowjob. Er fühlte sich nicht in der Lage, ein kompetentes Urteil abzugeben – Lisa war an Oralsex nie sehr interessiert gewesen –, aber er war sich doch ziemlich sicher, dass Colby sehr gut darin war. In nahezu peinlich kurzer Zeit fing William an zu keuchen und ergoss sich in Colbys Mund.

Colby kam mit einem breiten Grinsen wieder unter der Decke hervor. „Morgen!"

„Ich … ich habe nicht den Hauch einer Erfahrung mit so was."

„Dann lass es uns anders probieren." Colby griff nach Williams Hand und legte sie um seinen eigenen, harten Schwanz. „Einfach nur drücken und reiben, Will. Wie du es bei dir selbst machen würdest."

Aber es hatte ganz und gar nichts mit dem zu tun, was William mit sich selbst machte. Der Winkel war natürlich ein anderer, aber auch das Gefühl in seiner Hand war gänzlich unvergleichbar. Colbys Schwanz fühlte sich absolut verschieden von Williams` an, obwohl sie sich in der Größe kaum unterschieden. William stellte bald fest, wie sehr er es genoss, mit Colbys Schwanz zu experimentieren. Er probierte verschiedene Bewegungen aus, berührte ihn an den unterschiedlichsten Stellen – Schwanz, Eier und Perineum – und wartete dann Colbys Reaktion ab. Manchmal stöhnte Colby und seine Hüften zuckten, dann wieder schloss er die Augen und ließ den Kopf aufs Kissen fallen. Es war, als würde William auf einem Musikinstrument spielen, und Colby war das dankbarste Publikum, das er sich vorstellen konnte.

„Oh Gott, Will … ja, so. Wie …" Colby griff nach Williams Haaren und zog ihn zu einem leidenschaftlichen Kuss zu sich herab. Es war ein merkwürdiges Gefühl, den eigenen Samen im Mund eines anderen Mannes zu schmecken. Aber es war nicht unangenehm. Colby schien Williams schlechten Atem nicht zu bemerken. Vielleicht bemerkte er im Moment überhaupt nicht mehr allzu viel, denn ohne den Kontakt zu Williams Lippen zu verlieren, erbebte Colby und kam zum Höhepunkt.

William streichelte ihm sanft über die Hüften, bis Colby seufzend den Kuss beendete. „Das war schön, Will", sagte er. „Der beste Teil am Aufwachen. Wie fühlst du dich heute Früh?"

„Im Moment ziemlich gut."

„Gut. Ich hatte befürchtet, dass du nach gestern Nacht vielleicht … ausflippst."

„Nein, kein rückblickendes Bedauern und Ausflippen", erwiderte William wahrheitsgemäß.

„Nun, das macht mich stolz, Padawan. Du warst ein tapferer kleiner Schüler." Colby setzte sich auf und streckte sich. „Und ich sollte deine Gastfreundschaft jetzt nicht weiter strapazieren."

„Schon gut. Du kannst gerne noch bleiben. Du hast heute frei, nicht wahr?"

Colby sah ihn verblüfft an. „Ja. Aber ich muss einige Dinge für meinen Großvater erledigen, und ich … Kann ich vorher bei dir duschen? Ich fühle mich ziemlich klebrig."

William zuckte mit den Schultern. Er konnte Colbys plötzliche Eile nicht verstehen. „Sicher. Mach nur. Ich kümmere mich in der Zwischenzeit ums Frühstück."

Colby gab ihm einen schnellen Kuss auf die Wange. „Das ist perfekt."

William sah Colby nach, der sich auf den Weg ins Badezimmer machte – nackt und einfach umwerfend. Erst als William das Prasseln der Dusche hörte, stand er schwerfällig auf und zog die Unterhose und die Jeans vom gestrigen Abend an. Sie lagen immer noch auf dem Stuhl, auf dem er sie gestern abgelegt hatte. In der Küche versuchte er erfolglos, seine Haare mit den Fingern halbwegs zu bändigen. Dann wusch er sich die Hände.

Der Kaffee war gerade fertig, als Colby mit feuchten Haaren und einem Handtuch um die Hüften in der Küche auftauchte. „Das riecht ja köstlich, Will."

William lächelte ihm zu und schlug einige Eier in die Pfanne.

Als das Frühstück auf dem Tisch stand, trug Colby wieder seine engen Jeans und das ‚Total Dance Whore'-Shirt. Sie aßen gemütlich und unterhielten sich dabei über den gestrigen Abend und das Wetter. Colby erzählte begeistert von seinen Lieblingsgerichten im ‚Dos Hermanos'. Danach ging William ins Bad, um sich zu waschen und anzuziehen. Colby spülte das Geschirr, was William absolut liebenswert fand.

Natürlich fuhr er Colby anschließend nach Hause. Die Fahrt verlief zum größten Teil schweigsam. Colby wirkte etwas niedergeschlagen, als würde ihm etwas auf der Seele liegen. Als sie in die Stadt kamen, sagte er: „Lass mich einfach am Laden aussteigen, bitte."

William fuhr auf den Parkplatz. Er hielt neben dem Eingang zum Laden, stellte aber den Motor nicht ab. Colby drehte sich zu ihm um. „Wirst du ihn anrufen? Steve, meine ich."

William blinzelte ihn überrascht an. „Ich ... also ich ..."

„Er kommt mir nämlich recht nett vor. Ich wette, er ist dein Typ. Aber wenn du einen anderen kennenlernen willst – oder mehrere andere –, können wir ja noch mal nach Fresno fahren."

„Aber ... ich dachte ..."

Colby öffnete die Tür und sprang, die Plastiktüte mit seiner Kleidung in der Hand, aus dem Wagen. „Danke, dass ich dein Erster sein durfte, Will. Ich glaube, das ist mir noch nie passiert. Es ist etwas ganz Besonderes." Ohne Williams Antwort abzuwarten, schlug er die Tür zu und ging davon.

18. AUGUST 1942

Mein liebster Johnny,

es ist langer her, dass ich Papier und einen Bleistift hatte. Es ist ... oh, Johnny, es ist mein Ende gewesen.

Vermutlich hast du mich längst vergessen. Es ist wohl auch besser so. Bei Weitem besser als mein eigenes Schicksal. Weißt du, wenn ich nicht so stur gewesen wäre ... aber ich war schon immer ein Sturkopf. Vater hat mich deswegen oft verprügelt, und dir bin ich damit auch manchmal auf die Nerven gegangen. Dabei habe ich dich immer wegen deiner unkomplizierten Art bewundert und mir gewünscht, ich könnte genauso sein.

Dr. Fitzgerald hat gesagt, dass er mich heilen kann. Ich hatte Angst, dass er wieder die Insulintherapie meint. Oder vielleicht eine der neuen Methoden, ich glaube, sie nennen es Elektroschock. Sie geben den Patienten einen elektrischen Schlag und lösen damit einen Anfall aus. Angeblich soll das heilend wirken. Es ist zur Zeit die neueste Mode in der Psychiatrie und sehr beliebt hier. Ich habe mit einigen Insassen gesprochen, die so behandelt worden sind. Sie sagen, es tut nicht sehr weh, weil man gleich bewusstlos wird. Aber es macht sie nachgiebig und verwirrt, sie können sich an vieles nicht mehr erinnern. Meine Erinnerungen sind das Beste, was ich noch habe. Sie sind das Einzige, was ich noch habe. Ich will nicht, dass sie mir auch noch genommen werden.

Aber Dr. Fitzgerald hat von etwas anderem gesprochen. Es ist eine Methode, die speziell für Patienten wie mich entwickelt wurde. Für Perverse.

Willst du wissen, was sie mit mir gemacht haben? Sie haben mich nicht um meine Erlaubnis gefragt. Vermutlich war das nicht nötig, weil mein Körper und mein Verstand der Anstalt gehören. Ich weiß auch nicht, ob sie meine Eltern gefragt haben. Ich habe schon lange nichts mehr von ihnen gehört, und der gute Doktor spricht auch nicht mehr über sie. Sie haben mich noch nicht mal vorgewarnt. Ich bin einfach in den Behandlungsflügel gebracht worden. Für eine Untersuchung, wie Dr. Fitzgerald meinte. Ich musste mich auf ein Bett legen und sie haben mir eine Maske übers Gesicht gestülpt, bis ich eingeschlafen bin. Als ich wieder aufwachte ...

Kannst du dir vorstellen, was aus mir geworden ist? An deiner Stelle würde ich jetzt wahrscheinlich nicht weiterlesen. Aber du kannst meine Briefe ja sowieso nicht lesen, oder?

Ich will dir die unmittelbaren Nachwirkungen der Operation ersparen. Es war schmerzhaft und ... schrecklich. Ich hatte eine langwierige Infektion. Manchmal mussten sie mich ans Bett fesseln. Dr. Fitzgerald stand vor mir und sagte, es wäre nur zu meinem Besten. Bald wäre ich ihm dafür dankbar.

Mein Penis ist noch heil, falls dich das beruhigt. Jedenfalls dafür kann ich dankbar sein. Dr. Fitzgerald hat mir alle möglichen lustigen Geschichten über Eunuchen erzählt, die sich zum Pissen hinhocken oder die sich zustöpseln mussten, weil sie inkontinent waren; manche mussten auch ein Röhrchen benutzen, um überhaupt pissen zu können, weil ihr Loch zugewachsen war. Ich kann immer noch im Stehen pissen. Bin ich nicht ein Glückspilz?

In den Monaten nach der Operation hat mein Sexualtrieb kontinuierlich nachgelassen, so wie es der Doktor mir angekündigt hat. Selbst wenn ich allein bin oder mich im Schlafsaal unter einer Decke verstecken kann, ich fasse mich nicht mehr an und denke dabei an dich. Ich träume nicht mehr von Sex. Ich bin nicht mehr steif, wenn ich morgens aufwache. Es ist lange her, dass ich überhaupt noch steif geworden bin. Ich weiß gar nicht, ob es noch geht, und ich will es auch nicht herausfinden.

In dieser Beziehung war die Behandlung ein voller Erfolg. Ich will jetzt endgültig keinen Sex mehr mit Männern.

Aber meine Gefühle für dich bestehen ja nicht nur aus Sex – obwohl der wundervoll war. Manchmal sogar himmlisch. Aber da war auch immer die Gemeinschaft ... die Liebe. Und, mein liebster Johnny, ich liebe dich immer noch. Egal, was sie von mir auch abschneiden, daran wird sich nie etwas ändern.

Ich bin mir nicht sicher, ob du mich jemals geliebt hast. Du hast es nie gesagt, so wie ich es dir gesagt habe. Aber ich habe immer gedacht, es wäre einfach deine Art, weil du deine Gefühle selten in Worten ausgedrückt hast.

Nun, es spielt auch keine Rolle mehr. Ich habe dich trotzdem geliebt, und ich liebe dich auch jetzt noch.

Ich glaube nicht, dass Dr. Fitzgerald weiß, was Liebe ist. Er kann es einfach nicht verstehen. Er hat mir Bilder von nackten Männern gezeigt und gesagt, dass ich masturbieren soll. Als ich nicht steif geworden bin, hat er sich sehr darüber gefreut. Er hat mir mit unbewegter Miene zugesehen, wie ich es versucht habe. Ich frage mich, was wohl seine sexuellen Fantasien sind?

Dann hat er mich unter Vorbehalt für geheilt erklärt. Er hat gesagt, dass er einen Artikel über mich schreiben will, der in einer medizinischen Zeitschrift veröffentlicht werden soll.

Ich bin in einen anderen Teil der Anstalt verlegt worden, den ich bisher noch nicht gesehen habe. Er liegt nicht im Hauptgebäude, sondern besteht aus einigen kleineren Hütten im Hinterhof. Ich teile ein Zimmer mit drei anderen Männern. Sie sind angeblich alle auf dem Weg der Besserung, oder zumindest stellen sie keine Gefahr mehr für ihre Mitmenschen dar. Es gibt noch fünf andere Zimmer. Ich habe ein richtiges Bett und das ist nicht schlecht. Aber am Anfang konnte ich kaum darin schlafen, weil ich die weiche Matratze nicht mehr gewohnt war. Wir können jederzeit das Bad benutzen, und es hat eine Tür, die sich schließen lässt. Wir kochen uns unsere eigenen Mahlzeiten, wobei uns die Schwestern und zwei Angestellte, die mit uns hier leben, helfen. Ich kann dir gar nicht sagen, wie wunderbar es schmeckt, wenn man jahrelang nur diesen Abfall bekommen hat.

Tagsüber arbeiten wir in einer Werkstatt. Wir machen Möbel und reparieren kleine Sachen. Am Anfang ist es mir sehr schwer gefallen. Weißt du noch, wie tollpatschig ich immer war? Aber es war gut, beschäftigt zu sein. Abends durften wir sogar Radio hören. Ich hatte so lange keine Nachrichten mehr gehört, Johnny. Kannst du dir meinen Schock vorstellen, als ich von dem neuen Krieg erfahren habe? Und er ist so weit weg.

121

Samstags dürfen wir und einige andere Patienten in der Halle einen Film sehen. Am Sonntag gibt es in der gleichen Halle einen Gottesdienst.

Sie dachten wohl, Johnny, sie müssten mich nicht mehr einschließen. Aber sie wussten nicht, was sie mit mir anfangen sollten, weil mich niemand aufnehmen wollte. Ich habe Gespräche belauscht, in denen sie darüber geredet haben, eine einfache Arbeit für mich zu finden. Als Hausmeister oder so.

Wenn ich gewartet hätte, wäre ich wahrscheinlich irgendwann wieder freigekommen. Aber ich konnte nicht mehr warten. Ich habe die Nachrichten über den Krieg gehört und musste an dich denken. Ich hatte Angst, dass du ein Soldat wirst. Vielleicht warst du ja schon im Krieg und an jedem Tag, der verging, hast du dich weiter und weiter von mir entfernt.

Ich glaube, in der Tiefe meines Herzens wusste ich damals schon, dass ich dich verloren habe. Aber ich wollte es mir nicht eingestehen. Ich konnte es einfach nicht. Was wäre mir ohne dich noch geblieben? Ich hatte meine Familie verloren und kann keine Kinder mehr bekommen. Und wer will noch einen Geliebten, der sich nicht für Sex interessiert? Wer will einen Freund, der nicht mehr ist als eine zerbrochene Hülle, ein Verrückter, ein Monster?

Also bin ich geflohen.

Ich habe mir alle erdenkliche Mühe gegeben. Ich bin nachts aufgebrochen, habe mich aus der Hütte und über das Gelände geschlichen. Den Wächtern konnte ich im Dunkeln gut ausweichen, ihre Stiefel und Schlüssel sind so laut, dass sie schon von weit weg zu hören waren. Außerdem konnte ich ihre glimmenden Zigaretten aus der Ferne sehen. Es gibt nur einen Zugang auf das Gelände, nur eine Straße, über die man die Anstalt erreichen kann. Ihr bin ich gefolgt, bis ich auf eine größere Straße gestoßen bin. Ich hatte nur eine vage Vorstellung, in welche Richtung ich gehen musste. Also habe ich mich im Gebüsch versteckt und auf den Tag gewartet.

Am Morgen kommen die Autos, Busse und Lastwagen mit dem Personal auf das Gelände. Das wusste ich. Ich habe sie genau beobachtet und bin dann in die Richtung gegangen, aus der die meisten Wagen kamen. Von der Straße habe ich mich ferngehalten. Die Gegend ist nur dünn besiedelt, sodass es mir nicht schwergefallen ist, unentdeckt zu bleiben.

Ich trug meinen Schlafanzug, die Anstaltskleidung. Aber dann bin ich zu einem Bauernhof gekommen und habe eine Frau gesehen, die ihre Wäsche aufhängt. Als sie ins Haus *zurückgegangen ist, habe ich eine Hose und ein Hemd gestohlen. Ich bin darauf nicht sehr stolz, Johnny. Ich bin kein Dieb. Die Familie war wahrscheinlich sehr arm, denn die Kleider waren alt und geflickt. Aber ich hatte noch weniger.*

Nach langer Zeit bin ich schließlich in eine kleine Stadt gekommen. Es gab dort nicht viel – einen Laden, ein Postamt, ein Café und eine Tankstelle. Ich hatte fürchterlichen Hunger, aber kein Geld, um mir etwas zu essen zu kaufen. Trotzdem bin ich in den Laden gegangen und habe dort eine Geschichte erzählt. Ich wäre auf der Suche nach meinem Cousin, Johnny Taylor, habe ich erzählt und den Ladenbesitzer gefragt, ob er von ihm gehört habe. Ich habe dich sogar beschrieben. Aber der Mann hatte nie von dir gehört und er hat mir versichert, dass er jeden Menschen in der Stadt kennt. Vielleicht hat er sich sogar gedacht, dass ich aus der Anstalt geflohen bin. Meine fürchterliche Frisur war mit Sicherheit ein deutlicher Hinweis. Aber er hat nichts darüber gesagt.

Ich beschloss, nach Norden zu gehen. Nach Hause. Vielleicht warst du ja noch dort, und wenn nicht, konnte mir vielleicht jemand sagen, wo du hingegangen bist. Ich habe einen Farmer gefunden, der mich auf seinem Laster mitgenommen hat. Wahrscheinlich hatte er Mitleid mit mir, denn er hat mir einige Äpfel angeboten, die er geladen hatte.

Ich hatte den Plan, dich zu finden. Dann könnten wir zusammen von hier weggehen. Vielleicht nach Oakland. Ich hatte im Radio gehört, dass es dort Arbeit gibt, weil so viele Männer in den Krieg gezogen sind. Wir hätten im Hafen oder einer Reederei arbeiten können, um unser Land zu unterstützen. Na ja, zumindest du hättest das tun können. Ich bin mir nicht sicher, ob ich für eine solche Aufgabe sehr nützlich gewesen wäre. Aber sicherlich kann auch eine Reederei Buchhalter brauchen? Und du hättest dich so gefreut, mich zu sehen, dass es dir egal gewesen wäre, was sie mit meinem Körper angestellt haben.

Wir würden glücklich sein bis an unser Lebensende.

Ja, ja. Es war ein närrischer Plan. Ich habe so lange hinter Gittern gesessen, habe meine ... meine Menschlichkeit verloren, Johnny. Vielleicht haben die Anstalt, das Insulin und die Operation auch mein Gehirn angegriffen. Vielleicht bin ich jetzt wirklich nicht mehr bei klarem Verstand.

Ich kam zu Hause an. Der Farmer setzte mich im Stadtzentrum ab. Ich bin direkt auf die Hauptstraße und zu deinem Haus gegangen. Ich habe mir dein überraschtes Gesicht vorgestellt, wenn du von der Arbeit an einem deiner Autos aufblickst und ich vor dir stehe!

Aber Edward hat mich zuerst gesehen.

Es war ein verdammter Zufall. Oder jemand hat mich erkannt, ist in unser Geschäft gelaufen und hat dort Bescheid gesagt. Wie auch immer, ich bin um die Ecke gekommen und direkt in ihn hineingelaufen.

Ich habe noch versucht wegzulaufen. Wirklich. Aber der Bastard war schon immer schneller und stärker als ich. Seit ich ihn das letzte Mal gesehen hatte, war er dicker geworden. Aber er hat mich trotzdem eingeholt und mich auf den Boden geworfen. „Polizei!", hat er geschrien. „POLIZEI!"

Noch vor Sonnenuntergang war ich zurück in der Anstalt.

Und jetzt bin ich wieder in meiner alten Zelle. Dieses Mal haben sie mir sogar die Matratze und die Kleidung abgenommen. Ich muss aufpassen, dass ich nicht nach unten blicke. Es wird mir schlecht, wenn ich die Narben sehe und an die Operation denke. Mein Papier, der Bleistift und die Blechdose waren noch da, sicher in der Wand verborgen. Ich bin froh darüber. Ich habe es vermisst, dir schreiben zu können, Johnny. Ich habe es vermisst, obwohl du meine Briefe nie lesen wirst. Aber solange ich sie schreiben kann, habe ich die Hoffnung, dass noch jemand an mich denkt. Solange kann ich mir einbilden, dass ich mehr bin als ein lebender Schatten.

Nun ja, Dr. Fitzgerald denkt auch noch an mich. Er redet immer noch von Heilung. Ich glaube, er weiß selbst nicht mehr, wovon er mich eigentlich heilen will. Vermutlich von mir selbst. Vielleicht hält er sich für einen modernen Frankenstein, der aus den Resten von Toten einen neuen Menschen schaffen kann. Oder er will mich nur zerstören. Ich weiß es nicht.

Gestern haben sie mich in sein Büro gebracht. Er hat sich nicht mehr die Mühe gemacht, mir Fragen zu stellen. Stattdessen hat er sich meinen Kopf angesehen, als ob er ein großes Rätsel wäre. Und er hat sich Notizen gemacht. Habe ich dir schon erzählt, dass er beim Schreiben manchmal Selbstgespräche führt? Ich habe das noch nie gemacht. Er hat auf seinen Block gekritzelt und vor sich hin gemurmelt. Ich habe nicht viel davon verstanden, es waren meistens medizinische Fachausdrücke. Aber er hat festgestellt, dass ich ein guter Kandidat bin für etwas, das er die Freeman-Watts-Methode nannte. Ich kann nur hoffen, dass es nichts mit Insulin oder Elektroschocks zu tun hat, und dass sie mir nicht wieder etwas abschneiden.

*Wenn ich meinen nächsten Fluchtversuch unternehme,
werde ich mich klüger anstellen. Ich werde mit Sicherheit nicht
nach Hause zurückkehren. Ich hoffe nur, dass ich dich dann
finden werde, Johnny. Bis dahin wirst du immer in meinem
Herzen sein.*

  Für immer der Deine,
  Bill

IN DER Blechdose lagen noch sechs weitere Blätter Papier. Aber sie waren unbeschrieben.

17

WILLIAM HATTE die Frauen nie wirklich verstanden. Es war auch keine große Überraschung für ihn. Soweit er wusste, ging das allen Männern so, egal, ob sie schwul oder heterosexuell waren. In der Zeit, als er noch mit Frauen ausging, und später, während seiner Ehe mit Lisa, war er oft vollkommen ratlos gewesen, wie er sich verhalten sollte. Er wünschte sich manchmal, es gäbe ein Handbuch für den Umgang mit Frauen. Oder zumindest ein Wörterbuch, um sie richtig zu verstehen.

Einer der Vorteile seiner Homosexualität, so hatte er angenommen, wäre, dass diese Kommunikationsprobleme keine Rolle mehr spielten. Er verstand die Männer; da konnte es keine Missverständnisse mehr geben.

Diese Annahme stellte sich als falsch heraus. Während der nächsten zwei Wochen versuchte er alles, um zu verstehen, was mit Colby los war. Er hatte keinen Erfolg damit.

Am Donnerstag hörte William nichts von ihm. Aber das lag vielleicht daran, dass Colby an seinem freien Tag etwas für seine Familie erledigen musste. Am Freitag hatte William die brillante Idee, bei ‚Dos Hermanos‘ Abendessen zu besorgen. Er ging in den Laden, um Colby einzuladen und mit ihm gemeinsam zu essen. Aber hinter der Kasse fand er nur Cammie vor, die gelangweilt in einem Magazin blätterte.

„Äh, hallo“, sagte er. „Ist Colby beschäftigt?“

Im Gegensatz zu Colby, der immer ein Lächeln auf den Lippen hatte, war seine Mutter eine Meisterin der Ausdruckslosigkeit. „Er ist nicht hier.“

„Oh. Ich dachte, seine freien Tage sind am Mittwoch und am Donnerstag.“

„Der Junge arbeitet zu viel. Er hat einige freie Tage verdient.“

William gab ihr recht. „Ist er irgendwo in der Nähe oder ...“

„Er ist nach San Francisco gefahren, um Freunde zu besuchen.“

„Oh. Danke.“ William fühlte sich, als hätte ihm jemand einen Schlag in die Magengrube versetzt. Er fuhr nach Hause und machte sich ein Sandwich zum Abendessen.

Nach einigen Tagen hatte er immer noch nichts von Colby gehört. Deshalb beschloss er, ihn anzurufen. Aber er erreichte nur die Mailbox und hinterließ eine kurze Nachricht. Am Dienstag freute er sich, als eine Textnachricht von Colby eintraf. Sie war kurz und bündig. „Bin Do. zurück.“

Wenigstens machte William in dieser Zeit einige Fortschritte mit seiner Dissertation. Wenn es so weiterging, konnte er sie noch vor seinem geplanten Termin Mitte August abschließen. Dann konnte er in die Bay Area zurückkehren und wieder für Dr. Ochoa arbeiten. Bei dem Gedanken daran fühlte er sich merkwürdigerweise verloren und verlassen.

Am Donnerstagnachmittag fuhr William in die Stadt. Er hielt am Obst- und Gemüsestand, wo Missy ihn lächelnd begrüßte und ihm ein Pfund schwarzer Kirschen verkaufte. „Es ist eine gute Ernte", sagte sie, als sie den Preis in die Kasse eingab. „Süß und saftig. Und frisch. Sie sind erst heute Früh gepflückt worden."

William fuhr die kurze Strecke zum Laden zurück und wartete, bis die einzigen Kunden aus der Tür kamen und mit ihrem Wagen davonfuhren, dann betrat er das Gebäude. Colby stand in einem der Gänge und sortierte die Packungen in dem Regal mit den Nudeln. Als er Williams Schritte hörte, drehte er sich um. Sein automatisches Lächeln machte einige Wandlungen durch, bevor es schließlich wieder den professionellen Ausdruck annahm, mit dem es begonnen hatte.

„Hallo", begrüßte er William.

„Hallo. Hast du deinen Urlaub genossen?"

„Ja. Ich bin schon so lange nicht mehr hier rausgekommen, da musste ich es einfach ausnutzen, dass Mom zurzeit in der Stadt ist und mich vertreten kann. Und ich bin froh, dass es noch geklappt hat. Sie hat sich nämlich wieder mit ihrem Mann versöhnt und geht morgen zurück nach Redding." Er widmete sich wieder den Packungen mit den Nudeln.

William ging einige Schritte auf ihn zu. „Es freut mich, dass du dich etwas erholen konntest. Und dass die beiden sich wieder versöhnt haben. Hat es … Spaß gemacht?"

Colby sah ihn von der Seite an. „Sicher. Ich habe thailändisch, afghanisch und burmesisch gegessen, und ich bin tanzen gegangen. Habe mir auch neue Klamotten gekauft." Er unterbrach seine Arbeit und zeigte an sich herab: eine neue, enge Jeans und ein türkisfarbenes T-Shirt.

„Und du warst beim Frisör."

Colby strich sich mit der Hand über die Haare. „Yep." Die Haare waren kürzer geschnitten und in der Mitte nach oben gekämmt. Die blonden Spitzen waren verschwunden und die Haare komplett rotgold gefärbt. Es stand ihm gut.

Sie schwiegen und William sah Colby dabei zu, wie der das nächste Regal sortierte. Colby arrangierte sorgfältig die Gläser mit der Pastasoße um, sodass alle Etiketten nach vorne zeigten.

„Ich habe dir etwas mitgebracht", sagte William schließlich. Er hob die Papiertüte in seiner Hand an und hielt sie Colby hin.

„Wirklich?" Colby wirkte erfreut, aber auch etwas misstrauisch.

„Klar. Du hast mir ein T-Shirt gekauft und ich … hier." Er drückte Colby die Tüte in die Hand.

Colby nahm sie entgegen und sah hinein. Er strahlte begeistert, als er den Inhalt sah. „Kirschen! Oh, mein Gott! Ich liebe Kirschen!"

„Ich weiß."

Colby sah ihn lange an, dann senkte er den Blick. „Danke. Das ist wirklich nett von dir."

William folgte ihm zur Kasse. Colby öffnete die Tüte und nahm sich eine Kirsche. Er zog mit den Zähnen die Frucht vom Stiel und spuckte den Kern in die Hand. „Hier", sagte er und hielt William die Tüte hin. „Sie sind köstlich."

William nahm eine Kirsche und stimmte ihm zu. Der klebrige Kern, der seine Hand rot färbte, war allerdings weniger angenehm. Colby sah ihn an, dann rollte er mit den Augen und nahm ihm den Kern ab.

„Igitt, da ist meine Spucke dran", meinte William.

Colby zog die Augenbrauen hoch.

Na gut, er hatte ja recht.

William lächelte ihn an. „Willst du heute Abend nach der Arbeit zum Essen vorbeikommen? Ich kann wieder grillen."

Colby zog ein Gesicht, als hätte er Zahnschmerzen. „Ich kann nicht. Tut mir leid."

„Na gut, macht nichts. Äh, meinst du, ich könnte mir noch einige Bücher ausleihen? Ich habe die anderen noch nicht zurückgebracht, aber ..."

„Schon gut, ich vertraue dir. Such dir was aus."

William verbrachte viel Zeit damit, ziellos in den Regalen der Bibliothek zu wühlen. Einige Kunden – sie klangen nicht wie Einheimische – kamen und gingen. Dann hörte er Mrs. Barrett, die mit Colby eine langatmige Diskussion darüber begann, ob die Grundschule wirklich ein neues Dach brauchte. Ihrer Meinung nach war das nicht nötig. Dann beschwerte sie sich über das Design der Packung mit den Gesichtstüchern, kaufte sie aber trotzdem. Kurz darauf ging sie wieder und ein Mann mit lauter Stimme betrat den Laden, um am Postschalter ein Paket abzuholen. Er kaufte auch einige Briefmarken. Danach wurde es stiller, aber Colby kam nicht zu ihm in die Bibliothek.

William entschied sich schließlich für einen Liebesroman über einen Hochseefischer und einen Mann, der als Model arbeitete. Die beiden hatten sich offensichtlich bei einem Fototermin kennengelernt, bei dem das Boot des Fischers als Kulisse benutzt wurde. Außerdem entschied William sich noch für einen Roman von John Irving, weil das Buch ziemlich dick war.

Als William in den Laden zurückkam, räumte Colby wieder Regale ein. Dieses Mal füllte er Schachteln mit Kopfschmerztabletten auf. „Hast du was gefunden?", fragte er William.

„Ich denke schon. Ich habe mir zwei Bücher genommen."

„Viel Spaß damit."

William fühlte sich entlassen, murmelte noch einen Gruß und verließ dann den Laden.

In der nächsten Woche kam er noch dreimal zurück, um Lebensmittel zu kaufen. Colby war höflich zu ihm, aber das war auch alles. Es war fast so, als wären sie nie Freunde, geschweige denn Geliebte gewesen. William hätte fast den Eindruck gewonnen, dass Colby nichts mehr von ihm wissen wollte und ihre gemeinsame Nacht bereute. Aber jedes Mal, wenn er den Laden betrat, sah er für einen kurzen, flüchtigen Augenblick einen Ausdruck der Erleichterung und des Glücks in Colbys Gesicht. Dann jedoch verschloss sich Colby wieder und schlüpfte in seine Rolle des freundlichen Verkäufers.

Wenn William nicht gerade an seiner Dissertation arbeitete, waren seine Gedanken bei Colby. Ihm war bewusst, dass viele Menschen nicht automatisch an einer Beziehung interessiert waren, nur weil sie mit jemandem die Nacht verbracht hatten. Aber Colby hatte oft genug erwähnt, dass er sich mehr erhoffte vom Leben, und William hatte es ihm geglaubt. William dachte darüber nach, ob Colby vielleicht mit dem Sex nicht zufrieden gewesen war. Auf ihn selbst traf das mit Sicherheit nicht zu, und auch Colby hatte in dieser Nacht nicht gerade einen enttäuschten Eindruck gemacht. Oder William war einfach nicht Colbys Typ. Vielleicht wollte Colby einen Mann, der jünger, hübscher, lebensfroher und weniger unbeholfen war. Aber selbst wenn das stimmte, warum konnten sie dann nicht einfach Freunde bleiben? Sie hatten auch vor dem Sex viel Spaß zusammen gehabt.

William war mit seinem Latein am Ende. Er konnte Colbys Verhalten einfach nicht verstehen. Hatte William ihn unabsichtlich beleidigt? Oder war Colby nur daran interessiert gewesen, der erste Mann in Williams Bett zu sein? Das konnte William einfach nicht glauben. Colby war nicht der Typ, der Männer sammelte wie Briefmarken.

Fast drei Wochen nach ihrem Abend in Fresno hatte William immer noch keine Antwort auf seine Fragen gefunden. Er verbrachte den Sonntag mit Schreiben und Textkorrekturen am Computer. Als er am Abend vom langen Sitzen Rückenschmerzen bekam, ging er nach draußen, um etwas zu joggen und seine Muskeln zu lockern. Es war ein ungewöhnlich kühler Maitag gewesen und die Nachtluft ließ ihn frösteln. Er kümmerte sich nicht darum und lief nur etwas schneller, um sich aufzuwärmen. Die Kühe muhten heute besonders laut, aber William konnte nicht entscheiden, ob sie die Abkühlung genossen oder sich darüber beschwerten.

Die Bewegung tat ihm gut. Er fühlte die frische Luft in seinen Lungen und seine Muskeln entspannten sich. Als er in der Dunkelheit über einen Stein stolperte, entschloss er sich jedoch, wieder ins Haus zurückzukehren, bevor er im Dunkeln stürzen und sich ernsthaft verletzen konnte.

Er ging durch den schmuddeligen Gang zu seinem Apartment. Langsam fühlte er sich hier heimisch. Als er sein Zimmer betrat, fiel sein Blick auf die Blechdose, die er wieder in das oberste Regal gestellt hatte. Er hatte versucht, sie zu ignorieren, nachdem er Bills letzten Brief gelesen hatte. Aber er fragte sich, was wohl mit Bills Bleistift passiert war und ob irgendjemand in den letzten fünfzig Jahren die Briefe gefunden und gelesen hatte. War Johnny in den Krieg gezogen? Williams Gedanken kehrten immer wieder zu Bill zurück. Bill, der verlassene und verstümmelte Bill, dessen verzweifelter Hilferuf über ein halbes Jahrhundert in der Wand verborgen geblieben war, bevor er William erreichte. Zu spät.

William drehte sich um und ging in das Zimmer, in dem die Anstaltsakten aufbewahrt wurden. Er hatte nicht nachgedacht, und erst als er den Raum betrat, wurde ihm klar, wo er sich befand. Aber er wusste, warum er hierher gekommen war. Er musste die Akten finden. Er wollte wissen, was mit Bill passiert und was aus ihm geworden war.

William öffnete einige Schubladen und durchstöberte ihren Inhalt. Schon nach wenigen Minuten erkannte er, dass es eine Herkulesarbeit sein würde, sie alle zu durchsuchen und die richtigen Unterlagen zu finden. Es gab Tausende von Akten, die willkürlich und ungeordnet in den Schubladen lagen. Natürlich standen die Namen der Patienten auf dem Deckblatt, aber die Schrift war oft unleserlich, verblasst und kaum zu entziffern. William wurde auch klar, dass er Bills Familiennamen nicht kannte. Resigniert hockte er sich auf den staubigen Boden und stützte den Kopf in die Hände. Er ließ Bill im Stich, wie er seine Familie und Lisa im Stich gelassen hatte. So, wie er auch Colby im Stich ließ – und dieses Versagen schmerzte ihn am meisten von allen.

Verdammt! Er hatte es sich doch versprochen. Er hatte sich versprochen, nie wieder einem anderen Menschen zu nahe zu kommen. Und jetzt? Jetzt hatte er sich in den ersten Mann verliebt, der ihn mehr als einmal angesehen hatte. Und er hatte jegliche emotionale Distanz verloren zu einem anderen Mann, der wahrscheinlich schon vor Jahrzehnten gestorben war.

Der Boden war wirklich ekelhaft schmutzig. Er würde duschen und seine Kleidung waschen müssen. Aber William stand nicht auf, denn in diesem Augenblick schoss ihm ein Gedanke durch den Kopf. Er konnte beinahe vor seinem geistigen Auge sehen, wie die Neuronen in seinem Gehirn aufblitzten, eines nach dem anderen, bis alles hell leuchtete. Ja. Es gab eine Möglichkeit, beide Probleme mit einem Schlag zu lösen.

18

COLBY WAR dabei, den Boden aufzuwischen. Er sah auf und lächelte strahlend, dann ließ seine Begeisterung sichtbar nach. „Hallo, Will."

William blieb in der Tür stehen, weil er nicht über den frisch geputzten Boden laufen wollte. „Wie geht's, Colby?"

„Gut. Hey, hast du eigentlich den Kerl aus der Bar schon angerufen?"

„Nein", erwiderte William kopfschüttelnd. „Und ich habe es auch nicht vor."

„Ist er nicht dein Typ?"

„Nein, ist er nicht."

Colby stützte sich auf seinen Mopp und grinste. „Dann scheinst du mittlerweile zu wissen, was dein Typ ist. Haben die Liebesromane geholfen? Oder der Porno?"

„In gewisser Weise schon." Sein Typ war natürlich Colby Anderson. Aber das sagte William nicht laut. „Hast du morgen frei?"

Colby blinzelte überrascht, als William das Thema wechselte. „Ja. Aber ich habe viel zu …"

„Ich könnte deine Hilfe brauchen."

Das brachte Colbys Widerspruch zum Erliegen, ganz wie William es sich erhofft hatte. Er sah William besorgt an. „Hast du ein Problem?"

„So ähnlich. Ich habe … ein Projekt. Und ich schaffe es nicht allein."

„Will, wenn du einen Handwerker brauchst, muss ich dir ehrlicherweise sagen, dass ich ziemlich hoffnungslos bin. Ich kann nicht mit Werkzeug umgehen. Aber mein Cousin Robby …"

„Damit hat es nichts zu tun." William schürzte die Lippen. „Ich bin handwerklich auch ziemlich unbegabt. Pass auf, es ist eine lange Geschichte. Wir können uns morgen Mittag im ‚Dos Hermanos' zum Essen treffen, dann erzähle ich dir alles. Und wenn du mir helfen willst, habe ich auch eine Belohnung für dich." Er schwenkte die Tüte, die er in der Hand hielt. „Ein Kirschkuchen von deiner Cousine. Sie hat mir versichert, dass es der beste Kirschkuchen im ganzen County ist."

„Das stimmt. Sie gewinnt damit immer den ersten Preis beim Backwettbewerb."

„Na also. Es wäre wirklich schade, wenn ich ihn alleine essen müsste. Mit der Eiscreme, die ich gestern aus Mariposa mitgebracht habe."

Colby leckte sich die Lippen. „Du hast die Extra-Qualität gekauft, stimmt's? Nicht den Billigkram, den Opa hier verkauft."

„Jawohl. Bourbonvanille. Und der Fettgehalt ist so hoch, dass deine Arterien in Tränen ausbrechen."

Das erste Mal seit drei Wochen zeigte Colby wieder das rückhaltlose, strahlende Lächeln, bei dem er Grübchen in den Wangen bekam und das seine Augen funkeln ließ. „Du hast mich überredet. Um zwölf Uhr bei ‚Dos Hermanos‘, Kirschkuchen à la mode zum Nachtisch."

William verbeugte sich tief zum Abgang und verließ die Bühne.

„HALLO! AMIGO! Du bist endlich zurückgekommen."

William nickt Luis höflich zu, aber seine Aufmerksamkeit galt dem Tisch am Fenster, an dem Colby auf ihn wartete. Fast zehn Minuten zu früh. Es war ein gutes Zeichen. William durchquerte den Raum und setzte sich ihm gegenüber an den Tisch.

„Nettes Hemd", meinte Colby. William trug das grüne T-Shirt, das Colby ihm gekauft hatte.

„Stimmt. Ich habe gehört, es betont die Farbe meiner Augen."

Colby lachte schallend. Noch ein gutes Zeichen. Jedenfalls hoffte William das.

Luis kam an den Tisch, um ihre Bestellung aufzunehmen. William bestellte ein Glas Wasser und schloss sich Colby an, der sich für Chiles Rellenos entschied. „Sie sind fast so gut wie die Tamales", erklärte Colby.

Luis nickte. „Wir haben keine Tamales mehr. Rafa hat diese Woche schlechte Laune und wollte keine machen."

„Künstlerlaune", meinte Colby verständnisvoll.

Eine große Familie betrat das Restaurant. Sie redeten alle gleichzeitig, und Luis war damit beschäftigt, Tische zusammenzuschieben.

„Jetzt will ich aber wissen, worum es bei deinem wichtigen Geheimprojekt geht, Will. Ich hoffe, es glitzert. Ich liebe Glitzer und Glimmer." Colby zwinkerte William zu.

„Ich fürchte nein, es glitzert nicht. Es ist mehr eine Art Suche oder Jagd. Ich suche einen Mann."

Für einen Moment verschwand das Lächeln aus Colbys Gesicht, dann hatte er sich wieder gefangen. „Oh. Du willst meine Hilfe, um einen neuen Mann zu finden?"

„Nein. Dieser Mann ... nun, falls er noch leben würde, wäre er jetzt wahrscheinlich schon fast hundert Jahre alt."

„Wow." Colby lehnte sich wieder in seinem Stuhl zurück. „Ich kenne Leute, die auf ältere Männer stehen – habe es selbst oft gemacht –, aber das ..." Er sah kurz an die Decke, dann blickte er wieder William an. „Also gut. Wer ist der alte Kerl und warum suchst du ihn? Ein verschollener Urgroßvater?"

„Kurz nachdem ich in der Anstalt eingezogen bin, habe ich eine Blechdose gefunden. Eine alte Frühstücksdose. Sie war in der Wand einer der Zellen versteckt."

Das weckte Colbys Neugier. Er lehnte sich mit großen Augen nach vorne. „Und? Und dann?"

„In der Dose waren Briefe. Sie sind von einem Patienten geschrieben worden, etwa um die Zeit des Zweiten Weltkriegs. Sie sind an seinen Geliebten gerichtet."

„Ohh!" Colby wedelte ungeduldig mit der Hand und hätte fast seine Cola umgestoßen. „Erzähl mir mehr."

Bevor William weiterreden konnte, kam Luis mit dem Wasser, Chips und Salsa. „Die Chiles kommen gleich, Amigos."

Colby nahm ihn kaum zur Kenntnis. William hatte den Eindruck, dass Colby den armen Luis wahrscheinlich gleich erwürgen würde, wenn er nicht sofort verschwand und William den Rest der Geschichte erzählen ließ. Er hatte das Bild eines sehr jungen Colby vor Augen, der am Weihnachtsmorgen in seinem Pyjama durch die Wohnung sprang und ungeduldig darauf wartete, dass er die Geschenke auspacken durfte.

Luis verließ ihren Tisch und William nahm nüchtern den Faden seiner Erzählung wieder auf. „Sein Name war Bill. Er ist eingeliefert worden, weil er schwul war. Sein Geliebter hieß Johnny."

„Oh Gott! Verdammt, Will. Ich wusste, dass das damals passiert ist, aber … Mann. Was ist mit ihm passiert?"

„Viel, und es war schrecklich. Er hat einiges darüber geschrieben. Aber ich weiß nicht, was aus ihm geworden ist, und ich muss es unbedingt herausfinden. Wirst du mir dabei helfen?"

Colby nickte entschlossen. „Ja, zum Teufel."

William durchfuhr ein prickelndes Triumphgefühl.

„Ich bin hier oft vorbeigefahren", sagte Colby, als sie zum Tor kamen.

William hielt an, stieg aber noch nicht aus dem Auto. „Wie meinst du das?"

„Auf dem Fahrrad. Manchmal habe ich nach der Arbeit noch eine Radtour gemacht, besonders im Sommer, wenn es später dunkel wird. Oder an meinen freien Tagen. In den letzten Wochen bin ich fast jeden Tag hier vorbeigefahren. Aber ich bin nicht zum Haus gekommen, weil das Tor geschlossen war." Colby sagte das so sachlich, als wäre er William in diesen Wochen nicht bewusst aus dem Weg gegangen.

„Du hättest mich anrufen können", erwiderte William leise. „Ich hätte dir das Tor aufgemacht."

„Ich weiß."

William schüttelte mit dem Kopf. Colby schaffte es immer wieder, ihn komplett zu verwirren. Er stieg aus und öffnete das Tor. Als er wieder zum Wagen kam, hatte Colby die Beethoven-CD gegen einen Radiosender ausgetauscht, der hektische elektronische Musik spielte. Er grinste William unschuldig an.

Als sie in das Apartment kamen, gab William ihm die Blechdose. Colby nahm sie vorsichtig an sich, als wäre sie ein wertvoller Schatz. Dann setzte er sich auf die Couch. „Ich arbeite an meiner Dissertation, während du die Briefe liest", sagte William. „Es dauert einige Zeit. Im Moment bin ich noch zu satt, um Kuchen zu essen. Aber das können wir später tun. Willst du etwas zu trinken?"

„Diät-Cola", antwortete Colby scherzend, weil er genau wusste, dass William das nicht trank.

Jetzt war William mit dem Grinsen an der Reihe. „In Ordnung", sagte er und holte die Flasche, die er extra für Colbys Besuch besorgt hatte, aus dem Kühlschrank.

Als er sie Colby an den Tisch brachte, schüttelte der den Kopf. „Du bist wirklich ein interessanter Mann, Will."

„Vielen Dank."

Es fiel William nicht leicht, sich auf seine Arbeit zu konzentrieren, während Colby auf dem Sofa saß und die Briefe las. William hatte ihm den Rücken zugewandt, hörte aber ab und zu Colbys überraschte Kommentare und die leisen Flüche. Er fragte sich jedes Mal, welche Stelle den Briefen Colby gerade las. Nach einiger Zeit seufzte Colby tief und lang. „Oh Gott, Will." Seine Stimme klang verloren und zitterte leicht. Als William sich umdrehte, sah er Colbys rot geweinte Augen. „Das ist das Schlimmste und Grausamste, was ich jemals ... Der arme Bill."

„Ja."

„Ist es ... Die Dinge, über die er schreibt, sind die wirklich passiert?"

„Ich denke schon. Es hört sich alles absolut vernünftig an. Jede einzelne dieser *Behandlungen* ..." – er verschluckte sich fast an dem Wort – „... wurde wirklich an Menschen angewendet. Einige von ihnen bis in die jüngste Vergangenheit." Er hätte hinzufügen können, dass noch vor sechzehn Jahren Menschen unter dem Deckmantel der Heilung gequält worden waren. Aber er verdrängte diesen Gedanken, so wie er es immer tat.

„Aber ... sie haben ihn kastriert, nicht wahr? Verdammte Scheiße, Will, wie konnten sie das tun?"

„Es wurde als effektive Heilmethode bei sexueller Perversion angesehen. Ich nehme an, es hat das Ziel erreicht. Sie haben damals auch viele Menschen sterilisiert, wenn sie unerwünschte Eigenschaften hatten. Aus eugenischen Gründen."

Colby verzog angewidert das Gesicht. „Weißt du, was diese letzte Methode ist, von der er schreibt? Dieses ..." Er wühlte durch die Papiere auf seinem Schoß, um das richtige Wort zu finden.

„Freeman-Watts", ergänzte William ihn.

„Ja, das. Was ist es?"

Colby sah so verletzt aus, dass William ihm nicht antworten wollte. Das Wissen verfolgte ihn bis in seine Träume, seit er die Briefe gelesen hatte. Vielleicht hätte er Colby das alles ersparen sollen. Aber jetzt war es zu spät und er musste es ihm sagen, oder? „Die Freeman-Watts-Methode war ein Standardverfahren, das auch unter dem Namen Lobotomie bekannt ist."

Colby wurde bleich. Er sah aus, als müsste er sich gleich übergeben. Zu spät erinnerte sich William an Colbys Angst vor Blut. Gott, er hätte sich das alles besser überlegen sollen. „Colby, ich …"

„Sie haben *was* gemacht? Nur weil er schwul war?"

„Ja." William hatte in seinem Psychologiestudium alles über Lobotomie gelernt. Die Methode war lange Zeit sehr verbreitet gewesen, alleine in den Vereinigten Staaten waren Zehntausende Menschen damit behandelt worden. Viele von ihnen waren schizophren gewesen, aber anderen hatte man sie aus Gründen aufgezwungen, die damit nichts zu tun hatten. Aufbrausendes Temperament beispielsweise. Einer Schwester von John F. Kennedy war als junges Mädchen ein Teil ihres Gehirns entfernt worden, weil sie oft unter heftigen Stimmungsschwankungen litt.

Colby saß reglos und mit gesenktem Kopf auf dem Sofa. William wünschte sich, er könnte ihn umarmen und trösten, aber Colby war auf der anderen Seite des Zimmers und William war sich nicht sicher, ob er willkommen wäre. Nach einigen Minuten sah Colby ihn an. „Und das haben sie mit Bill gemacht?"

„Ich weiß es nicht. Ich kenne nur seine Briefe. Ich habe keine Ahnung, was nach dem 18. August aus ihm geworden ist."

„Vielleicht haben sie ihre Meinung ja wieder geändert und auf die Operation verzichtet. Oder er ist doch noch entkommen, dieses Mal mit Erfolg. Vielleicht hat Johnny von seinem ersten Fluchtversuch gehört und ist zurückgekommen, um ihm zu helfen."

„Vielleicht."

„Wenn … wenn sie ihn operiert haben, wäre er dann wie Jack Nicholson geworden? In ‚Einer flog übers Kuckucksnest'?"

„Die Wirkung war unterschiedlich. Einige Menschen konnten ganz normal weiterleben. Sie waren nicht … wie vorher, aber sie haben funktioniert. Andere waren nicht so glücklich." Kennedys Schwester hatte den Rest ihres Lebens in einer geschlossenen Anstalt verbracht.

Für einige Minuten starrte Colby abwesend vor sich hin. William überließ ihn seinen Gedanken. Er sah auf seinen Schoß, wo seine Hände sich fest ineinander verkrampft hatten. William hatte sich einige Wochen Zeit gelassen, um Bills Briefe zu lesen. Seit dem letzten Brief war auch schon genügend Zeit vergangen, um den Inhalt zu verarbeiten. Und William wusste um die barbarischen Methoden, mit denen Patienten in psychiatrischen Anstalten damals behandelt worden waren. Er konnte zumindest versuchen, die Geschichte wissenschaftlich objektiv zu betrachten, auch wenn ihm das nicht ganz gelingen wollte. Aber jetzt musste er Colby Zeit geben, seine Gedanken in Ruhe zu ordnen und sich wieder zu fassen.

Colby knabberte aufgeregt an seiner Lippe und William befürchtete schon, dass sie gleich bluten würde. Er wollte Colby küssen und seine Schmerzen vertreiben. Aber er blieb auf seinem Stuhl sitzen und spielte nervös mit den Fingern.

„Er ist der Mann, den du suchen willst." Colbys Stimme klang ausdruckslos.

„Ich muss herausfinden, was aus ihm geworden ist."

„In Ordnung." Colby seufzte und nickte. „Ich werde dir helfen."

WILLIAM HATTE den gestrigen Tag damit verbracht, in dem Archiv den gröbsten Schmutz zu entfernen sowie überflüssige Möbel und anderen Müll in ein benachbartes Zimmer zu bringen. Die Aktenschränke und Kisten hatte er noch nicht angerührt. Aber er hatte die Fenster geputzt, die vor Schmutz fast blind gewesen waren, und alle anderen Oberflächen abgestaubt. Den Boden hatte er auch aufgewischt. Es war nicht perfekt, aber wenigstens konnte man sich länger als zwei Sekunden in dem Raum aufhalten, ohne sich gleich nach einer Dusche zu sehnen. Er stand in der Tür und wartete auf Colby.

„Hast du Probleme mit Spinnen und Silberfischchen?", fragte William, als Colby den Raum betrat.

Colby schnaubte. „Ich bin doch kein komplettes Weichei, ja? Ich mag Insekten. Als Kind hatte ich eine Tarantel zu Hause."

„Igitt."

„Hattest du auch ein Haustier?"

„Nein. Mom ist allergisch."

Colby machte eine vielsagende Handbewegung. *Siehst du? Das erklärt alles.* Das tat es nicht. Aber William wechselte das Thema. „Ich habe schon nach Bills Akte gesucht, aber es sind einfach zu viele."

„Wir kennen seinen Familiennamen nicht."

„Ich weiß. Und dummerweise gibt es hier Hunderte von Bills und Williams. Es wäre leichter gewesen, wenn er Colby geheißen hätte."

„Ja. In den Dreißigerjahren gab es bestimmt nicht sehr viele Colbys. Wie finden wir jetzt unseren Bill?"

„Wir müssen mit dem Einlieferungsdatum anfangen. Es müsste ungefähr Anfang 1938 gewesen sein. Aber wir sollten sicherheitshalber alle Bills und Williams aussortieren, die 1937 und 1938 eingeliefert wurden. Dann können wir die ärztlichen Unterlagen durchsehen und unseren Bill finden."

„Hört sich vernünftig an. Wo fangen wir an?"

William schüttelte den Kopf. „Egal. Die Akten sind vollkommen unsortiert. Ich denke, die mit den getippten Plastikstickern können wir vernachlässigen, sie scheinen relativ modern zu sein."

„Gut zu wissen."

William fing mit einem der Pappkartons an. Er wuchtete ihn auf einen Schreibtisch und setzte sich auf einen der alten Stühle, dann ging er die einzelnen Akten durch. In der Zwischenzeit hatte Colby eine der Schubladen aufgezogen und sich davor gehockt, um ihren Inhalt zu durchsuchen.

Es war eine langweilige und unangenehme Arbeit. Williams Rücken schmerzte, weil er ständig die schweren Kisten hochheben musste und an dem Schreibtisch nur vornübergebeugt sitzen konnte. Außerdem hatte er sich den Finger an dem Papier geschnitten. Nach einigen Stunden Arbeit hatte er nur zwei Akten gefunden, die in ihr Suchschema passten. Er und Colby hatten kaum ein Wort gewechselt.

William legte die letzte Akte in die Kiste zurück, die er gerade durchsucht hatte. Dann stand er auf und streckte sich. „Ich muss kurz ins Bad. Soll ich dir aus der Küche was zu trinken mitbringen?"

„Cola?"

„Na klar."

Colby sah von seinem Platz auf dem Boden zu ihm auf. Er hatte einen Staubfleck auf der Nase, der richtig süß aussah. „Kannst du Musik mitbringen? Hat dein Laptop einigermaßen guten Sound?"

„Ich habe ein Radio."

„Low-Tech. Das ist noch besser."

William ging in sein Apartment. Als er aus dem Badezimmer zurückkam, holte er das Radio und eine Flasche Cola aus der Küche. Dann schnitt er einige Stücke von dem Kirschkuchen ab und legte sie auf zwei Teller. Auf den Kuchen gab er eine großzügige Portion Eiscreme. Er musste ziemlich balancieren, um den Kuchen, das Radio und die Cola tragen zu können, kam aber heil mit seiner Last im Archiv an.

Als Colby ihn sah, lächelte er begeistert. „Der Kuchenmann kommt!" Er sprang auf und nahm William die Teller und die Gabeln ab. William stellte den Rest auf dem Schreibtisch ab und suchte nach einer Steckdose für das Radio. Kurz darauf war die Gitarre von Eric Clapton zu hören, die den Raum mit ihrem vibrierenden Klang erfüllte.

„Der Kuchen ist wirklich vorzüglich", sagte Colby mit vollem Mund. Er hatte sich wieder auf den Boden gesetzt.

William setzte sich auf seinen Stuhl und versuchte ebenfalls einen Bissen Kirschkuchen. Colby hatte recht. Einfach köstlich.

„Ich habe schon versucht, Missy das Rezept zu entlocken. Aber sie verrät es mir nicht", meinte Colby kauend. „Sie sagt, es wäre ein Staatsgeheimnis."

„Aber du gehörst doch zu ihrer Familie!"

„Das weiß ich auch. Es ist unfair." Er kratzte sich mit der freien Hand im Nacken. „Das kann hier ewig dauern. Es sind so viele Akten. Gott, jeder einzelne Ordner ist irgendein armes Schwein, das sie hier eingesperrt haben."

Der Gedanke war William auch schon gekommen und er fühlte sich niedergeschlagen. Er wusste, dass die meisten Patienten – im Gegensatz zu Bill – an einer psychischen Erkrankung oder Behinderung gelitten haben mussten. Er war eine furchtbare Vorstellung, dass die Unterbringung in dieser kalten, lieblosen Anstalt ihre einzige Option gewesen war.

Colby zeigte mit der Gabel auf den Ordner, den er auf den Knien liegen hatte. „Dieser William ist 1932 eingeliefert worden. Ich habe mir die Unterlagen angesehen. Der Grund für seine Einlieferung war Melancholie. Was ist das?"

„Depression."

„Oh. Das hatte ich vermutet", sagte Colby. „Wie mein Dad."

„Ja."

„Dieser William ist 1973 hier in der Anstalt gestorben. Er hat vierzig Jahre hier verbracht, Will." Colby schüttelte mit dem Kopf. „Ich würde mir lieber eine Kugel in den Kopf schießen."

„Heute gibt es andere Möglichkeiten. Medikamente, die Behandlung mit Licht und …"

„Ich weiß. Mach dir keine Sorgen. Ich habe mich noch nie depressiv gefühlt. Ich dachte nur … Ich habe mir wegen Dad oft Vorwürfe gemacht."

„Du warst noch ein Kind, und dein Vater war krank, Colby."

Colby seufzte. „Das weiß ich. Aber du weißt doch, wie Kinder denken. Ich habe immer gedacht, wenn ich ein besserer Sohn gewesen wäre – ich hatte nämlich oft Ärger in der Schule – oder wenn ich früher nach Hause gekommen wäre oder ihn umarmt hätte, bevor er zur Arbeit gegangen ist …"

„Es tut mir leid." William wollte Colby schon wieder in die Arme nehmen. Er stellte sich den kleinen Jungen mit seinen blauen Augen vor, der zu Hause saß und darüber nachdachte, wie er seinen Vater hätte retten können.

Als hätte er Williams Gedanken lesen können, schüttelte Colby den Kopf. „Es ist alles in Ordnung. Ich weiß, dass es sein Problem war und ich nichts dafür konnte. Aber ich musste daran denken, dass er zumindest das Glück hatte, seine letzten Tage mit Menschen zu verbringen, die ihn liebten. Wir haben noch einige Tage vor seinem Tod einen Campingausflug zum Yosemite-Nationalpark gemacht. Es gab gegrillte Marshmallows und Dad hat am Lagerfeuer Geistergeschichten erzählt, obwohl Mom ihm gesagt hat, ich würde Albträume davon bekommen. Es war wunderbar." Er legte den Kopf zur Seite wie ein neugieriges Hündchen. „Und du, Will? Ich weiß, dass deine Eltern eine Katastrophe sind, aber hast du nicht auch gute Erinnerungen an sie?"

William nickte langsam. „Als ich noch klein war, ist meine Mom mit mir jeden Dienstagnachmittag in die Bibliothek gegangen und ich durfte mir drei neue Bücher aussuchen. Auf dem Nachhauseweg haben wir Eis gegessen und sie hat darüber gescherzt, dass ich mir den Appetit fürs Abendessen verderbe." Er konnte sich noch gut daran erinnern, wie sehr er sich immer auf die Dienstage gefreut hatte. Sie saßen mit seinen neuen Büchern im Eiscafé und während er sein Eis aß, fragte ihn Mom nach seinen Erlebnissen an diesem Tag.

„Das ist schön", meinte Colby mit einem Lächeln.

„Ja, es war schön. Und mein Dad … Einmal hat er plötzlich entschieden, wir beide müssten Skifahren lernen. Gott weiß, wer oder was ihm diese Idee in den Kopf gesetzt hat. Er ist noch ungeschickter und tollpatschiger als ich. Ich war damals dreizehn Jahre alt. Wir sind in die Berge gefahren und er hat uns einen Skikurs gebucht. Hat ein Heidengeld für die Ausrüstung ausgegeben. Als wir nach ungefähr einer Stunde zum hundertsten Mal auf den Hintern gefallen sind, hat er mich nur angesehen und gelacht. Wir haben dann beide laut gelacht und sind deshalb gleich wieder auf den Hintern gefallen. Wir konnten vor Lachen nicht mehr aufstehen. Dann sind wir in die Berghütte gegangen, haben heiße Schokolade getrunken und die Leute beobachtet. Er hat mich zur Geheimhaltung verpflichtet, damit Mom nichts von dem Desaster erfährt. Jedes Mal, wenn sie uns nach unserem Skiausflug gefragt hat und wissen wollte, wann wir wieder fahren, haben wir laut gelacht. Sie hat nie erfahren, warum."

„Vermisst du sie?"

Die Frage überraschte William und er sagte spontan die Wahrheit. „Ja."

„Aber dir ist klar, dass es nicht deine Schuld ist, ja? Genauso wenig, wie der Tod meines Vaters meine Schuld war."

„Ich …"

„Will, du bist ein guter Mensch. Du bist klug und freundlich, sanftmütig und aufmerksam, und du bist … absolut süß und liebenswert. Du bist einer der besten Menschen, die ich kenne. Wenn deine Eltern das nicht erkennen, sind sie blind und dumm. Sie sind verrückter, als diese armen Menschen hier es jemals waren." Colby deutete auf die Aktenberge.

William senkte den Kopf. „Danke", murmelte er.

Sie machten sich wieder an die Arbeit und hörten erst auf, als es draußen dunkel wurde und Williams Magen zu knurren anfing. Er brauchte mehr als Kirschkuchen. Sie hatten bereits einige Akten aussortiert und setzten sich zusammen, um sie genauer anzusehen. Sehr zu Williams Enttäuschung schien keine davon zu ihrem Bill zu gehören.

Colby sah sich stöhnend um. „Wir haben nicht einmal ein Drittel geschafft."

„Ich weiß. Wie wäre es, wenn ich uns Abendessen mache …"

Aber Colby stand auf. „Nein, danke. Ich muss nach Hause." Sein Blick wirkte wieder leer und distanziert.

„Oh." William ließ enttäuscht die Schultern hängen.

„Aber ich kann morgen wiederkommen. Ich nehme mein Fahrrad, dann musst du mich nicht abholen."

Nun, das hörte sich schon wieder besser an.

Sie fuhren schweigend in die Stadt zurück. Colby hatte den Schmutzflecken auf der Nase noch nicht abgewischt. Er lenkte William zum Parkplatz vor dem

Laden, was William daran erinnerte, dass er immer noch nicht Colbys Adresse kannte. Colby stieg nicht gleich aus. „Bill hat meinen Urgroßvater getroffen", sagte er.

„Der Mann, den er nach seiner Flucht im Laden gesprochen hat."

„Das muss mein Urgroßvater gewesen sein. Opa hat den Laden erst einige Jahre nach dem Krieg übernommen."

„Dein Urgroßvater hat ihn nicht ausgeliefert."

Colby grinste breit und seine Zähne blitzten im Mondlicht. „Ja. Ich komme aus einer guten Familie."

19

COLBY MELDETE sich früher als erwartet. William saß noch in seiner Unterhose vor der ersten Tasse Kaffee, als das Telefon klingelte. „Ich habe Frühstück mitgebracht", begrüßte ihn Colby.

Die Temperaturen waren wieder auf ihre gewohnte Höhe geklettert, sodass William nur Shorts und Sandalen anzog, bevor er sich auf den Weg zum Tor machte. Colby trug abgeschnittene Jeans und ein rotes, ärmelloses T-Shirt. Er hatte eine Plastiktüte an seinem Rad festgeschnallt. „Du siehst sehr leger aus für deine Standards", sagte er grinsend. „Du bist wie eine Schlange, die eine Schicht nach der anderen abwirft."

„Schlangen werfen keine Schichten ab, sie häuten sich."

„Das wirst du auch tun, wenn du nicht bald aus der Sonne verschwindest."

In der Plastiktüte waren Zimtschnecken, die Colbys Tante Deedee gebacken hatte. „Wir hätten auch noch Kirschkuchen essen können", meinte William.

„Den heben wir uns für heute Mittag auf."

„Du hältst dich ziemlich fit."

Colby grinste. „Stimmt. Dir könnte etwas zusätzliches Gewicht nicht schaden." Er pikste William mit dem Finger in den nackten Bauch, zog aber seine Hand sofort wieder zurück. „Lass uns anfangen", sagte er verlegen, als würde er seine spontane Vertraulichkeit bedauern.

Die Luft im Archiv wurde noch vor dem Mittag so unerträglich heiß und stickig, dass William einen der Ventilatoren aus seinem Apartment holte. Er half etwas, doch sie waren immer noch verschwitzt und fühlten sich unangenehm. Colby zog sein Hemd aus. William musste sich Mühe geben, ihn nicht anzustarren, als die golden glänzende Haut darunter zum Vorschein kam. Keiner von ihnen sagte viel, nur ab und zu informierten sie sich gegenseitig über die Akten von Patienten, die sie aussortierten. Colby ließ sich manchmal von der Suche ablenken, weil er eine interessante Akte gefunden hatte, aus der er dann laut vorlas. William war fasziniert davon. Jede einzelne dieser Akten enthielt die Geschichte eines Menschen, der das gleiche, traurige Schicksal erlitten hatte wie Bill, dem ihre Suche galt.

Kurz vor zwölf Uhr machten sie Mittagspause und gingen in Williams Apartment zurück. William bereitete einige Sandwichs zu und Colby machte Obstsalat als Nachtisch. Sie tranken ein Bier dazu und aßen dann noch ein Stück Kirschkuchen. Während des Essens unterhielten sie sich über einige der Patientenunterlagen, die ihnen aufgefallen waren. Colby stellte viele Fragen zu den psychologischen Hintergründen der einzelnen Fälle. William kam sich fast vor, als würde er in einem Seminar unterrichten. Geduldig beantwortete er Colbys Fragen und war beeindruckt von dessen schneller Auffassungsgabe. Er hatte schon vorher den Eindruck gewonnen, dass Colby ein sehr intelligenter Mensch war. Aber sein scharfer Verstand übertraf Williams bisherige Erwartungen bei Weitem.

„Du solltest wirklich dein Studium abschließen, vielleicht sogar an einem Doktortitel arbeiten", sagte William, als sie den Tisch abräumten.

Colby sah ihn überrascht an und zuckte mit den Schultern. „Ja, vielleicht. Ich habe es vor einiger Zeit mit einem Fernstudium versucht, aber es war nicht das Richtige für mich. Ich brauche den direkten Kontakt."

„Nun, eines Tages vielleicht."

„Ja. Vielleicht."

Sie gingen ins Archiv zurück, fingen aber bald an zu gähnen. William konnte kaum noch klar sehen und wäre einige Male fast eingenickt.

„Will? Was hältst du von einer Siesta?"

William lächelte. *„Muy bien, amigo."*

Sie legten sich in ihren Shorts auf Williams Bett. Der Ventilator an der Decke verschaffte ihnen etwas Abkühlung. Sein Surren vermischte sich mit dem Zwitschern der Vögel zu einem monotonen Hintergrundgeräusch. Nach wenigen Minuten war William eingeschlafen.

COLBY SASS an Williams Seite auf dem Bett und sah ihn an.

William blinzelte sich den Schlaf aus den Augen und wollte etwas sagen. Aber er kam nicht mehr dazu, denn plötzlich warf Colby sich auf ihn und drückte ihm den Mund auf die Lippen.

William war zweiunddreißig Jahre alt geworden, ohne dass ihn jemals ein Mann berührt hatte. Dann war Colby gekommen, wenn auch nur für eine Nacht und den nächsten Morgen. Aber diese zwölf Stunden hatten einen Hunger in William geweckt, der ihn in den letzten drei Wochen beinahe verzehrt hatte. Er sehnte sich nach Colbys Küssen, seinen Berührungen.

Und jetzt wurde dieser Hunger gestillt.

Das erste Mal hatten sie sich langsam, beinahe verspielt geliebt. Von dieser Zurückhaltung war jetzt nichts zu spüren. William und Colby wanden und drückten sich aneinander, als wollten sie sich gegenseitig unter die Haut kriechen. Sie zerrten an ihrer Kleidung, rieben und streichelten, küssten und saugten. Lautes Keuchen und Stöhnen war zu hören und die Bettwäsche wickelte sich um ihre Körper. Erst fielen Kissen auf den Boden, dann – fast – auch William und Colby.

Es war William, der schließlich ihre harten Schwänze in seine große Hand nahm, sie zusammendrückte, rieb und streichelte, und der Colby dabei nicht aus den Augen ließ, bis dessen Gesicht sich verzerrte. Man hätte es für Schmerz halten können, aber das wäre ein großer Irrtum gewesen.

Nachdem ihr Orgasmus abgeklungen war, fielen sie erschöpft auf die Matratze. William dachte, sie würden jetzt noch etwas schlafen.

Aber dann sprang Colby plötzlich aus dem Bett und stolperte durchs Zimmer, um seine überall auf dem Boden verstreute Kleidung zusammenzusuchen. „Oh Gott, Will. Es tut mir leid. Ich wollte nicht … Mist!"

William setzte sich auf und sah ihn verwirrt an. „Was ist los? Ist etwas passiert?"

„Nein." Colby wäre fast auf den Boden gefallen bei dem Versuch, in seine Unterhose zu schlüpfen. „Ich muss nur … Ich muss gehen."

„Gehen? Aber die Akten …"

Colby knöpfte die Shorts zu und suchte nach seinem Hemd. Er schien sich nicht mehr daran zu erinnern, dass es noch im Archiv lag. „Ich kann dir nicht mehr helfen. Es tut mir leid. Wirklich."

Jetzt sprang auch William aus dem Bett. Er lief Colby zur Tür nach und griff nach seinem Arm. „Was geht hier vor? Ich verstehe dich nicht." Er fühlte sich lächerlich, eine solche Diskussion nackt zu führen. Aber er wollte Colby nicht loslassen, um sich anzuziehen.

„Es tut mir leid, Will. Das eben war ein großer Fehler. Ich dachte, ich könnte … Ich dachte, wir könnten einfach nur Freunde sein. Und ich wollte das, wir hätten es beide gebraucht. JV ist ein so gottverlassenes Nest mitten in der Pampa. Für mich gibt es hier nichts, außer meiner Arbeit. Und du bist hier allein in dieser alten Bruchbude und …"

„Colby!" William ließ ihm einige Sekunden Zeit, um wieder zu Atem zu kommen. Dann fuhr er fort: „Ich dachte, wir mögen uns. Wir finden uns attraktiv und ich dachte …" William schluckte. „Was ist los?" Er wusste, dass er sich bedauernswert anhörte; aber so fühlte er sich auch und deshalb war es in Ordnung.

Colby schien Mitleid mit ihm zu haben. „Zieh dich jetzt auch an, ja? Ich laufe nicht weg."

William war sich nicht sicher, ob er sich darauf verlassen konnte. Aber er war schneller als Colby und er war sich nicht zu schade, ihm nackt nachzulaufen, wenn es nicht anders ging. Also nickte er Colby zu, suchte seine Shorts und zog sie an. Um seine Unterhose kümmerte er sich erst gar nicht. „Erkläre es mir. Bitte. Warum stößt du mich weg? Was habe ich falsch gemacht?"

„Nichts, Will. Du hast alles richtig gemacht. Das ist ja das Problem."

„Ähm …"

„Mein Gott." Colby rieb sich mit der Hand übers Gesicht. „Ich mag dich wirklich, Will. Sehr sogar."

„Und deshalb läufst du weg? Es gibt dafür einen psychologischen Begriff, der …"

„Das ist es nicht. Ich … Gott, es ist kompliziert. Ich verliebe mich in dich, Will. Ich habe mich verliebt. Sehr."

William musste sich setzen. Er ließ sich aufs Bett fallen. Sein Herz klopfte und er fühlte sich schwindlig. Colby hatte ihn gern. Colby *liebte* ihn?

„Das ist doch eine gute Sache", sagte er leise. „Weil ich mich auch in dich verliebt habe. Du bist …"

„Nein! Genau das ist das Problem. Ich will … Ich brauche etwas Dauerhaftes. Ich habe schon mehr als genug unverbindliche Beziehungen hinter mir. Ich will jeden Abend mit demselben Mann ins Bett gehen und morgens will ich mit ihm aufwachen. Ich will mein Leben mit ihm teilen. Ich will mich mit ihm darüber streiten, wer mit dem Kochen an der Reihe ist und wer vergessen hat, das Toilettenpapier nachzufüllen. Ich will darüber nachdenken, eine Familie zu gründen und Kinder zu haben. Ich will mit ihm zusammen fett und kahl und faltig werden."

„Und das kannst du nicht mit mir?" William stand auf und ging auf Colby zu. „Wir haben so viel Spaß zusammen. Und ich will die gleichen Dinge wie du. Ich will sie mit dir."

Zu Williams Überraschung hob Colby die Hand und streichelte ihm über die Wange. „Aber du bist noch so neu. Du hast noch nie einen anderen Mann angesehen. Will, ich habe jahrelang Erfahrungen gesammelt, bis ich endlich wusste, was ich wirklich will. Du weißt ja nicht mal, was eigentlich dein Typ ist."

„Du bist mein Typ!"

Colby schüttelte den Kopf. „Das kannst du nicht wissen. Es ist … du bist wie ein ausgehungerter Mann, der noch nie etwas gegessen hat. Und dann findest du einen Rosenkohl und denkst: *Wow! Das ist ja prima! Ich werde nur noch Rosenkohl essen.* Aber du hast keine Ahnung von süßen Kirschen, Schokoladenplätzchen oder Pekingente, die da draußen auf dich warten und entdeckt werden wollen."

„Du bist kein Rosenkohl, Colby." William verschwieg, dass er vor Kurzem auch noch in Essensvergleichen gedacht hatte.

„Doch. Ich bin ein Rosenkohl, in jeder Beziehung."

Williams bekam langsam Kopfschmerzen. „Du bist wunderbar, Colby. Du …"

„Ich weiß. Ich bin ein hübscher Kerl", unterbrach ihn Colby mit bitterer Stimme.

„Natürlich bist du das. Aber du bist auch mehr. Ich bin wirklich gerne mit dir zusammen. Ich habe noch nie mit einem anderen Menschen so viel Spaß gehabt, so viel gelacht. Noch nie."

„Das ist schön", erwiderte Colby traurig und streichelte ihm wieder über die Wange. „Aber du brauchst mehr Zeit. Du musst dich umsehen, musst Erfahrungen sammeln. Wenn du das nicht tust, wäre es mit uns wie eine Wiederholung deiner Ehe. Du würdest dir Mühe geben, wärst nett und zuvorkommend, aber insgeheim unglücklich und unzufrieden."

Diese Behauptung verletzte William zutiefst. Er trat einen Schritt zurück. „Nein."

„Es tut mir leid. Ich dachte wirklich, ich könnte … ich könnte mich von dir fernhalten und Distanz wahren." Colby lachte resigniert. „Du siehst ja, wohin es geführt hat. Es bricht mir das Herz und ich will es schnell hinter mich bringen. Wir können so nicht weitermachen."

William fiel auf Colbys Worte keine passende Antwort mehr ein. Ihm fiel gar nichts mehr ein. Er hatte in seiner Vergangenheit oft Enttäuschung, Zurückweisung und Ablehnung erfahren, sogar Misshandlung war ihm nicht fremd. Aber er hatte sich nie so hoffnungslos gefühlt. Es war, als hätte sich ein Band um sein Herz gelegt, das sich langsam zusammenzog und ihn zu ersticken drohte.

Still sah er zu, wie Colby in seine Flip-Flops schlüpfte und sein Hemd holte. Dann fiel ihm ein, dass er ihn ja zum Tor begleiten und es für ihn aufschließen musste. Für den Bruchteil einer Sekunde huschte ihm der Wunsch durch den Kopf, sich einfach zu weigern – die Schlüssel zu verstecken und Colby nicht mehr gehen zu lassen.

Colby wäre in einer psychiatrischen Anstalt gegen seinen Willen eingeschlossen. So wie Bill.

William zog seine Sandalen an. Er ging durch die Halle und machte sich unter dem gleißenden Sonnenlicht auf den Weg zum Tor. Als er es geöffnet hatte, kam ihm Colby auf seinem Fahrrad nachgefahren. „Es tut mir so leid, Will. Ich habe Mist gebaut und alles falsch gemacht."

„Nein", erwiderte William. Es war alles, was er noch sagen konnte.

Er sah Colby nach, der den Schotterweg entlangfuhr und hinter der Kurve verschwand.

Dann schloss William das Tor und schleppte sich zurück zum Haus. Er konnte die Akten auch alleine durchsuchen. Und er würde Bill finden.

Er war ein Narr gewesen. Für kurze Zeit hatte er wirklich gehofft, seiner beschissenen Kindheit mit ihren schrecklichen Erinnerungen zu entfliehen, seine langen Jahre der Verdrängung und Selbstverleugnung durch ein neues, besseres Leben ersetzen zu können. Er hatte fest daran geglaubt, mit einem ganz besonderen Mann sein Glück finden zu können.

Er hätte es besser wissen müssen. Sein Glaube hatte ihn als Kind schon betrogen und im Stich gelassen.

20

WILLIAM SASS bis spät in die Nacht und durchsuchte die Aktenberge der Anstalt nach Unterlagen über Bill. Er hätte sowieso nicht schlafen können, denn dazu war er nach dem Verlust von Colby noch viel zu aufgewühlt. Er hatte ihn verloren, noch bevor er ihn überhaupt für sich gewinnen konnte. Nach einem leichten Abendessen ging er ins Archiv zurück und stellte den Ventilator, in der Hoffnung auf etwas Abkühlung, auf die höchste Stufe.

Es war schon nach Mitternacht und seine Augen waren müde, als er die Unterlagen endlich fand. *William James Wright* stand auf dem verschmutzten Aktendeckel zu lesen. *Eingeliefert am 5. Januar 1938. Alter: 23. Diagnose: Sexuelle Perversion, Homosexualität.*

Oh Gott, Bill war erst dreiundzwanzig Jahre alt gewesen.

Die Akte war umfangreich und enthielt ausführliche Notizen. William nahm sie mit in sein Apartment, holte sich ein Glas Wasser aus der Küche und setzte sich, schmutzig wie er war, in seinen bequemen Sessel. Durch das offene Fenster kam eine Motte geflogen und umkreiste die Lampe. Er versuchte, sie zu verscheuchen, aber sie kam immer wieder zurück und knallte torkelnd gegen die Glühbirne, bis sie schließlich auf den Tisch fiel und bewegungslos liegen blieb.

William las zuerst die Einlieferungspapiere. Die Tinte war verblasst und die Handschrift kaum zu entziffern. Er presste die Augen zusammen.

Der Patient ist ein körperlich gesunder 23-jähriger Mann. 1,72 m groß, etwa 68 kg. Braune Augen und braune Haare. Leichtes Untergewicht und nicht sehr kräftig gebaut. Keine sichtbaren Narben oder körperlichen Gebrechen; keine früheren psychiatrischen Behandlungen bekannt. Verhalten zurückhaltend und unbeteiligt. Keine Anzeichen von Wahnvorstellungen oder Halluzinationen.

Der Patient wurde nach einer unfreiwilligen Einlieferung aufgenommen. Seine Eltern hegten seit einiger Zeit den Verdacht, er könnte homosexuell sein. Der Patient verweigerte ihnen ein Gespräch darüber. Als die Eltern erfuhren, dass er einen anderen Mann in dessen Haus besuchte, um homosexuelle Akte zu vollziehen, informierten sie die Polizei. Der Patient und ein weiterer Mann wurden auf frischer Tat gestellt. Der andere Mann konnte fliehen und sich dem Zugriff der Behörden entziehen. Der Patient wurde festgenommen und der Sodomie angeklagt. Das Urteil lautete auf Einlieferung in eine psychiatrische Anstalt anstelle einer Haftstrafe.

Obwohl der Patient homosexuelle Gedanken und Taten zugibt, zeigt er sich widerspenstig und ist nicht bereit, seine Krankheit einzugestehen. Prognose: zurückhaltend.

146

Es folgte ein dicker Stapel Papiere, die Bills Behandlung bis ins Detail beschrieben. Es gab Vermerke über seine Umverlegung aus der Zelle in den Schlafsaal und wieder zurück. Gründe dafür wurden nicht genannt. Bills Gewichtsschwankungen waren ausführlich dokumentiert und es gab Statistiken zu seiner körperlichen Entwicklung. William erkannte bald Dr. Fitzgeralds enge Handschrift. Der Arzt fasste die Therapiesitzungen mit Bill ausführlich zusammen und beschrieb seine Behandlungsvorschläge. Die Unterlagen über die Insulintherapie und ihre Nachwirkungen waren sehr umfangreich. Bills Körpergewicht hatte sich während der Behandlung fast verdoppelt, aber danach hatte er schnell wieder abgenommen. Zum Schluss war er völlig abgemagert und wog nur noch 59 Kilo.

William überflog die Unterlagen nur kursorisch. Einige Formulierungen tauchten in Dr. Fitzgeralds Notizen immer wieder auf: *unkooperativ, Verweigerung, Lüge*. Als William auf die Unterlagen zu Bills Kastration stieß, las er kaum noch die Details. Aber er erfuhr, dass Bill nach der Operation beinahe an einer Infektion gestorben wäre. Dr. Fitzgerald schien es besonders faszinierend zu finden, immer wieder seine Reaktion auf sexuelle Stimulation zu testen. Seine Kommentare wirkten sehr selbstgefällig, als er Bills zunehmende Unfähigkeit zu sexueller Erregung beschrieb.

Dann fand William einen Polizeibericht. Bill war nach seiner Flucht wieder eingefangen und in die Anstalt zurückgebracht worden. Eine Krankenschwester hatte leidenschaftslos jeden Kratzer und jedes Hämatom sowie eine gebrochene Rippe dokumentiert. William fragte sich, ob Bill von seinem Bruder verprügelt worden oder ob die Polizei für seine Verletzungen verantwortlich war.

Dr. Fitzgerald war offensichtlich sehr wütend über den Fluchtversuch. Er fühlte sich persönlich angegriffen, seine Fähigkeiten als Psychiater infrage gestellt. Er schlug zur weiteren Behandlung die Freeman-Watts-Methode vor. Es wäre das erste Mal, dass diese Operation in Jelley's Valley durchgeführt wurde.

Am 3. September 1942 wurde die Lobotomie von Dr. Fitzgerald und Dr. Mason, einem weiteren Arzt, vorgenommen. Löcher wurden in Bills Schädel gebohrt und die Frontallappen seines Gehirns abladiert. William musste das Wort nachsehen – es hieß ‚zerstört'.

Nach den Unterlagen gab es dieses Mal keine Infektion und Bill erholte sich schnell von der Operation. Dr. Fitzgerald vermerkte mit Befriedigung, dass die Widerspenstigkeit des Patienten verschwunden wäre und keine Fluchtgefahr mehr bestünde. William musste die Notizen der zuständigen Krankenschwester lesen, um die ganze Wahrheit hinter diesen Worten zu verstehen. Nach der Lobotomie war William nicht mehr in der Lage, sich um sich selbst zu kümmern. Er litt unter Inkontinenz und konnte kaum noch sprechen.

William James Wright verstarb am 7. Februar 1975 im Alter von 59 Jahren in der psychiatrischen Anstalt von Jelley's Valley an einer Lungenentzündung. Es gab keine Familie, die sich um seine Beerdigung gekümmert hätte, deshalb wurde er auf dem Gelände der Anstalt bestattet. Wo genau sein Grab sich befand, war den Akten nicht zu entnehmen.

William saß noch lange in seinem Sessel, den Aktenordner auf dem Schoß und die tote Motte neben sich auf dem Tisch. Schließlich stand er auf und schaltete die Leselampe aus. Vorsichtig legte er die Akten auf das Regal zu der Blechdose. Dann zog er sich nackt aus und legte sich ins Bett.

Er hatte noch kein Auge zugetan, als es draußen langsam hell wurde und der neue Tag begann.

21

WILLIAM HATTE all die Ruhe und Einsamkeit, die er sich nur wünschen konnte, um seine Dissertation zum Abschluss zu bringen. Er arbeitete unermüdlich, machte nur ab und zu eine kurze Pause, um über das Gelände zu joggen oder mit seinen Hanteln zu trainieren. Abends gönnte er sich zwei Stunden zum Lesen oder Fernsehen. Gelegentlich sah er sich auch einen Pornofilm im Internet an, fand es allerdings wenig befriedigend. Aber er kam gut mit seiner Arbeit voran und konnte schon bald einige Kapitel an Dr. Ochoa schicken, um eine erste Meinung von ihm einzuholen.

Eine Woche nachdem er Colby das letzte Mal gesehen hatte, fuhr er nach JV. Er rechnete fest damit, dass Colby heute frei hatte. Und tatsächlich, als er das Gebäude betrat, war nur der alte Mann hinter dem Postschalter und rief ihm ein herzliches „Hallo" zu. Der Mann war größer und kräftiger gebaut als Colby und hatte einen dichten Schopf weißer Haare. Nur die blauen Augen und das großzügige Lächeln erinnerten an seinen Enkelsohn. „Was kann ich für dich tun?", fragte er William gut gelaunt.

„Ich wollte nach meiner Post sehen und einige Bücher zurückbringen, die ich mir ausgeliehen hatte."

Der Mann schien ihn jetzt zu erkennen. Seine Augen blitzten kurz auf und das Lächeln verschwand aus seinem Gesicht. Ohne ein weiteres Wort drehte er William den Rücken zu und holte einige Briefe aus dem Postregal. Dann drehte er sich wieder um und knallte sie vor William auf den Schalter.

William warf einen kurzen Blick darauf. Eine Kreditkartenabrechnung, eine Benachrichtigung von der Universität und mehrere Werbeprospekte. „Danke." Er zögerte einen Moment, dann stellte er seine Plastiktüte mit den Büchern auf den Schalter.

William wusste nicht, was Colby seinem Großvater über ihn erzählt hatte. Der alte Mann wirkte nicht gerade feindselig, aber er war mit Sicherheit auch nicht mehr freundlich zu ihm. Und er sagte kein Wort. Verlegen bedankte William sich erneut bei ihm, nahm seine Post und verließ das Gebäude.

Nach diesem Erlebnis erledigte er seine Einkäufe in Mariposa. Nur einmal in der Woche kam er noch nach JV, um seine Post abzuholen. Er achtete darauf, nur mittwochs oder donnerstags zu kommen. Colbys Großvater und er wechselten kaum ein Wort, ihre Unterhaltung beschränkte sich auf das Notwendigste.

Sein Obst und Gemüse kaufte William noch am Stand von Colbys Cousine, aber auch Missy zeigte ihm die kalte Schulter. Ihm wurde langsam klar, dass das Zerwürfnis mit Colby auch seine Beziehung zu den restlichen Einwohnern von

Jelley's Valley mehr oder weniger beendet hatte. Keine himmlischen Tamales mehr von Rafa und Luis. Der einzige Mensch, den die ganze Sache offensichtlich nicht berührte, war Donald Hall, der Besitzer der Tankstelle. Und der war noch nie sehr zugänglich gewesen. Auf der einen Seite bedauerte William, jetzt über eine Stunde für seine Einkäufe fahren zu müssen, und es stimmte ihn traurig, die lokalen Kontakte und Annehmlichkeiten, die er so genossen hatte, wieder zu verlieren. Andererseits freute er sich darüber, dass den Menschen hier so viel an Colby lag und dass sie loyal zu ihm standen.

Die Hitze lag mittlerweile schwer über dem Tal und die Luft schien stillzustehen. Selbst die Kühe wurden von der allgemeinen Lethargie erfasst und lagen träge auf der Weide.

Am 4. Juli gab es anlässlich des Nationalfeiertags in Jelley's Valley ein Feuerwerk. William konnte es nicht sehen, aber er stand vor dem Haus und lauschte den lauten Böllern, deren Echo von den Hügeln zurückgeworfen wurde. Er fragte sich, ob Colby wohl auch mit seinen Freunden feierte, ob er die bunten Explosionen am Himmel bestaunte und den Pulverdampf riechen konnte. Vielleicht saß er jetzt gerade auf einer Decke in dem Park bei der Schule und aß einen Hamburger.

Zwei Tage später fuhr William nach Fresno. Es war ein Freitagabend, und der Parkplatz vor dem ‚Stockyard' war fast komplett zugeparkt. William trug das grüne T-Shirt, das Colby ihm geschenkt hatte. Es saß an der Brust und den Armen jetzt etwas enger, denn er hatte in den letzten Wochen deutlich an Muskelmasse zugelegt. Aber die alten Jeans und das blau gestreifte Hemd passten noch.

William betrat die gut gefüllte Bar. Auf der Bühne spielte eine Band und die Musik dröhnte laut in seinen Ohren. Heute Abend war es nicht der hübsche, aber hoffnungslos untalentierte Sänger vom letzten Mal. Der Sänger dieser Band war ein ziemlich dicker Mann mit einer großartigen Stimme, der außerdem noch hervorragend Mundharmonika spielte. Auf der Tanzfläche drängten sich die Körper dicht an dicht, meistens Männer, aber auch einige Frauen waren darunter. Der Geruch nach Schweiß und Bier lag in der Luft. Die Liebespaare hatten den Gang zu den Toiletten verlassen und sich unter die anderen Gäste gemischt, wo sie sich ihren eigenen, intimen Tänzen hingaben. Ein junger Mann lehnte in atemloser Verzückung an der Wand, während zwei andere Männer ihn küssten und streichelten.

William drängelte sich langsam durch die Menge zur Bar. Seine Größe erleichterte ihm das Durchkommen und er bestellte sich ein Bier. Da er heute selbst zurückfahren musste, war es sein erstes und letztes Bier für diesen Abend.

Die Tische waren alle besetzt, aber William fand einen freien Platz an der Wand und sah von dort dem Treiben zu. Er hatte es sich noch nie erlaubt, andere Männer so offen und direkt zu beobachten, besonders wenn diese seine Blicke erwidern konnten. Die Besucher waren eine sehr gemischte Gruppe, obwohl Weiße und Latinos leicht in der Überzahl waren. Einige Männer waren kaum erwachsen, andere schon über sechzig, aber die meisten schienen ungefähr in seinem Alter zu sein. Es gab alle Arten von Typen: klein und zierlich, kräftig und muskulös, dünn, fett, glatt und behaart. Manche waren so ähnlich gekleidet wie William. Andere trugen Leder oder Cowboyklamotten, wieder andere bevorzugten einen etwas auffälligeren Stil. Ein großer Mann mit rasiertem Kopf und den Muskeln eines Bodybuilders trug hautenge, gelbe Shorts, die seine Arschbacken freiließen.

William gefiel es, den Männern beim Tanzen zuzusehen. Er bewunderte das Spiel ihrer Muskeln, ihre knackigen Hinterteile und die Ausbuchtungen in ihren Leisten. Er erfreute sich an ihren tiefen Stimmen. William konnte nicht sagen, was ihm besser gefiel. Während einige Männer ohne Zweifel besser aussahen als andere, waren doch alle auf ihre eigene Art attraktiv. Jeder einzelne von ihnen hatte seinen persönlichen Charme. Es gab keinen, den er sexuell nicht interessant gefunden hätte.

„Hallo. Willst du nicht tanzen?"

Der Mann war einige Jahre älter und etwas kleiner als William. Er hatte hellbraune Haut, dunkle Augen und Haare. Unter seinem schwarzen Hemd zeichnete sich ein kleiner Bauch ab. Sein Lächeln war umwerfend hübsch.

„Ich wollte erst mein Bier trinken."

Der Mann sah auf Williams Glas, in dem nur noch ein Rest Schaum war. „Sieht aus, als hättest du es geschafft. Wollen wir?" Er deutete auf die Tanzfläche.

Sicher. Warum nicht? William drückte das Glas einem vorbeilaufenden Kellner in die Hand und folgte seinem neuen Bekannten auf die Tanzfläche. Sie mussten sich erst einen freien Platz suchen. Die Band spielte ein Lied, das von lebhaften Riffs auf der Mundharmonika begleitet wurde. William war erleichtert, dass sein Partner ein fürchterlicher Tänzer war. Nicht so schlecht wie William, aber schlecht genug, um Williams unkoordinierte Bewegungen nicht zu bemerken. Sie riefen sich einzelne Worte zu, aber die Musik war viel zu laut, um eine Unterhaltung zu führen. Der Mann hieß entweder Peter oder er schlug etwas vor für später. William lächelte nur unverbindlich.

Irgendwann während des nächsten Liedes hatte William plötzlich einen neuen Partner. Es war ein dünner, junger Mann mit einer strubbeligen Punkfrisur. Er kam auf William zugetanzt und stieß ihn mit der Hüfte an. Sobald das Lied endete, verschwand er wieder in der Menge. An seine Stelle trat erst ein großer, kräftiger Mann in einem Harley-Shirt, danach ein gut aussehender, älterer Mann mit liebenswerten Lachfalten im Gesicht. Der ältere Mann hielt drei Lieder durch, zwei schnelle und ein langsames. Als das dritte Lied zu Ende war, sah er William fragend an und deutete auf den Gang zu den Toiletten, wo immer noch lebhafter Betrieb herrschte. William schüttelte lächelnd den Kopf. Der Mann lächelte zurück und zuckte gelassen mit den Schultern.

William war verschwitzt und durstig. Er hatte vergessen, auf die Zeit zu achten. Er hatte sich selbst und seine Probleme vergessen. Es war schön gewesen, aber jetzt fühlte er sich erschöpft. William verließ die Tanzfläche und entschuldigte sich für sein Drängeln, obwohl ihn wahrscheinlich niemand hören konnte. Dann brachte er den Spießrutenlauf auf dem Gang zur Toilette hinter sich. Als er eine Hand an der Hüfte spürte, schob er sie sanft, aber bestimmt zur Seite. Im Bad waren gerade zwei Paare mit Blowjobs beschäftigt, aber er nahm sie genauso wenig zur Kenntnis wie das Stöhnen, das aus der Kabine der Behindertentoilette zu hören war. Die Urinale waren überfüllt und jeder schien sich vor allem für den Schwanz seines Nachbarn zu interessieren.

Als William zurückkam, schlängelte er sich durch die Menge zur Bar, um sich eine kalte Cola zu besorgen und dann wieder auf die Tanzfläche zu gehen. Auf halbem Weg blieb er unvermittelt stehen. Rechts und links drängten andere Gäste an ihm vorbei und rempelten ihn an, aber er nahm sie kaum wahr. Es war wie eine Erleuchtung über ihn gekommen. Umgeben von Männern aller Altersgruppen und jeden Aussehens war ihm plötzlich klar geworden, was sein Typ war. Er fühlte es bis in die Knochen und – ja – bis ins Herz. Und obwohl die gesamte schwule Bevölkerung des San Joaquin Valley heute Abend im ‚Stockyard‘ versammelt schien, war keiner von ihnen sein Typ. Weil keiner von ihnen Colby war.

Colby Anderson war sein Typ und alle anderen wären nur ein schaler Abklatsch.

Aber – um es auf Colbys direkte Art zu sagen – es war absolut beschissen, dass William ihm das nicht verklickern konnte.

William verließ die Bar und machte sich auf den Weg zum Parkplatz, wo es ruhiger und kühler war. Selbst hier war er nicht allein. Vier Männer lehnten redend und lachend an einem Auto, zwei andere saßen in ihrem Wagen und waren anderweitig miteinander beschäftigt. Ihr Radio spielte einen Popsong, der William vage bekannt vorkam.

Er ging um die Ecke und lehnte sich an die Hauswand. Es war dunkel und roch leicht nach Pisse. Aber er war dankbar für die Abgeschiedenheit, denn seine verschiedenen Körperteile waren in eine lebhafte Auseinandersetzung vertieft.

Sein Verstand – immer beschäftigt und um sein Wohlergehen besorgt – bestand darauf, dass er in die Bar zurückging und sich den nächstbesten Mann aufgabelte. Und danach noch einen und noch einen. Na ja, vielleicht nicht alle an einem Abend. Aber William konnte zurückkommen oder sich übers Internet verabreden. Colby hatte ihm genug Tipps gegeben, wie das funktionierte. So könnte er sich genau die Art von Erfahrung beschaffen, von der Colby gesagt hatte, dass William sie nötig hätte. Vielleicht würde er ja sogar einen Mann kennenlernen, der besser zu ihm passte als Colby. Im ‚Stockyard‘ konnte er bestimmt genug Männer finden, die an Sex interessiert waren. Sie waren schließlich genau aus diesem Grund hier, und nicht etwa deshalb, weil sie einen Partner für eine feste Beziehung suchten. Wer in Gängen rumstand und fremde Männer begrapschte, dachte dabei nicht an Familiengründung und Standesamt.

Williams Schwanz war der gleichen Meinung wie sein Verstand.

Aber sein Herz … Williams Herz bestand darauf, dass er Colby betrügen würde, wenn er sich mit anderen Männern einließ.

Lächerlich!, erwiderte sein Verstand. *Wir sind nicht zusammen. Wir haben über einen Monat nicht miteinander gesprochen.*

Es ist trotzdem Betrug, sagte sein Herz.

Wo, zum Teufel, ist deine wissenschaftliche Objektivität geblieben? Du hast zu viel Zeit in der alten Anstalt verbracht. Jetzt bist du genauso verrückt.

Rutsch mir den Buckel runter mit deiner wissenschaftlichen Objektivität. Und mit deiner Vernunft.

Williams Herz erwies sich als ziemlich stur und gab dem Verstand nicht nach.

Während die beiden immer noch mit ihrem Disput beschäftigt waren, ging William resigniert zu seinem Auto zurück und machte sich auf den Rückweg nach Jelley's Valley.

22

AM ERSTEN Tag im August wachte William schon vor Sonnenaufgang auf und ging joggen. Er machte das jetzt jeden Morgen, weil so früh am Tag die Sonne noch nicht so heiß brannte. Vor einigen Wochen hatte er sich einen Rundweg über das Gelände gesucht, auf dem auch bei Dunkelheit nicht die Gefahr bestand, über Hindernisse zu stolpern und sich zu verletzen. Er hatte die Strecke mit einer App auf seinem Handy gemessen. Sie war etwa eine Meile lang und er lief in der Regel vier bis fünf Runden. Wie üblich zog er auch heute die Trainingsshorts an, die er sich in Mariposa gekauft hatte. Er kletterte durch das Fenster seines Apartments – es war nicht sehr elegant, ging aber schneller – und fing an zu laufen.

William hatte sich für den heutigen Tag viel vorgenommen. Nach dem Laufen wollte er duschen und frühstücken, sich um die Wäsche kümmern, etwas Clive Barker lesen, sich kurz hinlegen, dann Solitär spielen und sich einen Porno im Internet anschauen. Vielleicht wollte er auch noch einige Zeit im Archiv verbringen, um in den alten Unterlagen der Anstalt zu stöbern. Sie waren faszinierend. Seine Dissertation war bereits an der Universität bei den Gutachtern. Daran konnte er nicht mehr arbeiten, selbst wenn er es gewollt hätte. Es war ein wunderbares und erleichterndes Gefühl.

Während er gerade seine dritte Runde drehte, ging die Sonne auf. Die Vögel zwitscherten und der Himmel war makellos blau, so wie Colbys Augen. Als William um das Gebäude kam, sah er einen Wagen vor dem Tor stehen. Ein Mann war gerade dabei, über den Zaun zu klettern. William änderte seinen Kurs und lief in vollem Tempo zum Tor.

Als er vor Anstrengung keuchend am Tor ankam, hatte der Mann den Zaun gerade überwunden und sprang zu Boden. Er war ungefähr vierzig Jahre alt und braun gebrannt, trug Khakishorts, ein T-Shirt und eine Weste mit Dutzenden von Taschen und Schlaufen. Um seinen Hals hing eine Kamera.

„Hey!", rief William. "Das ist Privatgelände und nicht öffentlich zugänglich." Der Mann sah in an. „Und wer sind Sie?"

„Der Hausmeister. Sie müssen wieder gehen."

„Hören Sie, ich will nur einige Fotos machen. Ich arbeite an einer Fotodokumentation über die Geschichte alter psychiatrischer Einrichtungen. Hier ist meine Visitenkarte." Er zog eine kleine Karte aus einer der vielen Taschen und gab sie William. *Chet Gonzalez, MFA, Fotografie und Kunst,* stand darauf zu lesen. Es folgten eine E-Mail-Adresse, eine Website und ein Twitter-Kontakt.

„Hört sich interessant an", meinte William. „Aber Sie brauchen eine Genehmigung."

„Ja, ich weiß. Ich wollte eigentlich nach Stockton fahren und dort einige Fotos machen. Aber ich bin im Yosemite-Nationalpark hängen geblieben und habe dort übernachtet. Es sind wunderbare Bilder geworden, auch wenn es dort kein Krankenhaus gibt. Dann dachte ich mir, wenn ich schon in der Nähe bin …“ Er grinste William hoffnungsvoll an.

William runzelte die Stirn. Aber er holte sein Handy aus der Tasche und wählte Jan Merricks Nummer. Hoffentlich war sie schon wach. Jan nahm den Anruf sofort entgegen. „William. Ist irgendwas passiert?“

„Nein, alles in Ordnung. Aber hier ist ein Fotograf aufgetaucht, Chet Gonzalez. Er will Bilder von der Anstalt machen, für eine Dokumentation.“

Sie dachte einen Moment nach. „Sieht er vertrauenswürdig aus?“

„Ich denke schon.“ William war sich nicht sicher, wie ein vertrauenswürdiger Fotograf auszusehen hatte.

„Dann ist es wohl in Ordnung. Lass dir aber bitte seine Adresse geben. Ich würde gerne sehen, wie die Bilder werden.“

Gonzalez wartete das Gespräch aufgeregt ab. „Sie sagt, es wäre alles in Ordnung“, sagte William und Gonzalez strahlte ihn erfreut an.

William ging zu seinem Apartment zurück und holte die Schlüssel. Dann öffnete er das Tor, damit Gonzalez seinen Volvo auf den Parkplatz fahren konnte. Sie trafen sich vor dem Haupteingang.

Gonzalez sah sich um. „Das Licht ist sehr gut. Ich mache erst einige Außenaufnahmen. Kann ich dann ins Haus kommen?“

„Ja, sicher. Ich lasse die Tür offen. Mein Apartment ist nicht weit von der Lobby, Sie können einfach nach mir rufen, wenn Sie soweit sind.“ William erwartete nicht, dass es mit Gonzalez Probleme geben könnte. Was sollte der Mann auch tun – alte Möbel stehlen?

„Kann ich die Zimmer in dem Gebäude betreten?“

„Einige sind verschlossen. Aber ich habe die Schlüssel und kann sie aufschließen. Mein Name ist William.“

„Prima, Mann.“ Gonzalez schüttelte ihm die Hand. „Ich bin Ihnen wirklich dankbar für die Hilfe.“

William setzte Kaffee auf und ging unter die Dusche. Er beeilte sich, für den Fall, dass Gonzalez nach ihm rief. Nachdem es sich abgetrocknet und angezogen hatte, machte er sich ein Frühstück mit Toast und Ei. Dann setzte er sich aufs Sofa, um zu lesen. Aber die Anwesenheit eines anderen Menschen auf dem Gelände lenkte ihn ab. Er konnte sich nicht konzentrieren. Abgesehen von den Gärtnern, die alle paar Wochen Unkraut rupften und den Rasen mähten, hatte er hier noch nie Besuch gehabt. Außer Colby natürlich. Aber der war seit dem Tag im Mai nicht mehr zurückgekommen.

Über eine Stunde verging, bevor William hörte, wie sein Name durch den Gang gerufen wurde. Er ging in die Eingangshalle, wo Gonzalez schon stand und mit der Kamera den staubigen Kronleuchter anfixierte. „Wow“, meinte Gonzalez und warf William einen kurzen Blick zu. „Dieses Haus ist umwerfend. Es muss nachts ziemlich unheimlich sein."

„Eigentlich nicht. Es ist sehr still hier."

Gonzalez kicherte und fotografierte die geschlossene Eingangstür. „Keine Geister?"

„Das bezweifle ich. Und wenn es Geister gäbe, wären sie wahrscheinlich traurig, nicht … rachsüchtig. Es ist ein sehr trauriger Ort."

„Ja. Genau darum geht es mir bei meinem Projekt. Ich versuche, eine Verbindung herzustellen zwischen den verlassenen Menschen und den verlassenen Gebäuden."

William sah neugierig zu, wie Gonzalez die Eingangshalle aus allen Blickwinkeln fotografierte. Dann gingen sie in die Schlafsäle und Zellen – aber nicht in Bills alte Zelle. Als sie in die Küche kamen, waren sie per du.

Chet beschrieb ihm einige der alten Krankenhäuser, die er bereits besucht hatte. Er erzählte William, wie er auf die Idee für sein Projekt gekommen war. Er hatte erfahren, dass die Zwillingsschwester seiner Großmutter als erwachsene Frau ihr gesamtes Leben in einer geschlossenen Anstalt verbracht hatte. William erzählte Chet von einigen Patienten, deren Akten er gelesen hatte. Aber auch hier ließ er Bills Geschichte aus. Er konnte nicht über Bill reden, ohne dabei emotional zu werden.

In der medizinischen Abteilung und der Leichenhalle machte Chet sehr viele Fotos. William lief jedes Mal eine Gänsehaut über den Rücken, wenn er diesen Flügel des Gebäudes betrat. Er musste an die fürchterlichen Dinge denken, die Bill hier widerfahren waren. Bill war in seinem Leiden vollkommen allein gewesen. Es hatte niemanden gegeben, der ihm die Hand gehalten oder ihn getröstet hätte. Nach seinem Tod hatte er wahrscheinlich einige Tage in der Leichenhalle gelegen, von allen verlassen und vergessen.

„William? Hallo?"

William schüttelte sich. „Ja?"

„Ich brauche eine Pause und habe Hunger. Wo kann man hier gut essen?"

„Das einzige Restaurant hier ist ‚Dos Hermanos', aber es ist sehr gut. Die Tamales sind unübertroffen."

„Prima. Kommst du mit?"

Es war eine harmlose Einladung. Chet war verheiratet und, soweit William es beurteilen konnte, heterosexuell. William hätte ihn gerne begleitet, wollte aber das ‚Dos Hermanos' nicht betreten. „Ich muss hierbleiben", sagte er ausweichend. „Aber ich habe noch gegrilltes Hähnchen von gestern übrig, falls du mit mir essen willst."

„Wirklich? Danke, Mann."

Sie saßen in Williams Apartment und aßen Sandwichs mit Hähnchen und Avocado. Dann fragte Chet ihn, ob er einige Bilder von den Regalen, dem kleinen

Kronleuchter und dem alten Schreibtisch machen könnte. Sein Blick fiel auf die Blechdose. „Was ist das?"

„Das … es ist eine alte Blechdose."

„Was macht die hier?"

William sah die Blechdose als Bills persönliches Vermächtnis an ihn an, das ihm zur Obhut übergeben worden war. Er wollte es nicht preisgeben, war aber ein miserabler Lügner. „Ich habe die Dose in einer der Zellen gefunden. Sie enthält Briefe, die einer der Patienten geschrieben hat."

Chet sah ihn mit großen Augen an. „Wow, wirklich? Die würde ich gerne fotografieren."

Mit dieser Frage brachte er William in eine Zwickmühle. Die Briefe waren persönlich. Bill hatte zum Schluss nicht mehr die Hoffnung gehabt, dass Johnny sie jemals lesen würde. Er hatte die Briefe nur noch für sich selbst geschrieben, ein unerhörter Schrei um Hilfe in einer ausweglosen Situation. Sicher hätte er sich nie vorstellen können, dass sie als Teil einer Fotoausstellung von Hunderten Menschen gesehen würden. Aber … diese Hunderte von Menschen würden von seinem Schicksal erfahren, würden sich an ihn erinnern. Vielleicht konnte Bill mit seinen Briefen ihre Herzen genauso berühren, wie er Williams Herz berührt hatte.

„Na gut", sagte William leise.

Chet arrangierte die Blechdose und die Briefe um einen umgekippten Stuhl in einer ansonsten leeren Zelle. William beobachtete erleichtert, wie sorgsam, fast respektvoll, Chet mit ihnen umging. Trotzdem war er froh, als er sie wieder in den Händen hielt. Chet machte noch einige Nahaufnahmen von Williams Händen und der Dose. Als Hintergrund benutzte er die Schatten, die das Fenstergitter an die Wand warf.

Zuletzt gingen sie ins Archiv. „Sorry", sagte William. „Ich habe das Zimmer geputzt. Davor hat es zu … verstörend ausgesehen."

„Schon gut. Ich mache einige Nahaufnahmen von den Akten. Und ich will einen Eindruck von ihrer schieren Menge vermitteln." Kopfschüttelnd zog Chet einige Ordner aus einer Schublade. „Hast du hier die ganzen Geschichten gelesen, von denen du mir erzählt hast?"

„Ja. Ich habe mir einige der Akten angesehen."

Chet kratzte sich gedankenverloren am Kopf. „Ich glaube, ich habe eine Idee. Mein Projekt wird von einer Stiftung finanziert. Wenn ich damit fertig bin, wird es in einer Ausstellung in Los Angeles vorgestellt. Aber ich habe mir überlegt … was hältst du davon, wenn wir zusammenarbeiten und darüber ein Buch schreiben?"

„Ein Buch?"

„Ja. Nur über Jelley's Valley. Ich mache die Bilder und du schreibst den Text. Das könntest du doch, oder? Keine trockene Abhandlung über die Geschichte oder die Architektur. Ein Text über die Menschen und ihre Schicksale, so wie du sie mir erzählt hast."

„Ich …" William fehlten die Worte. „Glaubst du wirklich, dass wir dafür einen Verlag finden? Und Käufer?"

„Keine Ahnung. Aber deine Geschichten haben mich sofort angesprochen. Und ich habe einige Beziehungen. Gott, William, glaubst du nicht auch, dass die Öffentlichkeit das alles erfahren muss?" Chet schwenkte den Arm im Bogen. „Alles, was hier passiert ist?"

„Ja, das glaube ich auch", sagte William langsam.

„Gut. Pass auf, ich fahre jetzt noch nach Norden. Aber du hast meine Kontaktadresse. Ich schreibe mir deine Nummer auf, und wenn ich wieder zu Hause bin, reden wir darüber. Das ist ungefähr in zwei Wochen. Ich habe schon mehrere Bücher gemacht und kenne einige Verleger, bei denen ich vorfühlen kann."

William ging zum Tor und wartete, bis Chet mit seinem Volvo das Grundstück verlassen hatte. Der hielt hinter dem Tor noch einmal kurz an und kurbelte das Fenster auf. „Ich bin wirklich froh, dass wir uns kennengelernt haben, William. Ich freue mich schon darauf, mit dir über unser Buchprojekt zu diskutieren. Schau dir noch mehr von den Akten an, ja?"

Sie schüttelten sich die Hand, dann fuhr Chet davon. William verschloss das Tor und machte sich eilig auf den Rückweg ins Haus.

JE LÄNGER William über das Buchprojekt nachdachte, desto aufgeregter wurde er. Er hatte sich noch nie so für etwas begeistert … mit Ausnahme von Colby natürlich. Aber selbst der Gedanke an seine Dissertation verblasste im Vergleich zu den Möglichkeiten, die er in dem Buch sah. Sicher, seine Untersuchungen waren wichtig. Er würde noch einige Artikel darüber schreiben können, die ihm dabei halfen, einen guten Job an einer Universität zu finden und vielleicht eine feste Anstellung zu bekommen. Andere Wissenschaftler würden seine Arbeit lesen und zitieren. Aber es würde niemanden wirklich berühren.

Gott, er wünschte sich, mit jemandem darüber reden zu können. Er wünschte sich, mit einem Bier in der Hand neben einem Freund auf der Couch zu sitzen und darüber zu reden, welche Patientenakten sie in das Buch aufnehmen sollten, wie sie die nötigen Genehmigungen von den Hinterbliebenen einholen konnten und welchen Eindruck das Buch in der Öffentlichkeit hinterlassen würde. Er wollte mit jemandem über seine Hoffnungen reden, den Patienten wenigstens einen Teil ihrer Würde zurückgeben zu können und der menschlichen Stärke von Männern wie Bill seinen Tribut zu zollen.

Aber es gab niemanden, mit dem er darüber reden konnte. Er fühlte Colbys Abwesenheit wie eine große Leere in sich, die ihn seit diesem Tag im Mai nicht mehr verlassen hatte. Er vermisste Colby jetzt schon länger, als sie sich zuvor gekannt hatten. Und heute Abend war es besonders schlimm.

„Reiß sich zusammen", ermahnte er sich laut. Dann beschloss er, einige Anrufe zu erledigen, um das Buchprojekt vorzubereiten.

AN EINEM Tag Anfang September klingelte Williams Telefon. Er zuckte erschrocken zusammen und fluchte über die Störung. Er war gerade dabei, seine Unterlagen zu sortieren und zu packen, weil er morgen zur Universität fahren musste, um seine Dissertation zu verteidigen. Deswegen war er nervlich ziemlich angespannt.

Ohne auf die Nummer zu achten, nahm er den Anruf entgegen. „Was ist denn?", fragte er ungehalten.

„Hallo, William."

„Colby." Williams Herz fing an zu rasen. „Entschuldige. Ich wusste nicht, dass du es bist."

„Oh. Hallo."

„Hallo."

Wer hätte gedacht, dass Schweigen am Telefon so peinlich sein konnte?

Nach einigen Sekunden räusperte sich Colby. „Hier, äh, hier liegt Post für dich. Von einem Anwalt. Vielleicht ist es dringend."

Mit diesen Worten wurden Williams Hoffnungen im Keim erstickt. Er gab sich Mühe, ruhig zu klingen. „Kann ich sie jetzt gleich abholen? Ich bin morgen weg."

Ein leises Japsen war zu hören, dann räusperte sich Colby wieder. „Äh, ja. Natürlich. Das ist doch mein Job."

„Richtig. Der Hilfspostmeister."

„Ja."

„Ich fahre sofort los."

Zwanzig Minuten später war William in Jelley's Valley. Er hätte es früher schaffen können, aber er hatte lächerlich lange vor seinem Schrank gestanden und überlegt, was er anziehen sollte. Nach einigen Minuten hatte er nur resigniert gestöhnt und war so losgefahren, wie er war: Sandalen, Khakishorts und weißes T-Shirt.

Colby wiederum sah in seinem rot-gelb gestreiften T-Shirt und den blauen Shorts wie ein Paradiesvogel aus. Er hatte seine Haare an den Spitzen wieder blond gefärbt und in seinem rechten Ohr glänzte jetzt ein Ohrring. Er stand hinter dem Postschalter und begrüßte William mit einem schüchternen Lächeln.

„Hey, William."

„Will."

Colbys Lächeln wurde strahlender. „Will. Du siehst gut aus. Mir gefällt deine Frisur."

William fuhr sich mit der Hand durch die Haare. „Sie sind zu lang. Ich habe noch keinen Frisör gefunden und …"

„Es sieht gut aus. Und du hast trainiert."

„Äh, ja." William trat verlegen von einem Bein aufs andere. „Etwas. Es vertreibt die Zeit."

„Ich weiß."

Colby drehte sich zu den Postfächern um. Dann reichte er William einen Umschlag. William nahm ihn und las den Absender. Lisas Anwalt. Er öffnete den Umschlag und sah kurz durch die Unterlagen.

„Alles in Ordnung?", fragte Colby ihn nach einigen Minuten.

„Die endgültigen Scheidungsunterlagen. Ich bin jetzt offiziell wieder Single."

„Oh. Glückwunsch. Dann ist ja jetzt der Zeitpunkt gekommen, wieder in die Zivilisation zurückzukehren."

William sah Colby überrascht an. „Hä?"

„Jetzt bist du wieder frei, musst dir um nichts mehr Gedanken machen, wenn du mit jemandem ausgehst. Ich … ich kann dir einige Clubs in der Stadt nennen, wenn du daran interessiert bist. Vielleicht gefallen sie dir." Colby seufzte und blickte vor sich auf den zerkratzten Schalter. „Oder auch nicht."

„Aber … ich gehe nicht zurück."

Colbys Kopf schoss in die Höhe. „Du hast doch gesagt, dass du morgen weg bist."

„Nur für einen Tag, zur Disputation meiner Doktorarbeit. Bis zum Abend bin ich wieder zurück."

War das Erleichterung in Colbys Miene? „Aber ich dachte … Du hast gesagt, dass du nur bis zum Herbst bleiben willst. Du hast doch einen Job als Assistent in Aussicht."

„Ich habe ihn abgelehnt. Ich habe … ich habe ein neues Projekt und es ist sehr spannend. Ich werde hier daran arbeiten. Es ist ein Buch. Wir haben schon einen Vertrag und alles. Chet hat Beziehungen, deshalb haben wir schnell einen Verleger gefunden." William konnte seine Begeisterung kaum zügeln. „Jan … Sie gehört zu der Stiftung, die sich um die Anstalt kümmert. Jan sagt, ich kann so lange bleiben, wie ich will. Sie ist auch ziemlich begeistert wegen dem Buch. Ich kann weiter umsonst hier wohnen und werde so gut bezahlt, dass ich davon leben kann. Sie bezahlen mir jetzt sogar mehr, weil ich die Patientenunterlagen für die Stiftung archiviere. Ich denke, Professor kann ich auch noch in einem Jahr werden. Außerdem meint Chet, dass wir an dem Buch vielleicht auch einige Dollar verdienen. Der Verlag gibt uns einen Vorschuss."

Colby wartete geduldig, bis William seinen Redefluss unterbrach. „Chet?", fragte er dann.

„Mein Partner. Er ist Fotograf und seine Bilder sind wunderbar."

„Ahh. Glückwunsch. Ich bin froh, dass ihr euch gefunden habt."

„Er ist nicht schwul", platzte William heraus. Als Colby die Augenbrauen in die Höhe zog, fügte er hinzu: „Wir sind nicht zusammen. Nicht so jedenfalls. Wir arbeiten nur zusammen."

Wieder huschte dieser Ausdruck über Colbys Gesicht, der vielleicht Erleichterung war. „Na ja, das hört sich doch toll an. Ein Buch."

„Das ist es auch. Äh … vielleicht können wir ja demnächst zusammen essen gehen, dann kann ich dir alles darüber erzählen."

„Vielleicht."

William wollte noch mehr sagen. Er wollte Colby sagen, wie sehr er ihn vermisst hatte, wie sehr er sich nach ihm sehnte. Er wollte ihm sagen, dass er keinen anderen Mann angefasst hatte. Er war nur das eine Mal im ‚Stockyard' gewesen, damals im Juli. Und da hatte er die Flucht ergriffen. William wollte Colby sagen, dass kein anderer Mann die Leere in seinem Herzen ausfüllen konnte.

Gott, er wollte auf die Knie fallen und Colby bitten, ihm eine Chance zu geben, ihn zu lieben und nie wieder herzugeben. Wenn er sich auch nur den geringsten Erfolg davon versprochen hätte, William hätte keine Sekunde gezögert.

Stattdessen nickte er nur und schob die Scheidungsunterlagen wieder in den Umschlag zurück. „Vielen Dank."

„Gern geschehen."

„Wir, äh … wir sehen uns dann demnächst."

„Viel Erfolg bei deiner Prüfung, Will."

23

Es war nur noch eine Woche bis Herbstanfang und William war auf dem Weg nach Mariposa. Er saß schwitzend in seinem Wagen und fluchte über die kaputte Klimaanlage. Da er das Fenster komplett nach unten gekurbelt hatte, blies ihm die heiße, staubige Luft direkt ins Gesicht. Seine Augen juckten. Er schimpfte laut, als schon wieder ein Tourist mit überhöhter Geschwindigkeit an ihm vorbeibrauste und eine Wolke von Abgasen und Staub hinter sich herzog. Die Strecke sollte wirklich besser und öfter kontrolliert werden. Aber das dachte er jedes Mal, wenn er nach Mariposa fuhr.

Heute wollte er nicht in dem kleinen Café essen. Sicher, das Essen war gut, aber auf Dauer wurde es langweilig. Er versuchte es mit dem chinesischen Restaurant, das nur wenige Blocks entfernt lag. William hatte schon lange nicht mehr chinesisch gegessen, und obwohl die Qualität des Essens nicht an die Standards der Bay Area heranreichte, schmeckte es ihm gut. Außerdem hatte das Restaurant eine Klimaanlage.

Im Laufe der Monate hatte es William immer wieder zu ,Franks Schnäppchen' gezogen. Es gab zwar nie viel Auswahl, aber er hatte immer alles gefunden, was er brauchte. Wenn er beispielsweise Unterhosen kaufen wollte, gab es genau eine Farbe und einen Stil in seiner Größe. Aber wieso sollte er zwischen Dutzenden auswählen wollen, wenn das Angebot genau seinen Bedürfnissen entsprach? Er war mit den dunkelblauen Unterhosen vollkommen zufrieden.

Heute suchte er nach einer Klimaanlage, die er in das Fenster einbauen konnte. Es war eigentlich schon etwas spät im Jahr, um sich noch diese Mühe zu machen. Aber in den letzten beiden Tagen waren die Temperaturen auf fast vierzig Grad geklettert und in seinem Apartment war es kaum noch auszuhalten. Außerdem konnte er die Anlage im nächsten Sommer wieder brauchen.

Wie erwartet, fand er in Franks Regalen genau ein Modell. Keuchend hievte er es in seinen Einkaufswagen. Weil er sowieso hier war, erledigte er auch noch einige kleinere Einkäufe – Lebensmittel, einen 3er-Pack Sportsocken und eine Flasche Wein. William hatte heute Geburtstag. Die Klimaanlage war sein Geschenk an sich selbst und den Wein brauchte er zum Feiern.

Er musste sich an der Kasse ausweisen und der jungen Frau fiel das Geburtsdatum in seinem Führerschein auf. Sie wünschte ihm alles Gute und einen schönen Tag. Wahrscheinlich hielt sie ihn mit seinen dreiunddreißig Jahren für Methusalem.

Nachdem William seine Einkäufe im Auto verstaut hatte, suchte er im Radio nach seinem Lieblingssender mit Countrymusic und machte sich auf den Heimweg.

Kurz bevor William das wunderschöne Zentrum von Jelley's Valley erreichte, brauste ein Auto heran und fuhr so dicht auf, dass es sich fast unter seine Stoßstange schob. Er fluchte und wich auf den Seitenstreifen aus, um den Fahrer vorbeizulassen. William hasste es, wenn die Leute durch die Stadt rasten, wo ständig Kinder auf ihrem Schulweg die Straße überqueren mussten. Der überdimensionierte Pick-up raste mit aufheulendem Motor und dröhnenden Lautsprechern an ihm vorbei.

„Wahrscheinlich muss er seinen kleinen Schwanz kompensieren", murmelte William verärgert.

Einige hundert Meter vor der Abzweigung zum Krankenhaus sah er ein Fahrrad am Straßenrand liegen. Das Vorderrad drehte sich noch. Im dürren Gestrüpp des Straßengrabens blitzte ein Farbfleck auf. Es musste der gestürzte Radfahrer sein.

„Scheiße!" William fuhr sofort an die Seite und schaltete den Motor ab. Er stieg aus, knallte die Tür hinter sich zu und rannte zu dem Radfahrer zurück. Noch bevor er den regungslos daliegenden Mann erreichte, sah er die blonden Strähnen in seinem Haar.

„Colby! Colby!"

In seiner Panik nahm William alles nur noch in Zeitlupe wahr. Er fiel neben Colby, der mit dem Gesicht nach unten im Gras lag, auf die Knie und fasste ihm an die Schulter. Colby bewegte den Kopf zur Seite und blinzelte ihn an, als er die Hand an seiner Schulter spürte. „Will?", stöhnte er.

„Nicht bewegen! Nicht bewegen! Ich rufe 911." William hatte das Handy im Auto gelassen.

„Nicht nötig." Bevor William wieder aufstehen konnte, griff Colby nach seiner Hand. Für einen verletzten Mann bewegte er sich erstaunlich schnell. „Es ist alles in Ordnung."

„Aber du …"

Colby rollte sich stöhnend auf den Rücken. „Ich bin nicht verletzt. Ich habe mir nur die Knie aufgeschlagen, und als ich das Blut gesehen habe …" Er verzog das Gesicht. Dann erhob er sich hastig auf alle viere und übergab sich. William kniete hilflos an seiner Seite und streichelte ihm über den staubverschmierten Rücken. Colby trug sein ‚Total Dance Whore'-Shirt.

Nach einigen Minuten hörte Colby auf zu würgen. William half ihm, wieder auf die Beine zu kommen. „Colby, du solltest nicht …"

„Es geht mir gut. Ich war nur bewusstlos." Colby seufzte und sah nach unten auf seine Knie. Schnell wandte er den Blick wieder ab. „Ist mir schon lange nicht mehr passiert. Ich komme mir vor wie ein Idiot."

„Du bist kein Idiot. Du hattest einen Unfall. Hat dieses Arschloch von Raser dich umgefahren?"

Colby sah William erstaunt an, als er ihn fluchen hörte. Dann grinste er. „Arschloch, ja? Nein. Er ist nur so nah an mir vorbeigefahren, dass ich ausgewichen bin und die Kontrolle über das Fahrrad verloren habe."

„Ich habe dir doch gesagt, du sollst einen Helm tragen!"

Colby grinste noch breiter. „Und was hätte das geholfen? Ich bin auf die Knie gefallen."

„Aber du hättest auf den Kopf fallen können! Und dann …" William holte tief Luft, um sich wieder zu beruhigen. „Du könntest deinen Kopf noch ab und zu gebrauchen."

„Ab und zu."

Colby stützte sich immer noch auf William. Seine Knie waren schmutzig und blutverschmiert und er schwankte noch leicht. „Bist du dir sicher, dass ich nicht die Ambulanz rufen soll?", fragte William.

„Die Ambulanz ist in Mariposa. Es dauert ewig, bis die hier ankommen. Und ich brauche keinen Notarzt. Ich muss nur den Schmutz abwaschen. Kannst du mich und mein Rad nach Hause bringen?"

„Ja, sicher. Ich … Oh nein! Mein Auto ist vollgepackt." William überlegte. „Pass auf. Wir verstecken dein Rad im Gebüsch, sodass es von der Straße nicht zu sehen ist. Dann fährst du mit zu mir. Ich habe einen Verbandskasten, und du willst dich bestimmt nicht selbst um die Wunde kümmern."

„Äh … nein. Ich kann nicht …" William hielt Colby fest, der sich vorbeugte und wieder zu würgen anfing. Als Colby sich wieder aufrichtete, lehnte er sich an Williams Brust. „Entschuldige."

„Schon gut. Ich wische den schlimmsten Schmutz ab und mache Platz für dich im Auto. Dein Fahrrad können wir auf dem Rückweg mitnehmen."

Colby nickte. Sein Knie schien höllisch zu schmerzen, denn William musste ihn fast zum Auto tragen. Er half Colby auf den Beifahrersitz. Dann zog er sein Hemd aus und legte es ihm auf den Schoß, um ihm den Anblick der blutenden Wunden zu ersparen. Colby lächelte ihn dankbar an. „Ich ruiniere dein Hemd."

„Ich habe noch andere."

„Wahrscheinlich besser, als wenn ich in dein Auto kotze."

„Viel besser."

William schloss zu Tür und versteckte das Fahrrad. Als er zurückkam, reichte er Colby eine Wasserflasche vom Rücksitz. „Hier. Es ist zwar etwas warm, aber …"

„Danke." Colby nahm einen Schluck aus der Flasche. „Schon besser."

„Wenn wir zu Hause sind, kann ich dir etwas Kaltes geben."

Während William über die Hügel und an den neugierigen Kühen vorbeifuhr, sah Colby stur nach vorne. „Es ist meine eigene verdammte Schuld", sagte er schließlich.

„Wie meinst du das?"

„Ich hatte mir fest vorgenommen, nicht mehr zum Krankenhaus zu fahren. Wenn ich mich daran gehalten hätte, wäre ich nicht von dem Arschloch abgedrängt worden."

„Du warst auf dem Weg zum Krankenhaus?"

Colby seufzte vernehmlich. „Ja. Na ja, ich war auf dem Rückweg. Normalerweise bin ich später dran. Gestern hast du gegrillt. Ich konnte es bis zum Tor riechen. Es hat gut gerochen. Aber heute ist mein freier Tag, und … ich bin ein Idiot."

„Aber warum?" William hatte in den letzten zehn Minuten ein solches Wechselbad der Gefühle durchlebt, dass ihm schwindelig wurde. Wahrscheinlich das ganze Adrenalin, das ihm durch den Körper flutete. Er fuhr etwas langsamer, weil er nicht einen zweiten Unfall riskieren wollte.

„Es gehört zu meinem Großen Plan, dich zu vergessen, indem ich dich verfolge, mich selbst quäle und von Autos überfahren lasse."

„Und? Funktioniert es?"

„Bisher liege ich im Plan. Nur mit dem Vergessen hapert es noch etwas."

William biss sich auf die Zunge.

Die Tor-Routine klappte problemlos – rausspringen, aufschließen, reinspringen, fahren, rausspringen, abschließen, reinspringen, fahren. Es dauerte keine Minute. Wenn die Disziplin jemals olympisch wurde, wäre er ein Anwärter auf die Goldmedaille.

William parkte so nahe wie möglich am Eingang und parallel zum Weg, damit Colby nicht so weit gehen musste. Colby öffnete selbst die Wagentür, aber William half ihm beim Aussteigen. Dann brachte er ihn ins Haus und durch die Halle, bis zu dem Sessel in seinem Apartment.

„Der Sessel wird schmutzig", protestierte Colby.

„Er ist aus Leder. Ich kann ihn abwischen."

Colby nickte, zog aber die Schuhe und das Hemd aus. „Ähm, kannst du mir mit den Shorts helfen? Ich glaube, ich habe sie vollgekotzt. Aber wenn ich sie selbst ausziehe …"

„Kein Problem." Es war wirklich kein Problem, wenn man davon absah, dass er sich vor Colby auf den Boden knien musste. Als er Colby die Shorts über die langen Beine nach unten zog, schoss ihm das Blut direkt in den Schwanz. Wenigstens trug Colby eine Unterhose, auch wenn der kleine rote Stofffetzen nicht viel der Fantasie überließ. *Konzentration,* ermahnte William sich. *Du willst ihn nur verbinden.*

Aber die Ermahnungen halfen nicht viel, als Colby sich, auf einem Bein balancierend, auf Williams Kopf abstützte und zu lachen anfing.

William hob den Kopf und sah ihn an. „Was ist?"

„Du bist mit deiner Dissertation fertig, ja? Jetzt spielst du nicht nur Doktor, jetzt bist du wirklich einer. Dr. Lyon."

„Ich bekomme den Titel offiziell erst im Dezember verliehen."

„*Pff.* Reine Formsache."

Sobald William ihm die Shorts ausgezogen hatte, ließ Colby sich in den Sessel fallen. Er hielt immer noch Williams ruiniertes Hemd in der Hand und breitete es wieder über seinem Schoß aus.

165

„Ich habe keine Cola im Haus", sagte William. „Bier? Wasser? Eistee?"

„Eistee. Mit Zitrone?" Colby schmatzte mit den Lippen.

„Selbstverständlich, der Herr." William verbeugte sich vor ihm. Dann hob er die schmutzige Kleidung auf und ging ins Badezimmer, wo er sie in die Waschmaschine steckte. Colby konnte sich für die Heimfahrt Shorts und ein Hemd von ihm ausleihen. Er nahm den Verbandkasten und einige frische Handtücher und ging in die Küche, um eine Metallschüssel mit warmem Wasser zu füllen. Er wusch sich die Hände und goss Colby ein Glas Eistee ein, in den er eine vorgeschnittene Zitronenscheibe aus dem Kühlschrank warf. Als William wieder bei Colby ankam, war er stolz auf sich. Er hatte nichts fallen gelassen oder verschüttet.

Colby nahm einen tiefen Schluck Eistee. „Ah, perfekt. Ist das eine Bettpfanne?"

„Ich glaube schon. Ich habe die Schüssel in einem der Schlafsäle gefunden. Ich fülle sie normalerweise mit Wasser und stelle sie neben den Grill, für den Fall, dass Glut auf den Boden fällt. Das Gras ist ziemlich trocken und feuergefährdet." William kniete sich auf den Boden und zog das Hemd von Colbys Schoß. Dann tupfte er ihm vorsichtig mit einem feuchten Tuch den Schmutz von den Knien. „Ich will nicht versehentlich das ganze Haus abbrennen. Schließlich bin ich der Hausmeister."

Colby hatte die Augen geschlossen, um William nicht zusehen zu müssen. „Wie geht dein Projekt voran? Das Buch?"

„Ziemlich gut. Es ist schwer, eine Auswahl zu treffen. Es gibt so viele Geschichten, die ich erzählen möchte. Und für die meisten muss ich noch zusätzlich recherchieren, weil die Akten nicht alle Informationen enthalten. Ich will die familiären Hintergründe wissen und was danach mit den Patienten passiert ist. Solche Dinge eben."

„Es macht dir Spaß, das herauszufinden."

Colby zuckte zusammen, als William einige kleine Steinchen aus der Wunde wusch. „Ja, das stimmt. Als ich meine Dissertation verteidigt habe, wurde ich von den Prüfern gefragt, wie meine Pläne für die Zukunft aussehen. Ich habe ihnen von dem Buch erzählt. Ich war mir nicht sicher, wie sie reagieren würden. Aber Dr. Ochoa hat gesagt, dass es sehr viel mit meinem Dissertationsthema zu tun hat. Ich erforsche immer noch Erinnerungen, nur auf eine andere Art."

„Keine Zahlen und Statistiken mehr."

„Nein. Aber Dr. Ochoa hält den subjektiven Ansatz für genauso wichtig. Manchmal sogar für wichtiger. Ich denke, dass er recht hat." William widmete sich dem zweiten Knie, nachdem er das erste zu seiner Zufriedenheit gesäubert hatte. Er musste sich ablenken, denn es fühlte sich unbeschreiblich intim an, sich so um Colby zu kümmern. „Und ich denke, dass diese Arbeit eine viel größere Wirkung hat, als die dämlichen Statistiken und Zahlenreihen."

Colby wuschelte ihm durch die Haare. „Sie sind nicht dämlich."

„Nein, es war eine gute Arbeit. Aber was ich jetzt mache, hat mehr Bedeutung."

Colby zischte vor Schmerz, als William mit der Pinzette einen Glassplitter aus seinem Knie zog. Er kippte nicht um und musste sich auch nicht übergeben, aber seine Stimme hörte sich gepresst an, als er weitersprach. „Hast du Bills Akte gefunden?"

„Ich … ja."

„Und?"

„Wir müssen nicht darüber reden."

„Ich will es aber wissen. Ich habe die ganze Zeit darüber nachgedacht und mich gefragt, was aus ihm geworden ist."

William sah ihm in die Augen. „Sie haben die Lobotomie durchgeführt. Die Operation ist nicht gut ausgegangen. Er ist nie wieder hier rausgekommen."

„Oh, mein Gott."

Colby sagte kein Wort, als William ihm die Desinfektionssalbe auf die Wunden strich. Es waren keine ernsthaften Verletzungen, aber sie würden in den nächsten Tagen noch sehr unangenehm sein und schmerzen. William griff nach dem Pflaster.

„Ich hasse Johnny!", brüllte Colby plötzlich.

William sah ihn überrascht an. „Wirklich?"

„Dieser Bastard hat Bill im Stich gelassen."

„Aber Bill ist hier von einem Gericht eingewiesen worden. Johnny war nicht mit ihm verwandt. Er konnte nicht einfach kommen und Bill abholen."

„Das ist mir egal. Er hätte ihm *irgendwie* helfen müssen, aber er hat sich überhaupt nicht bemüht."

Darüber hatte William auch schon nachgedacht. Er hatte sogar versucht, den Mann aufzuspüren, aber der Name John Taylor war einfach zu häufig. „Vielleicht hat er es ja versucht, Colby. Und es ist durchaus möglich, dass er in den Krieg gezogen ist. Oder er wusste nicht, wie ernst Bill ihre Beziehung war. Aus Johnnys Sicht hatten sie vielleicht nur ein Techtelmechtel."

„Das ist mir egal. Ich hasse ihn. Man verlässt nicht einfach …" Colby verstummte und wandte sich ab.

William befestigte vorsichtig den Verband an Colbys Knien. „Ich bin gleich wieder zurück", sagte er und stand auf, um die Tücher und den Verbandkasten ins Badezimmer zu bringen. Als er die schmutzigen Handtücher in die Waschmaschine steckte, sah er Colbys Kleidung in der Trommel liegen. Ohne nachzudenken zog er seine Shorts aus und Colbys an. Dann streifte er sich Colbys T-Shirt über den Kopf. Es roch nach Schweiß und Gras und, ja, auch leicht nach Erbrochenem. Es war William egal.

Colby spielte an seinem Verband, sah aber auf, als William das Zimmer betrat. Er starrte ihn mit offenem Mund an. „Will …"

„Ja?"

„Das sind meine Klamotten."

„Ja."

„Sie stinken."

„Etwas."

Colby neigte den Kopf zur Seite. „Du siehst ziemlich lächerlich aus."

„Passt die ‚Total Dance Whore' nicht zu mir?"

„Du ... Will, was soll das?"

„Ich will eine Rede halten. Sei still."

Colby blinzelte ihn an und verkniff sich ein Grinsen. Er lehnte sich in den Sessel zurück und winkte William zu. *Dann leg los.*

William räusperte sich. „Also gut. Ich habe recherchiert. Ich habe mir Pornofilme angesehen und bin wieder ins ‚Stockyard' gefahren. Ich habe umfangreiche Daten gesammelt und gehe davon aus, dass meine Analysen eine Fehlerwahrscheinlichkeit von unter null Komma fünf Prozent haben. Damit kann ich die Null-Hypothese ausschließen, Colby. *Du* bist mein Typ."

„Aber ..."

„Schh. Es geht noch weiter." William hatte sich auf diese Rede nicht vorbereitet, aber sie war ihm wichtiger als die Verteidigung seiner Dissertation. „Du bist mein Typ. Nach reiflicher Überlegung bin ich unter Einbeziehung aller Fakten zu der Schlussfolgerung gelangt, dass ich dich liebe. Und ich glaube, dass du mich auch liebst – jedenfalls bestätigen das die vorläufigen Ergebnisse meiner Analysen –, aber wir werden noch zusätzliche Versuchsreihen brauchen, um diese Hypothese zu erhärten."

„Das tue ich", flüsterte Colby.

Williams Herz schlug schneller. „Siehst du? Wieder eine Hypothese bestätigt."

„Aber ich habe es dir doch gesagt. Du musst dich erst umsehen." Colby sah William mit zusammengekniffenen Augen an und zeigte anklagend mit dem Zeigefinger auf ihn. „Ich möchte wetten, dass du nicht mit einem einzigen Mann geschlafen hast."

„Ich habe im ‚Stockyard' einige begrapscht."

„Das ist nicht ..."

„Du hast mir eine Rede gehalten, kurz nachdem wir uns kennengelernt haben. Du hast gesagt, dass jeder Mensch – ob schwul oder nicht – er selbst sein sollte. Authentisch. Du hast gesagt, ich könnte einen rosa Tutu tragen und die Republikaner wählen, wenn es nur ehrlich wäre und ich es wirklich will. Nun, darauf kann ich verzichten. Aber ich meine es ehrlich und ich will es wirklich. Ich bin kein Mann, der ständig auf die Nachbarweide schielt und sich einredet, dass das Gras dort grüner ist. Ich bin kein Mann, der Hunderte von anderen Männern in Clubs oder im Internet kennenlernen muss. Das passt genauso wenig zu mir wie diese Kleidung." Er deutete auf Colbys T-Shirt. „Ich bin heute dreiunddreißig Jahre alt geworden. Es ist vielleicht noch relativ neu für mich, dass ich mich offen zu meinem Schwulsein bekenne. Aber ich bin kein Kind mehr. Ich habe genug Zeit damit vergeudet, William Lyon, der Heterosexuelle, zu sein und mir und meinen Mitmenschen eine falsche Fassade zu zeigen. Ich will William Lyon sein, schwul, und der Partner von Colby Anderson. Weil ich das *bin.*"

Colby sah ihn einen Augenblick sprachlos an. „Du hast heute Geburtstag?", fragte er dann.

„Ja. Aber das ist nicht der Punkt, ich …" William unterbrach sich und lief mit ausgestreckten Armen auf Colby zu, der sich aus dem Sessel erhob und dabei gefährlich ins Wanken geriet.

Sobald Colby einigermaßen sicher auf den Beinen stand, legte er die Arme um William und drückte ihn so fest an sich, dass William kaum noch Luft bekam. „Herzlichen Glückwunsch zum Geburtstag, Will. Darf ich dir ein Geschenk machen?"

„Was?"

„Mich."

Die letzten Sauerstoffmoleküle entwichen aus Williams Lungen. Wortlos erwiderte er Colbys Umarmung.

Colby drückte sein Gesicht an Williams Schulter. „Wenn du das Geschenk annimmst, kannst du es nicht mehr zurückgeben. Kein Umtausch."

„Gott, Colby. Glaubst du wirklich, ich würde dich wieder gehen lassen? Das wäre Wahnsinn."

Was dann folgte, hatte absolut nichts damit zu tun, wie William sich schwulen Sex jemals vorgestellt hatte. Zum einen, weil sie auf Colbys verletzte Knie Rücksicht nehmen mussten. Zum anderen, weil sie ständig lachen mussten, ob bei dem Versuch, eine Position zu finden, die Colbys Knie schonte, weil sie sich ständig kitzelten, oder weil irgendwann einer von ihnen mit dem Arm ausholte und sämtliche Bücher mit lautem Gepolter vom Nachttisch fegte. Aber am meisten lachten sie aus reiner Freude.

Colby riss William das T-Shirt vom Leib. Es war kein großer Verlust, wie William später feststellte. Er war in diesem Augenblick nur an einem interessiert, jeden Quadratzentimeter Colby, den er erreichen konnte, zu berühren und zu küssen. Er küsste seine harten, kleinen Nippel, seinen Bauch und den runden Nabel, die wunderbaren, sensiblen Vertiefungen unter seinen Hüftknochen. Colby hatte sein Schamhaar wieder wachsen lassen – es war weich und lockig – und William küsste auch das. Er küsste die Innenseiten von Colbys Schenkeln und die süßen Kugeln zwischen seinen Beinen. Und dann küsste er die feuchte Spitze seines harten Schwanzes.

„Oh", meinte Colby, als William ihn ableckte. „Es ist doch *dein* Geburtstag."

„Und du bist mein Geburtstagsgeschenk. Ich habe noch nie gerne Kuchen gemocht." William nahm ihn in den Mund.

Colbys Schwanz kam ihm in seinem Mund größer vor, als er ausgesehen hatte. Er fühlte sich zart und schlüpfrig an, drückte sich fest an seinen Gaumen und seine Lippen. William liebte dieses Gefühl von Härte, das seinen Mund ausfüllte und Colby doch so verletzlich machte. Und er liebte den Geschmack auf seiner Zunge. Colby spreizte die Beine, und William befeuchtete seinen Finger mit Spucke, ließ ihn über Colbys Eier nach hinten gleiten und streichelte ihn sanft um die kleine Rosette. Colby stöhnte erstickt, und auch das liebte William. Und er liebte die Anspannung, die er in Colbys Muskeln fühlen konnte, der sich alle Mühe gab, um seinen Schwanz nicht zu tief in Williams Mund zu stoßen.

William konnte ihn nicht sehr tief in den Mund nehmen, aber das schien Colby nicht zu stören. Er keuchte und klammerte sich mit beiden Händen an Williams Kopf fest. Dann griff er plötzlich nach Williams Schultern und schob ihn von sich weg. „Zu nah dran", murmelte er grinsend. „Komm her."

William rutschte nach oben und legte sich hinter Colby, der sich fest an ihn presste. Colby griff nach unten und schob sich Williams Schwanz zwischen die Beine, bis er mit der Spitze über seine Eier glitt. Er stöhnte zustimmend, als William ihm die Hand um den feuchten Schwanz legte und anfing, ihn zu streicheln. Dann legte er die Hand um Williams Faust und drückte fest zu.

Sie fanden schnell ihren Rhythmus. Die Hitze und die Reibung waren unbeschreiblich. Aber was William am meisten erregte, war die Tatsache, dass es Colby war, den er in den Armen hielt. Und dass Colby fest entschlossen war, dort zu bleiben.

„Will, Will …" keuchte Colby. Er stieß in ihre Hände und drückte sich mit dem Hintern an Williams Unterleib. „Mein Will." Dann lief ein Beben durch seinen Körper und sein Samen schoss feucht und warm in Williams Hand.

William Stöße wurden schneller, ein Schauer lief über seinen Körper und er zuckte zusammen, als eine mächtige Welle ihn erfasste und mit sich fortriss. Er drückte sein Gesicht in Colbys Nacken und klammerte sich an ihm fest, dann ergoss er sich zwischen Colbys Schenkeln.

Nach einigen Minuten drehte sich Colby in seinen Armen um und sah ihn an. „Alles Gute zum Geburtstag, Will."

„Das war das beste Geschenk aller Zeiten."

„Kommst du am Wochenende mit zum Cowboy-Fest? Ich möchte dir meine Familie vorstellen."

„Trägst du Chaps?"

„Für dich immer."

William gab ihm einen Kuss auf die Nasenspitze. „Ich liebe dich, Colby."

Colby lächelte strahlend und seine Augen glänzten. Dieses Mal war es ein besonderes Glänzen, und William war sich sicher, es noch nie zuvor gesehen zu haben. „Ich liebe dich auch", erwiderte Colby.

Fest ineinander verschlungen schliefen sie kurz darauf ein. Der Wind nahm zu und das alte Gemäuer ächzte und stöhnte, aber seine Geister schienen für den Augenblick ihre Ruhe gefunden zu haben. Die Sonne versank hinter den Hügeln und färbte den Himmel leuchtend rot und orange. Zwei Männer hielten sich schlafend in den Armen und träumten von ihrer gemeinsamen Zukunft.

24

„MEIN GOTT, Will. Das Ding wiegt mindestens eine Tonne."

„Er wiegt genau einhundertundzwanzig Pfund."

Colby keuchte erschöpft, als sie den Stein vorsichtig in die Grube stellten, die sie in die Wiese gegraben hatten. Dann stand er auf und streckte sich. Zwischen seinem Hosenbund und dem Hemd wurde ein schmaler Streifen nackter Haut sichtbar. „Er ist mir aber schwerer vorgekommen."

„Du hast doch die vielen Muskeln!"

Colby lächelte und ging auf William zu, um ihm über die Oberarme zu streicheln. „Deine sind aber auch nicht schlecht."

William verzog das Gesicht. „Einen Wettbewerb in Bodybuilding kann ich damit nicht gerade gewinnen."

„Na und? Ich will keinen Bodybuilder. Ich will dich."

In den letzten zweieinhalb Jahren hatte Colby ihm das in den unterschiedlichsten Situationen und Worten immer wieder gesagt. Irgendwann hatte William es ihm schließlich geglaubt, und es war ein wunderbares Gefühl.

William bückte sich und wischte etwas Schmutz von dem Stein ab. Dann trat er einige Schritte zurück und besah sich das Ergebnis ihrer Mühen. Er und Colby hatten sich für eine kleine Ecke am Rand des eingezäunten, grasbewachsenen Areals entschieden. Hier war der Grabstein auch vom Weg gut sichtbar.

William James Wright
18. April 1915 – 7. Februar 1975
Tapfer und voller Liebe
Unvergessen

Natürlich wusste niemand, wo Bill wirklich begraben war. Er konnte überall auf dem Gelände liegen. Vielleicht war er einer der vielen Toten gewesen, die die Baufirma vor Jahren unabsichtlich ausgegraben und hastig wieder bestattet hatte. Aber es war richtig, dass der Grabstein in der Nähe des Hauptgebäudes stand, wo er gut sichtbar war und wo Bill den größten Teil seines Lebens verbracht hatte.

„Sieht gut aus", meinte Colby. Er stand an der Seite und hatte die Arme gegen die Kälte um sich geschlungen. Er trug eine von Williams grauen Jacken mit Flicken an den Ellbogen – Professorenuniform nannte Colby sie, obwohl William sich noch nicht um einen Posten an der Universität beworben hatte. Die Jacke war Colby viel zu groß und er sah aus wie ein kleiner Junge, der in die Kleidung seines Vaters gesteckt worden war. Die Luftfeuchtigkeit ließ sein Gesicht glänzen und die strubbeligen Haare standen in alle Richtungen ab. Es war ein liebenswerter Anblick.

William nickte. „Ja, es gefällt mir. Es sieht sehr würdevoll aus." Er ging zu dem Spaten, der an einem Baum lehnte, und grub damit vor dem Grabstein ein kleines Loch in den Boden. Er grub nicht sehr tief, weil er nicht versehentlich eine Bestattung stören wollte. Aber dreißig Zentimeter reichten aus, um eine alte Blechdose zu vergraben.

Als das Loch groß genug war, nickte William Colby zu. Der ging zu der Schubkarre, in der sie den Grabstein und die Blechdose transportiert hatten. Vorsichtig nahm er die alte Dose in die Hand und reichte sie an William weiter.

William lächelte. „Danke."

Ehrfurchtsvoll und beinahe zärtlich legte er die Dose in das vorbereitete Loch vor dem Grabstein. Sie passte genau hinein. Dann füllte er das Loch wieder mit Erde und trat sie fest. In der Blechdose waren jetzt nicht mehr Bills Briefe, die hatten sie aufbewahrt. Stattdessen enthielt sie einige versiegelte Blätter Papier, die in Williams sauberer Handschrift beschrieben waren. Dabei lag ein herzförmiger Anstecker in den Farben des Regenbogens, den Colby vor einigen Jahren auf einer Schwulenparade gekauft hatte. Er hatte William gebeten, ihn dazulegen zu dürfen.

In einigen Wochen wollten sie hier Blumen pflanzen. Ein Mitglied des Stiftungsrates hatte einen Rosengarten vorgeschlagen. Hundert Rosenbüsche – nach ihrer Schätzung war das ein Busch für fünfzig Tote, die hier bestattet lagen.

William nahm den Spaten auf und stieg über den flachen Metallzaun. Sie standen Seite an Seite und sahen auf das frische Grab. Colby legte den Arm um William und lehnte sich an ihn.

„Hausmeister. Betreuer."

„Wie bitte?"

„Betreuer. Es ist die passende Beschreibung für dich."

„Aber ich bin nicht …"

„Denk doch nur, was du für diesen Ort getan hast. Für Bill. Für mich." Er drückte William zärtlich an sich und sah ihn mit seinem strahlenden Lächeln an. „Was du für unsere Tochter tun wirst, wenn sie auf der Welt ist."

William nahm ihn in die Arme und klammerte sich an ihn. Der Gedanke an ihren Familienzuwachs löste gleichermaßen Euphorie und Schrecken aus. Colbys Freundin Layla hatte ihnen nicht nur bei ihrem Filmprojekt zu Seite gestanden, sondern auch für ihre Familienplanung eine wichtige Rolle übernommen. In zwei Monaten würde ihre Tochter geboren werden.

„Es fängt an zu regnen." Colby hatte recht. Der Nebel hatte sich in einen leichten Nieselregen verwandelt. Kleine Wassertropfen glänzten in seinen Haaren wie Juwelen. „Wir sollten aufräumen und nach Hause fahren. Ich koche uns eine Suppe, und dann können wir eine von deinen langweiligen Wissenschaftssendungen anschauen, die du aufgezeichnet hast."

„Sie sind nicht langweilig."

„Letzte Nacht bist du selbst dabei eingeschlafen. Und du hast geschnarcht."

„Das war aber nur, weil du mir so schön den Kopf massiert hast." Das stimmte. William hatte auf dem Sofa gelegen, den Kopf in Colbys Schoß. Colby hatte ihm durch die langen Haare gestreichelt – er bestand darauf, dass William sie lang trug – und es war so entspannend gewesen, dass er eingeschlummert war.

Colby stellte sich auf die Zehenspitzen und drückte William einen Kuss auf die Wange. „Lass uns nach Hause fahren, dann kann ich noch mehr massieren als nur deinen Kopf." Er ging zu der Schubkarre und machte sich damit auf den Weg zum Schuppen.

William legte sich den Spaten auf die Schulter und blieb noch einen Augenblick stehen. Er sah auf Bills Grabstein, dann nickte er und sagte leise: „Ja. Es wird Zeit, nach Hause zu gehen."

7. FEBRUAR 2014

Mein liebster Bill,

Du kennst mich nicht, aber ich habe so viel über dich erfahren, dass ich glaube, dich zu kennen. Ich heiße ebenfalls William. Will. Bis vor Kurzem war ich der Hausmeister der psychiatrischen Anstalt von Jelley's Valley, und ich habe deine Briefe gefunden. Ich hoffe, du verzeihst mir, dass ich deine Privatsphäre verletzt habe. Ich habe sie gelesen und sie anderen Menschen gezeigt.

Ich möchte dir sagen, welch große Wirkung sie hatten. Zuerst auf mich. Dein Kampf und deine Worte haben mir den Mut gegeben, endlich ich selbst zu sein. Ich habe den größten Teil meines Lebens damit verbracht, eine Lüge zu leben. Ich habe mich dazu gezwungen, nicht weil ich Angst vor den Dingen hatte, die mit dir passiert sind. Wenn ich ehrlich bin, weiß ich selbst nicht so genau, warum ich mich dazu gezwungen habe. Aber ich habe deine Briefe gelesen und mich aus meinem Kokon befreit, bin der Mensch geworden, der ich immer sein sollte. Ich habe einen Mann gefunden, den ich zutiefst liebe, so wie du deinen Johnny geliebt hast. Colby ist mein Ein und Alles. Du hast mir den Mut gegeben, zu ihm zu stehen. Und er liebt mich genauso, wie ich ihn liebe. Wir wollen demnächst heiraten.

Aber du hast noch mehr bewirkt. Anstatt mich mit wissenschaftlichen Forschungen zu beschäftigen, die niemanden interessieren, lerne ich jetzt mehr über Menschen wie dich. Und ich habe Freunde, die mir dabei helfen, eure Geschichten an die Öffentlichkeit zu bringen.

*Wir haben mit einem Buch und einer Website angefangen.
Dort sind Fotos der Anstalt zu sehen. Ich habe den Text
geschrieben, und darin die Geschichte von dir und zwei Dutzend
anderen Patienten erzählt. Ihr wart aus unterschiedlichen
Gründen hier und habt ein unterschiedliches Schicksal
erlitten, aber jeder von euch hat mein Herz berührt. Das Buch
war ein großer Erfolg. Der Fotograf und ich sind zu vielen
Fernsehsendungen eingeladen worden, um es vorzustellen. Ich
weiß, dass du dir darunter nicht viel vorstellen kannst, deshalb
will ich es dir erklären. Millionen von Menschen haben von dir
gehört, Bill. Und viele von ihnen haben mir geschrieben und mir
berichtet, wie viel ihnen das bedeutet hat. Du hast auch ihnen
Mut gegeben, so wie mir.*

*Weil das Buch so viel Aufmerksamkeit erregt hat, haben
wir jetzt noch mehr zu tun. Colby und ich arbeiten, zusammen mit
einer Freundin, an einer Dokumentation, wie schwule Menschen
im Namen der ‚Heilung‘ misshandelt und gequält worden sind.
Ich kann das persönlich bestätigen, obwohl meine Geschichte
lange nicht so fürchterlich ist wie die deine. Wir haben Geld
gesammelt, um den Film realisieren zu können. Unsere
Freundin – sie hat schon mehrere Filme gemacht – denkt, dass
es ein großer Erfolg werden wird. Wir verhandeln mit einigen
wichtigen Filmverlagen. Es wird eine große Sache, Bill.*

*Die Anstalt ist schon vor Jahren geschlossen worden. Nach
dem Erscheinen des Buches haben die Menschen, die sich darum
kümmern, viele Spenden und Stiftungsmittel erhalten. Sie werden
hier ein Museum einrichten. Außerdem soll in dem Gebäude ein
College entstehen. Es wird ein Ort des Lebens, des Lernens und
der Hoffnung werden.*

Du hast so viele von uns berührt.

*Ich möchte dir auch sagen, dass es besser geworden ist.
Ich weiß nicht, ob dich das trösten kann, aber wenn ich an deiner
Stelle wäre, würde ich mich darüber freuen. Das Leben ist noch
lange nicht perfekt für schwule Menschen wie uns. Meine Eltern
reden nicht mehr mit mir. Aber die Grausamkeiten, die sie dir
angetan haben, werden nie wieder vorkommen. Mein Colby
und ich werden von seiner Familie akzeptiert und geliebt. Seine
Tante strickt mir Schals und seine Cousine backt mir meine
Lieblingskuchen. Sogar seine Mom hat mich schon ein paar Mal
angelächelt (und das will mehr bedeuten, als es sich anhört).*

*Ich musste hier ausziehen, weil das Gebäude jetzt renoviert
wird. Colby und ich haben ein kleines Haus in Jelley's Valley*

gekauft, direkt gegenüber vom Haus seiner Großeltern. Wir haben einen Cousin damit beauftragt, einige Umbauten vorzunehmen. Aus dem einen Zimmer machen wir ein Kinderzimmer. Wir wollen es im Dschungelstil dekorieren. Ich freue mich schon darauf, mich um unsere Tochter zu kümmern und Colby im Laden zu helfen. Vielleicht werde ich auch einige Kurse geben, wenn das College in der alten Anstalt seinen Betrieb aufnimmt.

Was immer die Zukunft auch bringt, ich glaube, wir werden glücklich sein.

Es ist schon lustig. Ich habe mich immer für einen Atheisten gehalten und gedacht, mit dem Tod wäre alles vorbei. Wir würden einfach verschwinden und vergessen werden. Aber schau dir an, was du alles erreicht hast, fast vierzig Jahre nach deinem Tod. Und ich sitze hier und schreibe dir einen Brief. Ich bin in letzter Zeit zu der Überzeugung gelangt, dass ein Teil unseres Geistes nach unserem Tod weiterexistiert. Ich hoffe, mein Brief hilft dir dabei, Frieden zu finden. Du und ich, wir haben uns nie getroffen. Aber ich liebe dich. Du wirst geliebt, Bill. Und ich glaube und hoffe, dass du das vielleicht auch spüren kannst.

Das ist das Wunderbarste an der ganzen Sache: Ich glaube. Als ich noch jünger war, habe ich auch geglaubt. Aber es war ein Glaube voller Angst und Schrecken. Ein unterdrückender und einengender Glaube, der mich dazu gezwungen hat, mich zu verstecken und zu verleugnen. Diesen Glauben habe ich verloren. Aber in den letzten Monaten – und das, Bill, verdanke ich dir – habe ich gelernt, an mich selbst zu glauben. Ich glaube an die Zukunft, an gute Geister, an die Hoffnung. Und ich glaube an die Liebe.

Dafür, Bill, werde ich dir immer dankbar sein. Ich werde dich immer im Herzen tragen.

Für immer der Deine,
Will

KIM FIELDING freut sich jedes Mal, wenn sie als Eklektikerin bezeichnet wird, denn sie liebt es, aus Altbekanntem etwas Neues zu schaffen. Sie hat schon überall in den westlichen zwei Dritteln der Vereinigten Staaten gelebt und ist derzeit in Kalifornien zu Hause. Aber auch dort geht ihr schon wieder der Platz in den Bücherregalen aus. Sie unterrichtet an einer Universität und träumt davon, ihre Zeit nur noch mit Reisen und Schreiben zu verbringen. Außerdem träumt sie von zwei wohlerzogenen Kindern, einem Ehemann, der nicht von Football besessen ist, und einem Haus, das sich von selbst sauber hält. Einige dieser Träume lassen sich leichter erfüllen als andere.

Besuchen Sie Kim auf ihren Blogs kfieldingwrites.blogspot.com und www.goodreads.com/author/show/4105707.Kim_Fielding/blog, bei Facebook unter www.facebook.com/KFieldingWrites und bei Twitter unter @KfieldingWrites, oder schicken Sie ihr eine E-Mail unter dephalqu@yahoo.com.

BRUTUS,
DER DORFTROTTEL

Kim Fielding

Brutus führt ein einsames Leben in einer Welt, in der Magie nichts Ungewöhnliches ist. Er ist über zwei Meter groß, hässlich, und stammt aus einer Familie von schlechtem Ruf. Niemand, er selbst eingeschlossen, hält ihn für gut genug, mehr als nur Knochenarbeit zu verrichten. Aber Heldentum kommt in allen Formen und Größen. Als er bei der Rettung eines Prinzen schwer verletzt wird, ändert sich sein Leben schlagartig. Er wird in den Palast von Tellomer gerufen, um als Wärter für einen Gefangenen zu dienen. Das hört sich recht einfach an, stellt sich aber als die größte Bewährungsprobe seines bisherigen Lebens heraus.

Wenn man den Gerüchten Glauben schenken darf, ist Gray Leynham ein Hexer und Verräter. Sicher ist nur, dass er Jahre im Elend verbracht hat: blind, in Ketten gelegt und nahezu stumm durch sein fürchterliches Stottern. Und er träumt vom Tod anderer Menschen. Träume, die sich bewahrheiten.

Brutus gewöhnt sich an das Leben im Palast und lernt Gray kennen. Er entdeckt dabei seinen eigenen Wert – erst als Freund, dann als Mann, und schließlich als Geliebter. Brutus lernt auch, dass Helden manchmal vor schwierige Entscheidungen gestellt werden und dass es nicht ungefährlich ist, die richtige Entscheidung zu treffen.

www.dreamspinner-de.com

SPRACHLOS

KIM FIELDING

Travis Miller arbeitet als Mechaniker. Er hat eine Katze namens Elwood und ein nicht vorhandenes Liebesleben. Der einzige Lichtblick in dieser Tristesse ist der gutaussehende Gitarrist, an dem er manchmal nach der Arbeit auf seinem Heimweg vorbeikommt. Als er schließlich den Mut aufbringt, den Mann anzusprechen, erfährt er, dass der frühere Romanautor Drew Clifton an Aphasie leidet. Drew kann jedes Wort verstehen, das Travis sagt; aber er kann nicht mehr reden oder schreiben.

Aus der anfänglichen Freundschaft der beiden einsamen Männer wird eine Liebesbeziehung. Aber ihre Kommunikationsschwierigkeiten sind nicht das einzige Hindernis, das sie überwinden müssen. Travis ist unerfahren in der Liebe und hat finanzielle Probleme. Und wenn es Worte sind, die zwischen den Menschen Brücken bauen – was soll Travis und Drew dann zusammenhalten?

www.dreamspinner-de.com

Von KIM FIELDING

Die Blechdose
Brutus, der Dorftrottel
Sprachlos

Veröffentlicht von DREAMSPINNER PRESS
www.dreamspinner-de.com